[illegible]

14.6.89

Klagenfurt

Pavel Kohout

Die Einfälle der heiligen Klara

Roman

Deutsch von
Alexandra Baumrucker

Hoffmann und Campe
Edition Reich

Die Kooperation zwischen Hoffmann und Campe, Hamburg,
und Reich Verlag AG, Luzern,
dient der Pflege tschechischer Literatur.

Titel des tschechischen Originals:
Nápady svaté Kláry

CIP-Kurztitelaufnahme der Deutschen Bibliothek
Kohout, Pavel
Die Einfälle der heiligen Klara: Roman/Pavel Kohout.
Dt. von Alexandra Baumrucker. 1. Aufl. –
Hamburg: Hoffmann und Campe; Luzern: Edition Reich, 1980.
Einheitssacht.: Nápady svaté Kláry ⟨dt.⟩
ISBN 3-455-02301-0

10.–14. Tausend 1981

Gesetzt aus der Korpus Garamond Antiqua
Gesamtherstellung: Süddeutsche Verlagsanstalt GmbH, Ludwigsburg
Printed in Germany
Schutzumschlag und Einband: Werner Rebhuhn unter Verwendung einer
Illustration von Karel Havlíček

Für Jelena,
die mir erlaubte, nach Motiven ihres Drehbuchs, mit dem sie einst die Prager Filmhochschule absolvierte, diesen Roman zu schreiben, in welchem ich, allen Grenzwächtern zum Trotz, schon jetzt nach Böhmen zurückkehre.
PK

I

Der Unterschied zwischen Geschichten, die sich zugetragen haben, und solchen, die sich nicht zugetragen haben. – Besitz von Phantasie und Gedächtnis verboten! – Was ist besser: halbe Wahrheit oder halbe Lüge? – Die Lawine gerät ins Rollen: Pythagoras kommt mit dem Sheriff. – Was würde geschehen, falls die Klasse unisono «Setzen!» riefe? – Ausnahmslos hervorragend ... – Ein epochaler Erfolg oder ein globaler Betrug? – Ein Glück, daß Folterung an Schulen gesetzlich verboten ist.

Wie soll eine Geschichte erzählt werden, die sich nie zugetragen hat?

Zu diesem Zweck hat die Natur Wesen erschaffen, die von ihr mit Papier und Phantasie bedacht wurden: die Schriftsteller. Mittels Phantasie und Papier sind sie imstande, eine beliebige Geschichte, die sich nie zugetragen hat, so fesselnd darzustellen, daß sie oft überzeugender klingt als Geschichten, die sich tatsächlich zugetragen haben.

Aber wie soll dann eine Geschichte erzählt werden, die sich tatsächlich zugetragen hat?

Für diesen Zweck hat die Natur Geschöpfe hervorgebracht, die von ihr mit Papier und Gedächtnis ausgestattet wurden: die Chronisten. Mittels Gedächtnis und Papier sind sie fähig, eine Geschichte, die sich zugetragen hat, so eingehend zu schildern, daß sie mitunter ebenso überzeugend klingt wie Geschichten, die sich nicht zugetragen haben.

Doch wie soll mit einer Geschichte verfahren werden, die sich zugetragen hat, obwohl sie sich nie hätte zutragen dürfen?

Dieses Zwecks eingedenk, hat die Natur Exemplare erzeugt, die von ihr mit Macht ausgerüstet wurden: die Zensoren. Kraft ihrer Macht können sie jede Geschichte verbieten, sowohl eine, die sich zugetragen hat, als auch eine, die sich nicht zugetragen hat; diese als Ausgeburt einer blühenden Phantasie, jene als Produkt eines trügerischen Gedächtnisses.

Wehe der Phantasie, die vom Gedächtnis beschnitten wird! Wehe dem Gedächtnis, das von der Phantasie verbrämt wird! Aber dreimal wehe dem guten Gedächtnis und der regen Phantasie, wenn beide von der Macht geknebelt werden! Es gibt Zeiten, in denen der Besitz von Phantasie und Gedächtnis ebenso strafbar ist wie der Besitz von Waffen.

Wie soll in solchen Zeiten mit einer Geschichte verfahren werden, über die sich Schriftsteller, Chronist und Zensor in die Haare geraten, einer Geschichte, so wahr, als hätte sie sich niemals zugetragen, so aufregend, weil sie sich tatsächlich zugetragen hat, und so gefährlich, weil sie im Interesse der Macht sich nie hätte zutragen dürfen?

Soll man sie durch Phantasie verharmlosen und ihr so Biß und Stachel nehmen? Sie mit Gedächtnis befrachten und so der eitlen Macht zu nahe treten? Oder sie lieber erst gar nicht erzählen?

Wie wäre es denn damit: Ein bißchen das Auge des Gedächtnisses zudrücken, ein bißchen die Zügel der Phantasie schleifen lassen, einfach so, damit das Gewissen des Autors nicht zu nagen beginnt und die Wölfe der Macht zu nagen aufhören – und die fabelhafte Geschichte ganz bleibt?

Wird Wahrheit etwa zu Lüge, wenn eine Karla zur Klára wird? Möge die Wahrheit nie eine größere Einbuße erleiden als die Verschiebung dreier Laute! Tut es ihr Abbruch, wenn vom Namen der Stadt nur der Buchstabe S übrigbleibt? Besser eine halbe Wahrheit als eine halbe Lüge!

Und darum, liebe kleine Klára aus der Stadt S., steh auf und wandle, du Kind des Vaters Traum und der Mutter Wirklichkeit; falls jemand dich erkennt, wird er es durch nichts beweisen können.

Zum Schluß dieser Geschichte wird der Untergang einer Stadt vorausgesagt. Doch selbst die vernichtendste Lawine beginnt mit der unmerklichen Bewegung eines lächerlichen Eiskristalls.

Häuptling Tikal, der, von Brož abgesichert, nach dem Klingeln noch blitzschnell auf den leeren Korridor hinausgeschlüpft war, um eigenhändig mit dem Dietrich die Mädchentoilette zuzusperren, riß die Augen auf, schnellte wie ein Hase herum und stürzte in die Klasse mit dem Ausruf:

– Alarmstufe eins! Der Pythagoras kommt mit dem Sheriff!

So weit das Gedächtnis der neunjährigen Grundschule in S. zurückreichte, war dergleichen erst ein einzigesmal vorgekommen: als vor Jahren fast die gesamte 9. Klasse bei einer Schulaufgabe eine Fünf geschrieben hatte und derselbe Mathematiklehrer, schon damals mit Bürstenhaarschnitt, denselben Direktor, schon damals mit Glatze, mitgebracht hatte, um seiner Warnung Nachdruck zu verleihen.

Sämtliche zweiundvierzig Mädchen und Jungen der Klasse 8a saßen im Nu auf ihren Plätzen, es herrschte eine Stille, so unverhofft und erregend, wie wenn im Fernsehen der Ton ausfällt. Einundvierzig Blicke, gespannt wie Flitzbogen, durchquerten den Raum. Sie trafen an der dritten Bank am Fenster zusammen. Dort saß ein graziles Mädchen mit langem Haar von der Farbe reifer Kastanien und leicht schrägstehenden Augen von der Form und Farbe ungeschälter Mandeln.

Indes, was wiegt Mädchenschönheit, wenn wir vierzehn sind und unser mannhaftes Herz vor Unmut bebt?

Na warte! dachte Tikal stellvertretend für alle, du kannst was erleben! Diese Gemeinheit wirst du bitter büßen!! Er nahm sich vor, ihr gleich nach dem Pausenklingeln einen Prager Fenstersturz zu bereiten, wobei der Inhalt der Schultasche nicht in den Gang zwischen den Bänken gekippt wird, sondern aus dem Klassenfenster in die Nesseln.

Die Tür. Alle Köpfe fuhren herum, und zweiundvierzig junge Körper schnellten zur Begrüßung hoch. Der kleine dicke Direktor Plavec und der große magere Professor Brunát kamen ins Klassenzimmer hereinmarschiert wie ein Komikerpaar aus dem Stummfilm.

Aber kann man sich kaputtlachen, wenn die Schulaufgaben mitgebracht werden?

Der Mathematiklehrer trat vors Katheder. Der Direktor blieb an der Tür, stieg aber aufs Podium. Der Größenunterschied zwischen den beiden verringerte sich nur um weniges. Die Klasse hielt Ausschau, wer von ihnen das Zeichen zum Setzen geben würde. Erstaunlicherweise gab es keiner. Beide betrachteten die Klasse schweigend.

Tikal wurde das Gefühl nicht los, daß im Gegenteil die beiden der Aufforderung harrten. Er stellte sich vor, was geschähe, wenn die Klasse unisono «Setzen!» riefe. Würden sie in Lachen ausbrechen? Oder zur Polizei laufen? Oder vor Schreck gehorchen?

Aber die Klasse stand, stumm und starr, wie gefügige Tiger unter der Peitsche von Dompteuren. Und dann wandte der Direktor sich an den Mathematiklehrer.

– Bitte, Herr Kollege!

Alle blieben stehen, und das war noch unheimlicher. Brunát stieg aufs Podium; er wurde um noch einen Kopf größer und hielt mit einer Hand den Stoß Hefte hoch, während er mit der anderen auf sie zeigte.

Tikal konnte sich des Gefühls nicht erwehren, er werde sie nach der Klasse schleudern. Er stellte sich vor, wie die blauen Hefte raketengleich die wehrlosen Schüler niedermähen, während der Lehrer irre lacht. Was dann? Zum Fenster hinaus in die Nesseln springen, oder sich auf ihn stürzen und ihn unschädlich machen? Darf ein Schüler mit einem Lehrer kämpfen, selbst mit einem der Sinne beraubten?

Aber der Mathematiklehrer sprach mit einer Stimme, die vor feierlicher Erregung zitterte.

– Meine lieben Schüler … Es ist etwas Außergewöhnliches geschehen … Zum erstenmal in der Geschichte unserer Schule, vielleicht sogar in der Geschichte des Schulwesens, ist eine Mathematikarbeit ausgefallen wie folgt: Ausnahmslos –

er schüttelte den Stoß Hefte, der wie ein Lebewesen reagierte, indem er das Gebiß weißer Heftseiten bleckte

– hervorragend!

Ein eigenartiger Laut wurde vernehmbar. Die Klasse hatte vor Verblüffung nach Luft geschnappt.

– In den zweiundvierzig Arbeiten findet sich in keinem der fünf Beispiele auch nur ein einziger Fehler. Alle –

seine Stimme versagte vor Empörung, er mußte schlucken und Atem holen, um weitersprechen zu können

– sind richtig. Man könnte sagen, sie seien alle gleich richtig. Bitte, Genosse Direktor …

Er verbeugte sich hölzern, legte den Stoß Hefte aufs Katheder und stieg vom Podium. Der Direktor trat vor die Tafel. Er war so auf seine Mitteilung konzentriert, daß er sich ebenfalls unbewußt verbeugte.

– Meine lieben Schüler, ich sollte euch also im Namen der gesamten Lehrerschaft gratulieren und ein derart glänzendes Ergebnis dem Unterrichtsministerium mitteilen. Ja, vielleicht sollte ich es auch euren Eltern und der Öffentlichkeit bekanntgeben und in der Aula eine Feier veranstalten, um euch sämtlichen Jahrgängen als Beispiel vorzuhalten!

Ein anderer Laut wurde vernehmbar. Die Klasse begann vor Begeisterung zu raunen.

– Doch zuvor müssen wir uns eine Frage stellen!

Seine Stimme veränderte sich bis zur Unkenntlichkeit. Er und der Mathematiklehrer bekamen plötzlich eiskalte Augen wie Detektive.

– Wurde hier nicht –

sein Zeigefinger zitterte über dem Stoß Hefte wie über einer Zeitbombe

– ein unglaublich dreister, geradezu globaler Betrug verübt?

In der Klasse breitete sich Grabesstille aus, während in sämtlichen Gemütern eine Höllenmaschine tickte.

– Meine lieben Schüler! Ich will dem Schuldigen Gelegenheit geben, freiwillig ein Geständnis abzulegen. In diesem Fall wären Kollege Brunát und ich bereit, das ganze als dummen Scherz aufzufassen, als einen Bubenstreich, der unter uns bleibt. Nun? So ein Angebot werdet ihr doch nicht ausschlagen, hab ich recht?

Tikal überzeugte sich durch einen Seitenblick, wie die Situation in der dritten Bank am Fenster aussah. Das mandeläugige, kastanienhaarige Mädchen schaute den Direktor gelassen interessiert an. Dafür verriet ihre pummelige Nachbarin höchste Beunruhigung; ihr Kinn zitterte, als hielte sie nur mühsam die Tränen zurück.

Das krampfhaft freundliche Lächeln auf dem Gesicht des obersten Pädagogen der Schule erlosch jäh. Er schlug mit der Faust auf den Stoß Hefte, und seine Stimme knatterte los wie ein Colt; sie bestätigte die Richtigkeit seines Spitznamens.

– Na schön! Dann versuchen wir's anders. Genosse Brunát, rufen Sie den Schulwart! Einer nach dem anderen zu mir!

Tikal stellte sich ein feuchtes Kellergewölbe vor, von züngelnden Fackeln geschwärzt. Auf schräger Leiter festgeschnallt ein Jüngling in Fetzen: Tikal. Der Direktor befragt ihn, der Schulwart dreht die Winde, der Mathematiklehrer brennt ihn mit glühenden Eisen.

Tikal verspürte tiefe Erleichterung darüber, daß er in einem Jahrhundert lebte, in dem Folterung an Schulen gesetzlich verboten ist.

II

Woran man einen anständigen Bürger erkennt. – Denunziation als Unterrichtsfach. – Vierzig Verhöre und ... – Hilft eine lebhafte Phantasie beim Rechnen? – Die Tochter eines Polizeibeamten muß den anderen ein Vorbild sein. – ... und ein Verrat! – Ist es möglich, daß Mandelaugen abgebrüht lügen können? – Nicht nur Betrug, sondern auch Einbruch! – Jeder hat andere Einfälle.

Es gibt Länder, deren Regierung behauptet, jeder anständige Bürger müsse wenigstens einmal im Leben im Knast gesessen haben. Diese Behauptung ist berechtigt, sofern die Zahl der Bürger, die nicht im Knast gesessen haben, nicht einmal zur Bildung der Regierung ausreicht, in der dann eben auch Knastbrüder sitzen müssen.

Unbedingt gilt jedoch für fast alle Länder, daß gegen jeden anständigen Bürger zumindest einmal im Leben ermittelt wird. Auch darauf werden die künftigen Bürger von der Schule vorbereitet. Will sagen, daß den praktischen Übungen in diesem Fach viel mehr Zeit gewidmet wird als etwa dem Unterricht in Empfängnisverhütung.

In den Ermittlungsstunden, ob nun vom Verlust des Klassenbuchs oder vom Rauch in der Knabentoilette veranlaßt, wird alles eingeübt und abgefragt, womit der Schüler in Berührung kommen und was man von ihm im praktischen Leben erwarten wird: geschicktes Herauswinden und hartnäckiges Abstreiten, väterlicher Zuspruch, der in existentiellen Druck mündet, Denunziation als mildernder Umstand und Geständigkeit als Hauptbeweis für die eigene Schuld.

Die Ermittlung in Sachen des epochalen Erfolgs der Klasse 8a fand im Direktorzimmer statt. Der Mathematiklehrer rief einen nach dem anderen in alphabetischer Reihenfolge und ohne Ansehen des Geschlechts herein. Schulwart Coufal gab auf dem Korridor acht, daß keine Absprachen stattfanden. Seine Lunge gierte unentwegt nach Nikotin, so daß er immer wieder Patrouillengänge um die Ecke des Korridors vortäuschte, um an der Zigarre ziehen zu können, die hinter der Büste eines Volkstumsbarden versteckt war.

Absprachen erübrigten sich. Alle wußten, daß die Gefahr erst ganz am Ende des Alphabets lauerte. Um Bašus bis Tikal bangte keiner.

– Bašus,

sagte Direktor Plavec, hinterm Schreibtisch sitzend, genau unter dem Bild des Präsidenten der Republik, der bedeutungsvoll irgendwohin ins Abseits schaute, als wollte er damit Plavecens Autorität unterstreichen,

– du hast es doch nicht nötig, zu schwindeln, du ganz gewiß nicht, hab ich recht?

Er duzte die Schüler grundsätzlich, damit sie um so eher begriffen, daß er ihr zweiter Vater war.

Bašus nickte bescheiden. Er war ein ernster Knabe mit starker Brille, und in seiner Freizeit verifizierte er daheim die Richtigkeit der Formeln, die Einstein zur Relativitätstheorie geführt hatten. Mathematiklehrer Brunát nahm ihn seit einiger Zeit lieber nicht mehr dran.

– Ich würde fast glauben,

fuhr der Direktor geradezu freundschaftlich fort und neigte den scharfgespitzten Bleistift, der bis dahin auf Bašusens Brust gezielt hatte,

– daß du ihnen das ausgerechnet hast, wenn's nicht einhundertzwanzig Beispiele wären. Einhundertzwanzig Spickzettel schreiben, das zahlt sich für niemanden aus, was meinst du?

Bašus zuckte höflich die Achseln.

– Also, weißt du was davon oder nicht?

Bašus schüttelte bedauernd den Kopf.

Der Direktor hatte keinen Grund, ihm nicht zu glauben, aber ebensowenig, ihm zu glauben. Beides gab er ihm zu verstehen.

– Nun, ich danke dir. Du kannst gehen, einstweilen.

– Batková!

rief der Mathematiklehrer auf den Korridor hinaus.

Bašus nahm auf der Schwelle die Brille ab, um seiner Mitschülerin aufmunternd zublinzeln zu können.

Das zweite bis vierzigste Verhör verlief, von Abweichungen abgesehen, in denselben Bahnen.

– Batková,

sagte Direktor Plavec, den Bleistift auf sie gerichtet, den er jedoch sofort senkte, als er bemerkte, daß der Mädchenbrust neuerdings ein weiblicher Busen entsprossen war,

– gib zu, ich kenne dich lange genug, um über dich Bescheid zu wissen. Die Beispiele muß dir jemand gegeben haben!

– Wirklich nicht ...

behauptete die Batková.

– Tikal,

sprach Direktor Plavec, nach einer Stunde schon heiser geworden,

– ich weiß, du hast eine lebhafte Phantasie, aber beim Rechnen hat sie dir nie viel genützt. Du mußt das abgeschrieben haben!

– Ehrlich nicht ...
beteuerte Tikal.

Dabei kippte ihm so merkwürdig die Stimme um, daß es ihn kalt überrieselte. Er hatte immer gedacht, radfahren und lügen verlerne man nicht.

Aber der Direktor deutete nur zum vierzigstenmal resigniert mit dem Bleistift auf die Tür.

– Urbanová!
rief der Mathematiklehrer auf der Schwelle.

Tikal beeilte sich. Als er an der Urbanová vorbeikam, war er weit genug von Brunát entfernt, um drohend flüstern zu können:

– Daß du bloß keinen Pieps machst!!

Da dies auch die anderen flüsterten, ergab sich ein menschenunähnliches Gezisch, von dem Grauen ausging.

Das pummelige Mädchen aus der dritten Bank stolperte über die Schwelle und verschwand im Direktorzimmer. Die Klasse schaute ihr voll banger Vorahnung nach. Man kannte sie gut, sie und ihren Vater.

Ebensogut kannten sie der Direktor und der Mathematiklehrer. Sie blickten einander an und wußten: jetzt oder nie.

– Urbanová!
hub der Direktor streng an, und die scharfe Spitze des Bleistifts zielte ohne Scheu auf ihre Brust, die stufenlos in ein rundliches Bäuchlein überging,

– du als Tochter deines Vaters kannst doch nicht so eine Lumperei decken! Also heraus damit! Wer hat da alles seine Hand im Spiel? Wir wissen's ohnehin schon!

Der klassische Trick aller Ermittler verfing jedoch erstaunlicherweise nicht. Die Urbanová entsann sich der einundvierzig Gesichter, die ihrer auf dem Korridor harrten. Sie raffte sich zu verzweifeltem Widerstand auf.

– Ich weiß nicht ... Ich hab's ausgerechnet ...

– Behaupte von mir aus, du hättest Amerika entdeckt. Jedenfalls glaube ich dir das eher, als daß du diese Beispiele allein ausgerechnet hast!
– Vorgestern hab ich den ganzen Abend dran herumgerechnet!

Der Mathematiklehrer verließ seinen Platz an der Tür und sprang auf sie zu, mit der Energie des erfolgreichen Jägers. Aus seiner ganzen Höhe dröhnte er auf sie herab.
– Ah! Jetzt haben Sie sich verplappert! Wie konnten Sie vorgestern abend wissen, welche Beispiele ich Ihnen gestern morgen aufgeben würde?

Er siezte die Schüler grundsätzlich, damit sie merkten, daß sie es nicht mit ihrem Onkel zu tun hatten.

Die Urbanová verlor vor Schreck die Sprache und bewegte lautlos die Lippen.
– Also, paß auf,

ließ der Direktor sich vernehmen und stand auf, um seinen Worten mehr Gewicht zu verleihen,
– fassen wir zusammen. Zweiundvierzig fehlerlose Arbeiten, und vierzig Mitschüler haben hier vor dir behauptet, es ist ein Zufall. Wenn du als einzige jetzt einen Betrug zugibst – und den hast du zugegeben! –, dann bist du auch als einzige dafür verantwortlich, hab ich recht? Ich rufe jetzt deinen Vater an, der soll die Befragung selbst weiterführen.

Die Urbanová ächzte.
– Nein! Nein, bitte nicht ...

Polizeihauptmann Urban war allgemein als Mann und Vater bekannt, der strengstens auf die Einhaltung der Gesetze achtete und noch strenger auf die Erziehung seiner Tochter. Dies entsprang der Überzeugung, die Tochter eines Polizeibeamten müsse allen anderen ein Vorbild sein. Die Striemen, welche die Hinterbacken der Urbanová nach jedem Vergehen, nach jedem Zeugnis zierten, waren das einzige, was ihr in der

Klasse eine kurzlebige Sympathie verschaffte. Ansonsten stand sie im Ruf einer Heulsuse und Petzerin.

– Andernfalls,

ging der Direktor zum Angriff über,

– sagst du uns nun klipp und klar, wie's gewesen ist! Also??

Er stand jetzt unmittelbar neben dem Präsidenten. Der Urbanová flimmerte es vor den Augen. Der Präsident schaute zwar ins Abseits, aber er hörte alles. Sie begriff, ihm durfte man nicht ins Gesicht lügen. Aber sie dachte auch an die draußen und jammerte los.

– Die werden nicht mehr mit mir reden...

– Warum werden sie nicht mehr mit dir reden?

– Wir haben geschworen...

Die beiden Pädagogen tauschten vielsagende Blicke. Die Jagd neigte sich dem Halali entgegen. Der Direktor tönte wieder väterlich.

– Aber Urbanová! Ein erzwungener Schwur zählt doch nicht. Und wenn du Angst hast, dann schwören wir dir beide, der Genosse Brunát und ich, daß niemand es von uns erfährt. Schau, wir verhören jetzt noch die Zimová, und dann geben wir einfach bekannt, wir hätten's von Anfang an gewußt! Na also, Urbanová, wer hat euch die Beispiele verraten?

Auf dem nahen Staatsgut fingen die Hähne an zu krähen. Die Urbanová schniefte kurz und ward zur Verräterin.

– Die Zimová...

Das war der letzte Name, den sie erwartet hatten.

– Die Zimová?

wiederholte der Direktor ungläubig.

– Aber die Zimová konnte doch nicht...

hielt der Mathematiklehrer mitten im Satz inne.

Die Freude über den Blattschuß wechselte mit Enttäuschung. Statt einer wilden Bestie hatte man ein Kaninchen erlegt. Der Direktor faßte sich.

– Dann fragen wir sie eben!

Eingedenk seines Schwurs nickte er der unglücklichen Urbanová huldvoll zu.

– Schon gut. Warte draußen.

– Zimová!

rief an der Tür der Mathematiklehrer. Er konnte nicht verhindern, daß es feierlich klang.

Zum Direktorzimmer schritt das grazile Mädchen mit dem kastanienfarbenen Haar und den mandelförmigen Augen, verfolgt von den vierzig Paar anderen.

Daß diese Stecken sie tragen! wunderte sich Tikal wie immer. Gleich darauf wunderte er sich abermals, nämlich daß er ihr nicht mal in Gedanken ein Bein gestellt hatte, wie bei jeder Gelegenheit seit der ersten Grundschulklasse, sondern ihr Schreiten mit einer nebulosen Beklommenheit verfolgte.

Wie schade, daß die strahlendsten Sekunden unseres Daseins im Dunkel der Unwissenheit verdämmern! Binnen einiger Minuten war Tikals Kindheit zu Ende gegangen. Ohne Warnung hatte das Mannestum gleich zwei seiner Organe befallen, die Stimme und das Gefühl. Jene vermittels Bruch, dieses vermittels Liebe.

Aller Blicke verlagerten sich auf die Urbanová, die sich um ein Lächeln bemühte. Es fiel kläglich aus.

– Du, hör mal,

fragte Brož, als Häuptling Tikal es seltsamerweise unterließ,

– wieso warst du so lange da drin?

Von der Ecke des Korridors her näherte sich eilig der Schulwart und rief:

– Während der Ermittlungen wird nicht geredet!

Brož erwiderte hinter Tikals Rücken:

– Während der Ermittlungen wird nicht geraucht.

Coufal hielt inne. Sein Haupt umschwebte ein Wölkchen von Zigarrenrauch. Er sah aus wie ein gekränkter Heiliger.

– Wer hat das gesagt?

Hinter Bašusens Rücken sagte Tikal, der schon wieder zu sich gekommen war:

– Niemand.

– Drum eben!

– Setz dich,

sagte der Direktor zur Zimová; er war entschlossen, sie einfach zu überrumpeln.

– Denk mal an, wir wissen schon alles. Leugnen ist zwecklos.

Das Mädchen hatte nichts dergleichen vor. Sie sah ihn mit ihren leicht schrägstehenden Augen an, in denen kein Schatten von Angst oder Nervosität zu erkennen war.

Ist es möglich, wunderte sich der Direktor, daß solche Augen so abgebrüht lügen können? Herrgott, seufzte er im Geiste, als Pädagoge kommt man sein Leben lang nicht aus dem Staunen heraus. Aber halt, mein Mädelchen, dir erteile ich eine Lektion! Er zielte mit dem Bleistift auf ihre eher küken- als mädchenhafte Brust.

– Die Beispiele hast du ihnen gegeben, jawohl, du, meine liebe Zimová, und ausgeplaudert hat es dein Mitschüler –

fügte er tückisch hinzu

– fällt dir vielleicht ein, welcher?

– Bitte, die Urbanová,

sagte das Mädchen, als antwortete sie an der Tafel auf die leichteste aller Fragen.

Die beiden Männer stutzten. Der Mathematiklehrer hatte das Gefühl, der Vorteil der Überraschung schwinde dahin, und unternahm rasch einen neuen Ausfall.

– Und wollen Sie hier vielleicht behaupten, sie hat sich das ausgedacht?

Die Zimová schwenkte ihren Unschuldsblick zu ihm hinüber.

– Bitte, das will ich nicht.

Jesus, an wen erinnert mich das, kramte der Direktor im Gedächtnis, und schon wußte er's. Er entsann sich, mit welch überzeugender Entrüstung seine junge, vergötterte Frau voriges Jahr bestritten hatte, einen Eduard Hakl zu kennen, dessen Liebesbrief sich doch in seiner Tasche befand. Aus ihren Augen war die gekränkte Unschuld auch nicht gewichen, als er ihr den Brief gezeigt hatte, so daß er bis heute nicht sicher war. Und so fängt alles an! Er verhärtete sich.

– Was du willst oder nicht willst, meine liebe Zimová, ist uns herzlich egal. Du wirst uns erklären müssen, wie du dir die Beispiele verschafft hast. Denn –

und er fuhr sein schwerstes Geschütz auf

– der Genosse Brunát hatte sie im Lehrbuch angekreuzt, und das hatte er bis gestern früh in seinem Tisch im Lehrerzimmer!

Der Mathematiklehrer klingelte unheilverkündend mit dem Schlüsselbund vor ihrem Gesicht, obwohl er selbst nicht wußte, was er damit erreichen wollte.

– Hier sind die Schlüssel!

– Was du also getan hast,

der Direktor erhob sich abermals und nahm die Hilfe des Präsidenten in Anspruch,

– ist nicht nur Betrug, sondern es läuft auf Einbruch hinaus!

Beide Pädagogen waren überzeugt, jetzt müsse sie aber endlich losheulen und mit der Wahrheit herausrücken. Sie indes heulte mitnichten los und sagte, quasi entschuldigend, als wollte sie ihnen die Freude nicht verderben:

– Aber ich hab nirgendwo eingebrochen.

– Nein??

ereiferte sich Brunát und rasselte mit den Schlüsseln.

– Bitte, nein.

Der Direktor hatte von sämtlichen Weibern die Nase voll, angefangen bei der Zimová, bis zu seiner Gattin.

– Zimová! Ich kenne dich seit acht Jahren, aber ich hätte nie geglaubt, daß du so lügen kannst!
– Bitte, ich lüge nicht.

Der Direktor brüllte los.

– Hast du ihnen die Beispiele nun gegeben oder nicht??
– Bitte, ja.
– Könntest du uns also erklären, wie du an sie herangekommen bist?
– Bitte, ja.
– Dann erklär's uns!!
– Bitte, mir ist das eingefallen.
– Was ist dir eingefallen?
– Mir ist eingefallen, welche Beispiele wir aufbekommen.

So viel Frechheit verschlug ihnen den Atem. Der Direktor meinte bissig:

– Also, das wäre mir nie eingefallen. Aber dafür fällt mir etwas anderes ein. Habt ihr zu Hause Telefon?

III

Stadt S. versus Fluß S. – Ein Fluß, töpfchenweise aufgefüllt. – Die Schlüssel zur Stadt mitsamt dem Tor gefällig? – Revolutionärer Mönch und imperialistischer Teufel. – S/S. – Eine Katze als Bote. – Zwei Paar Kuhaugen. – Unser Mädel hat eine Eins bekommen? Da muß etwas faul sein. – Dieser Schoß ist jungfräulich. – Sollte dir wieder etwas einfallen, dann sag's ruhig weiter! – Die Polizei weint nicht, darf aber staunen.

Die Stadt S. liegt am Fluß S. Seit uralten Zeiten ereiferten sich die Bürger der Stadt und die Anwohner des Flusses über die Streitfrage, ob der Fluß nach der Stadt benannt war oder umgekehrt. Es erinnerte an die mittelalterliche Polemik, was zuerst da war: die Henne oder das Ei.

Die Bürger der Stadt behaupteten, es sei der wegen seiner unerschrockenen Krieger, geschickten Glasbläser und aufgeklärten Geistlichkeit berühmte Ort S. gewesen, der dem unbedeutenden, unschiffbaren und daher namenlosen Wasserlauf seinen Sinn und folglich auch seine Benennung verliehen hatte; erst danach und lediglich dadurch sei das Rinnsal zur Kenntnis genommen, in Landkarten verzeichnet, mit Gehöften und Ferienhäusern gesäumt, befischt und schließlich reguliert worden, nach Ansicht der Bürger der Stadt völlig überflüssigerweise, da jeder Anwohner des Flusses verpflichtet gewesen sei, täglich ein Töpfchen Wasser hineinzuschütten, damit er überhaupt floß.

Die Anwohner des Flusses behaupteten, es sei der wegen seiner kühnen Flößer, fleißigen Fischer und aufgeklärten Geistlichkeit berühmte Fluß S. gewesen, der dem bedeutungslosen, weltabgeschiedenen und daher völlig unbekannten Nest seine Daseinsberechtigung und folglich auch seinen Namen verliehen hatte; erst danach und nur deswegen sei es entdeckt, der Öffentlichkeit zugänglich gemacht, bewohnt, in den Territorialplan aufgenommen und mit Wällen umgeben worden, laut Meinung der Anwohner des Flusses ganz entbehrlicherweise, denn kaum wurde das neuerliche Eindringen fremder Heere in Böhmen kundgetan, hätten sich die Bürger der Stadt in den Feldern postiert und den Eroberern mitsamt den Schlüsseln vor lauter Eifer auch das ausgehängte Stadttor überreicht.

Als aufgeklärte Geistlichkeit galt sowohl der einen als auch der anderen Seite der Mönch Clarinus, welcher der Sage nach den Teufel aus einer Höhle am (!) Ufer vertrieben und im (!) Fluß ertränkt hatte, so daß beide Seiten zu Recht Anspruch auf ihn erhoben. In der Zeit knapp vor Klára Zimovás Geburt wurde die Erwähnung der Geistlichkeit vorübergehend unterlassen, und zwar im Zusammenhang mit der revolutionären Umwandlung der Gesellschaft. Der Kreisausschuß erstellte später für die Schulen der Stadt und des Flußgebietes einen einheitlichen Text, in welchem statt des Mönchs die fortschrittliche Intelligenz gefeiert und statt des Teufels der Imperialismus verurteilt wurde. Da Großmütter und Mütter den Kindern die Legende jedoch weiterhin im Originalwortlaut erzählten, wurde gleichzeitig der völkischen Tradition und dem Prestige des Regimes Achtung gezollt.

Es soll nicht unerwähnt bleiben, daß sich in der Stadt und im Flußgebiet ortsüblicherweise die Abkürzung S. an der S., weiterverkürzt zu S. a. d. S. und schließlich zu S/S, eingebürgert hatte. Eine ganze Reihe von Briefen und Ansichtskarten S/S-Gebürtiger, die als Touristen, Sportler, Geheimdienstler oder Emigranten nach einer der zahlreichen Okkupationen die Welt durchstreiften, war – mit dieser Anschrift versehen, wiewohl versehentlich ohne Angabe des Landes nach Hause gesandt – in den Archiven der britischen Admiralität geendet, denn dort bezeichnet man mit der Abkürzung S/S jedwedes steam ship, also Dampfschiff.

Als das Telefon klingelte, hatte Mutter Zimová alle Hände voll zu tun. Auf dem Tisch ruhte umgekehrt ein Stuhl, an jedem seiner Beine war der Zipfel einer Serviette befestigt, und unter der Serviette stand ein Topf; Mutter Zimová passierte die ersten Himbeeren dieses Jahres und filterte den Saft durch die Serviette. Ihre Hände waren bis zu den Ellbogen so rot, als steckten sie in Handschuhen.

Sie blickte sich nach der Großmutter um. Oma Zimová saß

in ihrem Sessel, auf der einen Seite weiße Wolle, auf der anderen Seite braune Wolle. Die braune Wolle verstrickte sie. Den grauen Kopf schräg gehalten, betrachtete sie den dunklen Fernsehschirm und lächelte. Mutter Zimová erriet, daß sie an den Opa dachte. Oma Zimová dachte ausschließlich an den Opa. Seit er voriges Jahr gestorben war, wiederholte sie sich im Geiste ihr ganzes mit ihm verbrachtes Leben, Minute um Minute. Eben tanzte sie Mazurka auf dem Slawenball.

Mutter Zimová bereitete es ziemliche Mühe, den Hörer so zu ergreifen, daß sie ihn möglichst wenig verschmierte. Dann fragte sie altväterlich:

– Hallo? Wer dort?

– Hier Direktor Plavec,

krächzte es aus dem Hörer,

– ich hätte gern mit Herrn Zima gesprochen.

– Ich passiere gerade Himbeeren,

antwortete Frau Zimová.

Den Direktor verblüffte diese Antwort. Es dauerte einen Augenblick, bis er, leicht aus dem Konzept gebracht, abermals anhub.

– Aber ich hätte gern den Genossen Zima ...

– Der ist in der Werkstatt. Aber Sie können vorbeikommen, er macht's Ihnen gleich.

In dem Moment erinnerte sich der Direktor glücklicherweise, daß Zima eine kleine Autoreparaturwerkstatt leitete. Er kannte sich wieder aus.

– Hier Plavec, der Schuldirektor. Es wäre nötig, daß er sofort in die Schule kommt, es geht um Ihre Klára. Richten Sie's ihm aus?

Mutter Zimová sagte entschuldigend:

– Aber wo ich gerade die Himbeeren passiere ...

Sie fragte nicht einmal, worum es ging. Plavec kam zu Bewußtsein, daß er in all den Jahren weder sie noch ihren

Gatten in der Schule gesehen hatte. Zugegeben, das Mädel hatte gute Noten, und auch ihr Betragen hatte bis heute nichts zu wünschen übriggelassen, aber trotzdem: Eltern sollten sich nach ihren Kindern erkundigen kommen, schon aus Achtung vor den Pädagogen. Gereizt sprach er weiter.

– Könnten Sie nicht wen zu ihm schicken? Es ist wirklich sehr dringend!

– Also, dann schick ich die Líza hinüber.

– Seien Sie so freundlich!

schloß der Direktor scharf und legte auf; irgend etwas ging ihm nicht aus dem Kopf, und deshalb wandte er sich an die Zimová.

– Du hast eine Schwester?

– Bitte, nein.

– Und wer ist Líza?

– Bitte, unsere Katze.

Der Direktor sperrte den Mund auf, aber da bemerkte er den Blick des Mathematiklehrers und klappte ihn wieder zu. Er wollte keine dummen, läppischen Fragen stellen.

– Tsch, tsch, tsch!

machte Mutter Zimová; das weiße Wolleknäuel neben der Großmutter stand auf und dehnte sich.

– Kschtz! Sag dem Papa, er soll herkommen.

Die weiße Katze schrumpfte ein, als hätte man die Luft aus ihr herausgelassen. Dann stieß sie sich ab, streckte sich und sprang in einem langsamen, fließenden Bogen aus dem Fenster. Sie schritt, sich im Schatten der Rosen haltend, würdevoll am Haus entlang. Das schwere Tor der Werkstatt stand nur einen Spalt breit offen; um hindurchzugelangen, mußte sie sich fast so dünn machen wie ein Blatt Papier. In der Werkstatt war keine Menschenseele zu sehen, nur ein halbes Dutzend auseinandergenommener Autos. Die weiße Katze ging zu einem uralten Praga, setzte sich neben die Hinterachse und miaute zweimal.

– Gleich, Líza,

ertönte es unter dem Wagen hervor,

– bin schon unterwegs!

Der Direktor wollte überhaupt keine Fragen mehr stellen, um die Klinge seiner Mission nicht von kindischem Geschwätz abstumpfen zu lassen. Die Uhr auf der Pfarrkirche schlug fünf. Er forderte Brunát auf:

– Schicken Sie die anderen nach Hause. Bis auf die Urbanová.

Der Mathematiklehrer öffnete die Tür, und der Tonfall seiner Stimme verriet alles.

– Die ganze Klasse kann nach Hause gehen. Nur die Urbanová bleibt.

Er verschwand. Vierzig Kehlen gaben einen Laut von sich, als knurrte ein riesiges Tier. Vierzig Paar Augen stellten die Urbanová an den Pranger.

– Du blöde Ziege,

sagte Tikal halblaut,

– wenn sich herausstellt, daß du gepetzt hast...

Das pummelige Mädchen brach in Tränen aus und setzte sich mit einer unerwarteten Gewandtheit, wie sie die Angst gebiert, treppab in Bewegung. Die anderen rannten trampelnd hinterdrein.

– Urbanová!

schrie Schulwart Coufal; damit hatte er seiner Pflicht Genüge getan und ging zum Volkstumsbarden, um seine Zigarre zu holen.

Wie ist die Zeit zu überbrücken, die uns vom Höhepunkt der Jagd trennt, wenn die Beute enthäutet ist und der Kopf als Trophäe feierlich über der Tafel der Sieger aufgerichtet wird?

Der Direktor zog gewaltsam die Spannung hinaus. Er setzte sich an seinen Tisch, machte ein äußerst strenges Gesicht, warf gelegentlich einen Blick auf die Uhr, trommelte gelegentlich mit den Fingern. Der Mathematiklehrer ließ sich im Sessel für hohe Besucher und Pädagogen nieder. Er machte ein finsteres Gesicht, warf gelegentlich einen Blick auf die Uhr, rasselte gelegentlich mit den Schlüsseln. Klára Zimová saß auf dem Stuhl für Eltern und Schüler, genauso ruhig, als wäre sie im Kino.

Schließlich ertönte ein Klopfen.

– Herein!

Als niemand eintrat, sprang der Direktor hinter dem Schreibtisch hervor und riß die Tür auf. Wut wurde von Schrecken abgelöst. Auf der Schwelle stand ein Mann, noch größer als Brunát. Doch Brunát war spindeldürr, Zima hingegen muskelbepackt. Er hatte seinen ölverschmierten Overall an und hielt die riesigen Hände auf dem Rücken versteckt.

– Ich bin einfach gleich so gekommen ...

Der Direktor schilderte ihm den Fall viel zurückhaltender, als er beabsichtigt hatte. Nicht aus Feigheit; die Kleine begann ihm leidzutun. Wenn diese Pranken einmal zuschlugen ...

– Vielleicht hatte sie Angst vor uns,

schloß er versöhnlich,

– vielleicht sagt sie Ihnen eher die Wahrheit. Na, Klárka, wie war das also?

Sie schaute vertrauensvoll ihren Vater an und begann in der Kindersprache, deren Sätze keinen Anfang und kein Ende kennen:

– Der Genosse Professor hat gesagt, es werden Beispiele aus dem Rechenbuch sein, und da hab ich es nach dem Unterricht aufgeschlagen, um nachzusehen, und da ist mir eingefallen, das werden diese fünf sein, und die Urbanová hat mich gefragt, was ich glaube, daß wir aufbekommen, und da hab ich's ihr gesagt, und die Urbanová hat gefragt, wieso ich das weiß, und da hab ich ihr gesagt, es ist mir so eingefallen, und dann ist der Tikal dazugekommen, und die Urbanová hat ihm dasselbe gesagt, was ich ihr gesagt hab, und der Tikal hat mich gefragt, ob ich das hundertprozentig weiß, und da hab ich gesagt, ja, und er hat's dem Brož gesagt, und der Brož dem ...

Als erster verlor der Mathematiklehrer die Nerven.

– Zimová! Im Rechenbuch stehen einhundertzwanzig Beispiele! Bitte, überzeugen Sie sich selbst!

Das galt dem Vater, dem er das aufgeschlagene Lehrbuch hinhielt. Zima schaute folgsam hinein und zog verschämt die Hände zurück.

– Ich hab mich nicht richtig gewaschen ...

Der Direktor sagte eindringlich:

– Zimová! Du wirst doch deinen eigenen Vater nicht anlügen!

– Aber ich lüge nie,

sagte das Mädchen, als wäre ihre Geduld unerschöpflich.

Der Direktor appellierte an die letzte Instanz.

– Genosse Zima! Sie sollten ihr ins Gewissen reden!

– Aber sie lügt nie,

sagte der Vater, als wollte er ein eigensinniges Kind beschwichtigen.

Er tauschte mit der Tochter einen liebevollen Blick, und der Direktor stellte bestürzt fest, daß der Riese die gleichen schrägen Mandelaugen hatte wie sie. In dieser Größe strahlten sie so etwas wie wehrlose Unbeholfenheit aus. Woran erinnerten sie ihn ganz stark? Eine Kuh! dachte er. Der Ochse und sein Kalb! Er verlor jeglichen Respekt vor ihm.

– Zimová, geh mal kurz hinaus!

Sie stand auf, machte eine Verbeugung und ging auf den Korridor. Der Direktor deutete gebieterisch auf den freien Stuhl, und nachdem Vater Zima sich bedrückt gesetzt hatte, richtete er an ihn – auch im Namen des Präsidenten – streng das Wort.

– Es ist schön, Genosse Zima, wenn die Eltern ihren Kindern glauben, aber was zuviel ist, ist zuviel! Aufgrund unserer gesamten pädagogischen Praxis können ich und mein Kollege –

er meinte allerdings Brunát, aber es wirkte, als meine er den Präsidenten

– behaupten: So ein Zufall ist total ausgeschlossen. Wenn wir's recht bedenken, dann ergibt sich: a) Die ganze Klasse hat nur jene fünf Beispiele ausgerechnet, die Genosse Brunát in seinem Buch angekreuzt hatte, und b) Ihre Tochter gibt zu, daß sie es war, die den Mitschülern diese Beispiele angegeben hat. Ergo: Wie hat sie das herausbekommen?? Es ist doch im Interesse ihrer gesamten Weiterentwicklung, daß sie uns das sagt. Das meinen Sie doch auch, hab ich recht?

Zima hatte die ganze Zeit über schüchtern genickt.

– Es bleibt also nichts anderes übrig, als daß Sie selbst sie fragen, und zwar mit allem Nachdruck!

Zima hörte auf zu nicken und sagte verlegen:

– Aber sie hat's doch schon gesagt...

– Was?

– Na, daß es ihr eingefallen ist.

Direktor Plavec brüllte gar nicht pädagogenhaft:

– Aber das ist doch absoluter Blödsinn!!

Die Zimová wartete unterdessen auf dem Korridor. Die tiefstehende Sonne drängte sich an die Quadrate der Fensterscheiben; auf dem Fußboden des Korridors zeichneten sich jedoch merkwürdigerweise Rauten ab. Sie versuchte, über sie hinwegzuhüpfen, ließ es aber plötzlich bleiben und trat neugierig ans Geländer. Gleich darauf schlug im Erdgeschoß eine Tür zu, und Schritte wurden laut. Dann erschien in der Treppenbiegung ein schlanker Mann in der Uniform eines Polizeibeamten. Klára lächelte zufrieden und grüßte artig.

– Guten Tag.
– Grüß dich, Klárka,
sagte der Polizeibeamte,
– ich bitte dich, was geht hier ...
In Kláras Augen flackerte Angst auf. Sie rief:
– Vorsicht!
Er blieb stehen.
– Wieso?
– Damit Sie nicht ausrutschen ...
– Ich? Warum sollte ich ausrutschen?
Sie zuckte verwirrt die Achseln.

Welche Verantwortung, wenn man Vater ist! Welche Sorge, wenn man Vater einer Tochter ist! Welche Plage, wenn man Vater einer Tochter ist, an der die Pubertät rüttelt! Der Polizeibeamte hatte auch so eine daheim, und er hätte über ihre Hirngespinste wissenschaftliche Werke verfassen können, wenn er Zeit gehabt hätte. Seiner Věra hätte er schlicht eine gelangt. Klára lächelte er nur mitleidig zu und ging wortlos weiter. Er griff in dem Moment nach der Klinke des Direktorzimmers, als die Tür aufflog und der Mathematiklehrer kläffte:
– Urbanová!
Beide erschraken.
– Puh!
machte der Polizeibeamte.
– Pardon ...
stotterte Brunát,
– ich rufe eben Ihre ...
– Mein Mädel,
erklärte der Polizeibeamte und schloß die Tür hinter sich,
– kommt verheult angerannt, angeblich ist ein Malheur passiert, da hab ich ihr gleich eine gelangt, als Vorschuß, und nun möchte ich fragen, wie viele ich ihr nachliefern soll. Hat sie ein Ungenügend geschrieben?

– Nein, im Gegenteil, aber es geht gar nicht um sie, sagte Direktor Plavec und reichte ihm die Hand,
– sei mir gegrüßt, Karel, das hier ist Herr Zima, Genosse Zima, das ist Hauptmann Urban, falls Sie ihn nicht...
– Ich kenne ihn...

Nach der Gewohnheit von Männern, die eine militärische Grundausbildung als einfacher Soldat genossen haben, nahm Zima respektvoll Haltung an, ein ganz klein wenig geduckt, damit er den um so viel Ranghöheren nicht um so viel überragte.

Hauptmann Urban reichte ihm erfreut die Hand.
– Ah! Da bin ich aber froh! Unser Mädel und Ihr Mädel sind doch Banknachbarinnen! Also, um was geht's denn?

Direktor Plavec setzte es ihm in allen Einzelheiten auseinander. Der Polizeibeamte machte lange eine skeptische Miene. Plötzlich merkte er auf:
– Unser Mädel hat eine Eins bekommen? Da muß also wirklich etwas faul sein. Wo ist der Schlüssel und wo ist der Tisch?

Er hockte sich davor, schweigend eingekreist von den Vorigen sowie von einigen anderen Pädagogen, die sich im Lehrerzimmer noch auf den morgigen Unterricht vorbereiteten. Mit Kláras Hilfe war auch Schulwart Coufal gefunden worden; sie war, ohne zu überlegen, in den Turnsaal gelaufen, wo er auf dem Stapel aufgehäufter Matten dann und wann ein Schläfchen zu machen pflegte. Der Hauptmann untersuchte eingehend das Schloß. Dann fragte er Brunát:
– Haben Sie noch einen Schlüssel?
– Nein.
– Sie auch nicht?

Das galt Coufal, der eben schlaftrunken überlegte, wo er seine Zigarre vergessen hatte. Man mußte die Frage wiederholen.

– Nein...
– Dann ist alles klar.
– Was ist klar, Karel?
fragte der Direktor ungeduldig.
– Dieser Schoß ist jungfräulich.
– Wie bitte?
– Verzeihung,
entschuldigte sich der Hauptmann,
– dieses Schloß hat niemand gewaltsam geöffnet.
– Ja, aber wie ist sie dann an die Beispiele gekommen?
fragte der Mathematiklehrer zerquält.

Da aller Blicke auf ihm ruhten, sagte Vater Zima seelenruhig:
– Es ist ihr eingefallen...

Stille. Dann sprach das älteste Mitglied des Lehrerkollegiums, der Naturkundelehrer Látal, dem es die Treue zu den altmodischen Idealen einer überholten Demokratie verwehrt hatte, Direktor zu werden, dessen Meinung hier jedoch seit jeher mehr galt als diejenige Plavecens.
– Ich finde, man sollte keine Affäre daraus machen. Hier der Kollege Brunát sucht zu Hause neue Beispiele heraus, die Kinder schreiben das morgen einfach noch mal, und wer gestern geschummelt hat, kann baden gehen.

Damit war der Fall für ihn erledigt. Unterwegs zum Kleiderständer, wo als letztes Banner der alten Zeiten ein dunkelblauer, breitkrempiger Hut hing, wie ihn der erste Präsident der Republik getragen hatte, sagte er streng zum Schulwart:
– Coufal, bringen Sie mir endlich das Naphthalin ins Kabinett, sonst muß ich demnächst statt der Vögel die Motten drannehmen!

Er setzte den Hut auf, öffnete die Tür und nahm ihn galant wieder ab. Auf der Schwelle stand eine junge Dame, die Brust wie ein antiker Harnisch, das Haar wie ein goldener Helm.

– Ergebenster Diener, Madame!

sprach Látal und dienerte tatsächlich, ließ sie passieren, erwiderte freundlich den artigen Gruß der wartenden Klára und strebte zur Treppe.

Pallas Athene blickte den Direktor fragend an. Woher kenne ich die nur, überlegte der fieberhaft. Da öffnete sie den Mund:

– Albert, wo bleibst du? Wir kommen schon wieder zu spät.

Er erkannte seine Gattin, die sich das Haar hatte färben lassen. Er war momentan außerstande, sich darüber Gedanken zu machen. Er spürte, daß zum Fall Zimová noch etwas gesagt werden mußte, und zwar von ihm selbst. Frau Plavcová entschuldigte sich bei den anderen durch ein Lächeln.

– Ich möchte wenigstens einmal den Anfang eines Films sehen!

Der Direktor erblickte das Mädchen auf dem Gang, und plötzlich sah er auch das Ende der Sache vor sich. Er ging hinaus, die anderen folgten in seinem Sog.

– Klára … Ich kann's noch immer nicht glauben, aber es ist nun mal so, daß ich keine Beweise habe. Morgen meldest du der Klasse, daß die Turnstunde ausfällt, weil ihr eine neue Arbeit schreibt.

Dann gewann der Zweifel die Oberhand, und er fügte ironisch hinzu:

– Und sollte dir wieder etwas einfallen, dann sag's ruhig weiter. Wenn sie dich dann ums Schulhaus jagen, werde ich mit Vergnügen zuschauen!

– Unserer Vĕra sagst du aber nichts,

sagte Hauptmann Urban, schon im Gehen salutierend,

– ich werde dafür sorgen, daß sie's büf …

Er sprach nicht zu Ende. Den Blick auf die anderen gerichtet, hatte er unachtsam die erste Stufe betreten, glitt aus und rutschte krachend bis zum Treppenabsatz.

Die Männer eilten ihm trampelnd nach. Der Direktor rief:

– Karel! Ist dir etwas...

– Nein...

Immer noch platt auf allen vieren wie ein Frosch, starrte der Polizeibeamte das Mädchen an, das oben stehen geblieben war. In seinen Augen spiegelte sich nicht Schmerz, sondern Staunen.

IV

Was sich tut, wenn sich nichts tut. – Die Ähnlichkeit zwischen einer Geschichte und Quark. – Warum man ausgerechnet die eigene Frau geheiratet hat. – Haben sie ihn schon erwischt? – Ablehnung von Hellseherei hemmt die Entfaltung des Denkens. – Kann man vor Wut sein Englisch vergessen? – Dieser Mensch kommt mir nicht ins Haus! – Der Einfluß eines schamlosen Nachthemds auf eine Mathematikarbeit. – Schlimmstenfalls fragst du die Klára...

Es ist Mode geworden, den Helden einer Geschichte nur dann Aufmerksamkeit zu widmen, wenn sich in der Geschichte gerade etwas tut. Zumal die dramatischen Künste frönen dieser Unart, der dann auch die Prosa verfällt; weder auf der Bühne noch auf der Leinwand geschieht es jemals, daß die Helden stundenlang auf dem Klo Zeitung lesen, ganze Abende stumpfsinnig auf den Fernsehschirm starren oder einfach im Bett liegen, ohne wer weiß was zu tun. Auch in der Prosa gibt es kaum noch einen Autor, der sich zu schreiben traut, daß sich sogar auf dem Höhepunkt einer Krise mitunter nichts Erwähnenswertes tut: Da denkt er sich lieber aus, daß irgend jemand sich irgend etwas Bedeutungsvolles denkt.

Wenn die eben erst gemolkene Milch stockt, dann tut sich auch nichts. An der weißen Oberfläche hat sich eine Schicht abgesetzt, so trügerisch unbewegt wie ein Theatervorhang, hinter dem die Dekoration gewechselt und die Handlung ein Stück vorangetrieben wird. Dann genügt es, den Topf ein wenig anzustoßen, der Vorhang reißt, und auf der Bühne erscheinen Quark und Molke.

Indes: Hat man uns nicht gerade das vorenthalten, was ein Naturwunder von einem Taschenspielertrick unterscheidet?

Wenn die eben erst exponierte Handlung reift, dann tut sich oft noch weniger, obwohl sich währenddessen der Lauf der Dinge und deren Kulmination anbahnt. Dann genügt es, in die stehenden Gewässer einen Kiesel des Geschehens zu werfen, und wie vom Blatt, genau nach Lehrbuch, setzen Kollisionen, Krisen, Peripetien und Katastrophen ein.

Freilich: Hat man uns nicht gerade um das beraubt, was das wirkliche Leben über ein Schattenspiel hinaushebt?

Folgen wir nicht dem Beispiel der Faulpelze, Dummköpfe oder Arschkriecher, die lediglich Feuersbrünste, Morde und Bürgermeisterwahlen in die Gemeindechronik eintragen, so daß nach einem halben Jahrhundert kein Mensch mehr feststellen kann, wer in der Gemeinde die schönsten Beine hatte, was zwar nicht alle, aber auch nicht wenige umwälzende Ereignisse erhellen würde. Lernen wir aus den eigenen Tagebüchern, in denen sich verzweifelt oft der Satz «Heute nichts Besonderes» breitmacht, so daß wir nach Jahren zwar genau wissen, wann uns wer welchen Zahn gezogen hat, aber vergeblich herumrätseln, was uns veranlaßt hat, aus so vielen besseren Möglichkeiten ausgerechnet die eigenen Ansichten, den eigenen Beruf und die eigene Frau auszuwählen.

Daher: Behalten wir die Akteure auch an dem Abend im

Auge, da die eben erst in Gang gebrachte Geschichte wieder zum Stillstand kommt und alle sich noch als unwissende Reisende darin befinden, die weder von Eisenbahn noch Flugzeug transportiert werden, sondern vom Planeten selbst.

An jenem Abend saß, wie an jedem Abend, die Familie Zima vor dem Fernsehgerät. Auf der Herdplatte erkaltete der Himbeersaft, und die Küche duftete wie ein mittäglicher Garten. Auf dem Bildschirm hatte ein Komiker den unglücklichen Liebhaber abgelöst, und dem Publikum kamen die Tränen jetzt vor Lachen. Auch die Zimas lachten mit.

Der Vater hatte die großen Hände im Schoß liegen. Klára streichelte die weiße Katze. Die Großmutter strickte und dachte an den Opa: Auf dem Heimweg vom Slawenball waren sie bis zur Torbogeneinfahrt des vornehmen Hauses im Prager Stadtteil Vinohrady gelangt, wo sie in Dienst stand. Der Opa setzte ihr begeistert auseinander, das siegreiche revolutionäre Proletariat werde in Kürze auch ihr Joch beseitigen, und die Oma hoffte erregt, er werde ihr noch vorher einen Kuß geben. Mutter Zimová, die sich endlich hingesetzt hatte, kramte ständig abwechselnd in beiden Schürzentaschen. Nach einer Weile fragte Vater Zima:

– Was suchst du, Mama?

– Ach, die Brille ...

antwortete Mutter Zimová.

Der Komiker machte den nächsten Witz, und Eltern und Tochter lachten aufs neue los. Dann drehte sich die Mutter zur Tochter um:

– Dir fällt auch nicht ein, wo sie sein könnte, Klárinka?

– Im Saft,

sagte die Tochter.

– Im Saft?

wunderte sich die Mutter,

– was macht die Brille im Saft?

Sie stand auf, ging zum Herd, rührte mit einer Schöpfkelle im erkalteten Saft und erstöberte etwas. Ein seltsamer Gegenstand kam zum Vorschein; von allen bekannten Gegenständen glich er ausschließlich einer in Himbeersaft gekochten Brille.

– Sie war drin!

rief die Mutter und spülte sie unter der Wasserleitung ab.

– Na also, hurra!

sagte Vater Zima.

– Dankeschön, Klárinka!

sagte die Mutter, als sie, die Brille auf der Nase, wieder vor dem Fernseher Platz nahm.

– Schon gut, Mama,

sagte Klára Zimová und stimmte in das Lachen ihrer Eltern über einen weiteren gelungenen Witz ein.

Die Großmutter küßte den Opa aus eigenem Antrieb und entfloh, schamentbrannt, in die Gegenwart. Forschend betrachtete sie den Bildschirm und erkundigte sich:

– Haben Sie ihn schon erwischt?

Die Antwort erfolgte, wie üblich, unisono:

– Das ist schon was anderes, Oma!

Am selben Abend, fast gleichzeitig, saßen Tikals im Wohnzimmer. Es geschah selten, daß sie so dasaßen, denn der Vater hatte oft im Krankenhaus Dienst, in letzter Zeit sogar um so öfter, als er die neue Schwester Dušková, ebenso bildhübsch wie unerfahren, vor den amourösen Zudringlichkeiten der übrigen Ärzte bewahren mußte; heute hatte Schwester Dušková dienstfrei, und so konnte er sich der Familie widmen. Frau Tikalová räumte den Tisch ab, und Doktor Tikal schlug interessiert eine englische Fachzeitschrift auf. Darin befand sich ein Aufsatz über die nichtoperative Heilung von Meniskusschäden, den er unbedingt lesen mußte.

– Papa,
fragte Tikal junior, daheim keine Spur von Häuptling,
– wie wird man Hellseher?
– Was ist das für eine blöde Frage?
– Kann man sich dazu ausbilden lassen?
– Ja. Im Zirkus. Läßt du mich eine Weile lesen?
– Wie kannst du das sagen!
sagte vorwurfsvoll Frau Tikalová. Sie kam eben aus der Küche zurück und zündete sich eine Zigarette an. Den sich häufenden emotionalen Rückziehern ihres Gatten trachtete sie ein gesteigertes intellektuelles Übergewicht entgegenzusetzen.
– Und zum Beispiel dieser Hanumann? Oder dieser ... Wie heißt er doch? Kürzlich stand in den «Kuriositäten aus aller Welt» etwas über ihn geschrieben!
– Du meinst wohl Hanussen!
sagte Doktor Tikal ätzend. Die endlose Polemik, die seine Frau aus krankhafter Eifersucht mit ihm führte, ging ihm gleich aus zwei Gründen auf die Nerven: weil sie zu Recht eifersüchtig war und weil sie sich nicht einmal die allereinfachsten Namen merken konnte.
– Wenn du weißt, wie er heißt, dann weißt du auch, daß er ein berühmter Hellseher war,
verkündete Frau Tikalová, deren Übergewicht in letzter Zeit durch das untrügliche Gefühl gesteigert wurde, ihr Gatte habe sich wieder mal mit einem Weibsbild eingelassen.
– Ich weiß nur das, wovon ich mich selbst überzeugt habe. Und das möchte ich gern auch meinem Sohn einimpfen.
Er begann aufs neue mit der Lektüre des ersten Absatzes. Seine Frau setzte sich ihm kampfeslustig gegenüber.
– Wer eine Möglichkeit nur deshalb ausschließt,
sagte sie und überlegte, ob es wieder eine Patientin war oder eine seiner Kolleginnen,

zu, riß sich einen Knopf vom Schlafanzug ab und warf den Wecker herunter. Er atmete auf, als er endlich wohlbehalten im Bett lag, und schlug die Zeitschrift wieder auf. Als er den ersten Absatz zum sechstenmal las, stellte er fest, daß er vor Wut sein Englisch vergessen hatte.

Tikal junior, der bis dahin schweigend dem Wortgefecht der Eltern zugeschaut hatte, mit dem Kopf pendelnd wie beim Tennis, murmelte, er habe noch zu lernen, und begab sich in seine Bude. Nach dem Verarzten einiger Schrammen, die er mittags beim siegreichen Zweikampf mit dem Häuptling der 8b hinter der Schule abbekommen hatte, widmete er sich der Literatur. Es handelte sich jedoch nicht um den für Mutters Auge angefangenen «Letzten Mohikaner», sondern um die «Vollkommene Ehe», während des Abendessens aus der verschlossenen Abteilung des väterlichen Bücherschranks entwendet. Einige der abgebildeten Organe erregten ihn zunächst. Dann erfaßte ihn Beklommenheit und schließlich Widerwillen. Er löschte das Licht aus und versuchte, sich im Dunkeln die Mandelaugen der Klára Zimová zu vergegenwärtigen.

Frau Tikalová weinte noch eine Zeitlang im Eßzimmer. Doktor Tikals rechtschaffene Empörung hatte sie in Zwiespalt versetzt. Sie weinte beim Gedanken, ihn diesmal zu Unrecht der Untreue verdächtigt zu haben, und zugleich beim Gedanken, er sei ihr diesmal auf raffiniertere Weise untreu als je zuvor. Schließlich beschloß sie, sich direkt bei ihm Trost zu holen. Sie demolierte die Pyramide auf ihrem Kopf und barg den Gatten unterm Zelt ihres unvergleichlichen Haars, wie nur sie es hatte und wie er es am liebsten hatte. Doktor Tikal schlief schon, und ihre Liebkosungen drangen mitten in einem Traum von der bildhübschen Schwester Dušková zu ihm durch.

Auf welch verschlungenen Pfaden das Glück doch die Menschen erreicht!

Am selben Abend, etwas später, nach dem psychologischen Film heimgekehrt, zu dessen Anfang sie noch zurechtgekommen waren, dessen Ende jedoch beide nicht befriedigt hatte – Herrn Plavec nicht, weil dem älteren, seriösen Mann die junge Ehefrau abspenstig gemacht wurde; Frau Plavcová nicht, weil der Liebhaber keine seriösen Absichten hatte –, berichtete der Direktor bei der gewohnten Partie Canasta von den Ereignissen in der 8a. Die Partie zur Guten Nacht hatte im dritten Ehejahr Frau Plavcová eingeführt. Weniges war ihr so unerträglich wie Canasta, aber seit dem vorvorigen Jahr zog sie das Spiel Plavecens Annäherungsversuchen vor. Jetzt überlegte sie, ob sie eine Partie vorschlagen sollte, damit er endlich müde wurde, oder gleich Migräne vorschützen. Sie dachte auch voll Unbehagen an den Film und voll Argwohn an Richard.

– Und das muß ausgerechnet bei der Wachablösung geschehen,

seufzte der Direktor sorgenschwer,

– stell dir vor, heute hat mir der Vorsitzende Karas unter dem Siegel der Verschwiegenheit verraten, daß man das im Bezirkssekretariat ausgekocht hat!

Frau Plavcová dachte gerade daran, wie Richard ihre neue Tönung gefallen würde; sie reagierte geistesabwesend.

– Wen hat man ausgekocht?

Er wußte, daß Schule und Politik sie unsäglich langweilten, und war hocherfreut, daß sie ihn jetzt überhaupt wahrnahm. Er begann ihr die geplante Rotation der Kader zu schildern, in deren erfolgreichem Verlauf ihn die Zentrifugalkraft zum Kreisschulinspektor emporheben könnte.

Während er einen Rosenkranz von Namen und Titeln herunterbetete, legte sie mechanisch Karten ab und stellte sich die Frage, die sie sich seit dem Moment stellte, als ihre Freundin ihr den letzten Brief überbracht hatte: ob Richard sie tatsächlich binnen einer Woche verführen würde. Schon hatte sie

Als schließlich dann aus dem Bad die Dusche zu hören war, schloß Frau Plavcová leise die Dielentür und eilte zum Telefon.

Am selben Abend, fast gleichzeitig, klingelte in der Wohnung des Kollegen Brunát das Telefon. Frau Brunátová, schon in einem reizenden Nachthemd neuesten Schnitts, das aus Paris mitzubringen sie ihre Kusine angefleht hatte, hob ab. Sieben Jahre Ehe, das waren für Frau Brunátová sieben Jahre wechselhaft erfolgreichen Ringens mit ihrer hartnäckigen Rivalin gewesen – der Mathematik. Das Nachthemd hatte sie just als allerneueste Waffe angelegt.

– Bitte?

sagte sie,

– bist du das? Ich hör dich kaum, kannst du nicht etwas lauter ... Ach so, verstehe ... Was? Meiner arbeitet ...

Sie warf einen Blick auf den Schreibtisch. Der Mathematiklehrer saß im Schlafrock mit dem Rücken zu ihr und schenkte ihr nicht die geringste Aufmerksamkeit. Beruhigt nahm sie das Gespräch wieder auf.

– Nein, überhaupt nicht, sag schon ... Was du nicht sagst!

Im Hörer ertönte rasches Krächzen. Frau Brunátová drückte ihn dichter ans Ohr.

– Du brauchst nicht zu schreien, ich höre dich.

Das Krächzen nahm an Lautstärke ab, doch schwang Beklommenheit und Unsicherheit darin mit. Es klang in einer verzweifelten Frage aus.

– Goldkind,

sagte die Brunátová ratlos,

– da bin ich überfragt ...

Ihr Mann schnaubte ungeduldig. Sie erschrak.

– Vielleicht ruft die Schneiderin dich an!

ergänzte sie rasch, um die Freundin nicht aller Hoffnung zu berauben.

– Was für eine Schneiderin?
kam es verständnislos aus dem Hörer.
– Na, die für dich näht, Herrschaft...
Frau Brunátová seufzte bedeutungsschwanger
– ...von wem reden wir denn? Also, gute Nacht. Ich rufe dich morgen früh an!

Noch bevor sie auflegte, hatte sie ein Märchen für den Gatten fertig. Aber als sie zu ihm trat, wurde sie gewahr, daß es sich erübrigte. Brunát säuselte leise durch die Lippen, während seine Hand mit dem scharfgespitzten Bleistift über dem Lehrbuch kreiste, um den vier bereits angekreuzten Beispielen ein fünftes hinzuzufügen. Die Entscheidung war offensichtlich quälend: Schon hielt der Bleistift inne, um eine Nummer aufzuspießen, da zuckte er gleich darauf zu einem anderen Beispiel hinüber, wie um einen unsichtbaren Widersacher zu täuschen.

Frau Brunátová empfand plötzlich Mitleid. Auch wenn sie oft eifersüchtig darauf war, so mochte sie eigentlich doch seine wissenschaftliche Verbohrtheit, die ihn zwar immer wieder von ihr entfernte, ihm jedoch eine rührende Jungenhaftigkeit bewahrte. Wie sie so hinter ihm stand, drückte sie sich mit voller Brust gegen seinen Nacken und umschlang sacht mit linden Händen seinen Hals.

Brunát klappte jäh das Lehrbuch zu und brüllte:
– Schau mir da nicht hinein!
Sie war dermaßen erschüttert, daß sie zu stottern anfing.
– Ich sch-schaue doch g-gar nicht...
– Also, was willst du?
– Na, erlaube mal...

Er starrte ihr gewagtes Nachthemd an, dessen Kaumvorhandensein auch noch mit Durchsichtigkeit konkurrierte, und in seinem überreizten Sinn keimte ein Verdacht auf. Drohend sprach er ihn aus:

– Hör mal ... Oder bist das etwa du?
– Was?
– Bist du das, die's ihnen zuträgt?
– Ich bitte dich, warum sollte ich so etwas tun?

Dieses Nachthemd regte ihn auf. Warum nur trug seine Frau ein so schamloses Nachthemd? Ein Kurzschluß gebar einen weiteren teuflischen Gedanken.

– Hat dich etwa einer von diesen Knaben bezirzt?
– Also, du bist wohl ... Du bist wohl übergeschnappt!! Die sind doch erst vierzehn!
– Vielleicht hat einer von ihnen einen feschen Vater!

Frau Brunátová hatte sich mehr als einmal gewünscht, ihr Mann möge wenigstens ein einzigesmal im Leben eine Eifersuchtsszene hinlegen, sie eine Zeitlang anbrüllen oder sogar irgendwas zertrümmern, aber diese himmelschreiende Verleumdung verschlug ihr den Atem.

– Jan, wenn es einen Gott gibt,
sprach sie in gerechtem Zorn,
– dann wird er dich dafür strafen!

Er hörte, wie sie sich im Schlafzimmer einsperrte, spürte, daß er sie wohl gekränkt hatte, aber er konnte sich nicht helfen: Solange der rätselhafte Vorfall nicht zufriedenstellend geklärt war, stand jeder unter Verdacht. Er glaubte fanatisch an Zahlen, das Irrationale wies er schlichtweg von sich. Ich kriege dich! drohte er im Geiste dem unbekannten Übeltäter. Dann kam ihm eine geniale Idee.

– Weißt du, was?
wandte er sich laut an den Übeltäter,
– das machen wir ganz anders!

Er nahm einen Gummi und radierte alle vier im Lehrbuch angebrachten Merkzeichen aus – fast zerrieb er dabei das Papier.

Anschließend zog er einen Block aus dem Schreibtisch und

schnitt mit der Schere hastig, aber fein säuberlich kleine Quadrate aus.

In derselben Nacht, viel später, blickte Hauptmann Urban in der Küche auf seine verheulte Tochter herab. Er war nur im Trainingsanzug, aber die Verräterin Urbanová hatte vor ihm noch mehr Angst als ein ertappter Räuber.

– In fünf Stunden nur sieben Beispiele!

rief er aus und haute auf den Tisch, auf dem sich eine Halde mit durchgestrichenen Zahlen bekritzelter Papiere türmte.

– Das versteh ich niiie...

blökte seine Tochter.

– Bist du denn total verblödet?

– Ich glaube, jaaa...

– Du bist nicht dumm,

grollte der Vater,

– du bist nur stinkfaul! Aber merk dir eins! Wenn du das verpatzt, komm mir nicht unter die Augen!!

– Ich geh da nicht hiiin...

– Was?

– Ich tu mir was aaan...

Bevor er dazukam, ihr noch eine zu kleben, erschien in der Küche seine Gattin. Mit Lockenwicklern sah sie aus wie eine Frau von einem anderen Planeten. Sie schritt um ihren Mann herum und trocknete mit mütterlicher Hand die töchterlichen Tränen.

– Na, komm, Věruška,

sprach sie besänftigend,

– wasch dich mal schön, und dann ab in die Heia.

– Entschuldige mal,

protestierte der Vater,

– es bleiben ihr noch hundertdreizehn Beispiele!

– Na eben!

entgegnete die Mutter kategorisch. Sie war weit und breit die einzige, die vor Urban keine Angst hatte: Sie kannte den Zustand seiner Wäsche, seines Körpers und seiner Seele besser als er, und er ordnete sich ihr unter wie seinen Vorgesetzten.

– Also, hopp,

sie gab der Tochter einen Schubs,

– guter Rat kommt über Nacht.

Und kaum außer Urbans Hörweite, flüsterte sie noch:

– Schlimmstenfalls fragst du wieder die Klára!

V

Justiz in der Klasse und Klassenjustiz. – Das Marterprogramm. – Věra, das war eine Sünde! – 15, 32, 51, 65 und 99. – Der Bruder des Direktors auf dem Lokus. – Ein Mathematiklehrer trägt keine Insekten in den Taschen mit sich herum. – Die Klasse wird so liegen, wie Bašus sie bettet. – Die grundsätzliche Bedeutung des Punktes. – Ein glücklicher Zufall soll nur verdienten Bürgern begegnen. – Zeig mir, was du da hast! – Kein Ingenieur unter dem Fenstersims. – Wer hat nicht abgegeben?

Eines ließ Hauptmann Urban sich nicht nehmen: wie immer an kritischen Tagen die Tochter bis vor die Schule zu begleiten, um sicherzugehen, daß sie die Schule nicht schwänzte, und um sie obendrein bis zum letzten Moment erziehen zu können. Urban war ein anständiger, fleißiger Mann mit Durchsetzungsvermögen, er hatte sich Rang und Funktion von der Pike auf und ohne Protektion erarbeitet, da er schon in jungen

Jahren das Wörtchen «unmöglich» aus seinem Wortschatz gestrichen hatte. Unterwegs nannte er der Tochter zahlreiche belehrende Beispiele aus Geschichte, Literatur und eigenem Leben, bemüht, in ihr die Überzeugung zu verwurzeln, daß Schularbeit sich am leichtesten mit unerschütterlichem Selbstvertrauen, gesundem Ehrgeiz und heiterem Gemüt bewältigen läßt.

Die Urbanová greinte heute ausnahmsweise nicht, daß seine Begleitung sie zur Zielscheibe allgemeinen Gespötts mache, sondern nickte fügsam und blieb mit ihm sogar bis zum ersten Klingelzeichen vor dem Schulgebäude stehen, damit möglichst viele Mitschüler den uniformierten Vater sahen. Sie ahnte, daß dieser Freitag ein schwarzer werden würde, und wäre heilfroh gewesen, wenn sie auch in der Klasse Polizeischutz genossen hätte.

O Jugend, wie grausam, aber auch gerecht vermagst du den Verrat an der gemeinsamen Sache zu bestrafen! Wie einfach und verständlich sind deine Gesetze, wie unbestechlich und unabhängig ist dein Gericht, wie wirkungsvoll deine unblutige Strafe! Auf diese Weise wird die Bestie Verrat an der Kette gehalten, und lassen Hasenfüße oder Hundsfötter sie frei, so werden sie für ihre Hasenfüßigkeit respektive Hundsföttischkeit mit schlagfertigem Wort und treffsicherer Hand entlohnt und obendrein öffentlich als hasenfüßig respektive hundsföttisch angeprangert.

Weiß Gott, wenn Völker in ihre Klassenkämpfe die Grundsätze ihrer Schulklassen einbrächten, dann würden sich nicht so viele Diktatoren auf ihrem Rücken austoben, und Okkupanten würden um sie herumschleichen wie genäschige Kater um die verschlossene Speisekammer. Wie schade, daß diese Justiz am Schultor endet; gleich dahinter werden Tyrannen und Vaterlandsverräter als Stützpfeiler von Recht und Anstand proklamiert und mit Orden, Ämtern und Gütern belohnt.

Weit mehr als die neue Schulaufgabe verursachte der Urbanová die Vorstellung des Spießrutenlaufens eine Gänsehaut, das ihr nicht erspart bleiben würde, selbst wenn sie fünf Väter in Polizeiuniform hätte. Sie wünschte sehnlichst, zu ihrer Bank möge ein Tunnel führen.

Sie bangte durchaus zu Recht. Das empörte Kollektiv plante, der Verräterin Martern ersten Grades, zutreffend «höllische» genannt, angedeihen zu lassen. Unter anderem stand ihr bevor:

Verweigerung brüderlicher Hilfe an der Tafel (verantwortlich: Bašus) und in der Bank (Kollektivhaftung),

Auskippen der Schultasche, auch «Kassensturz» geheißen, vor dem Unterricht (verantwortlich: Brož) und «Prager Fenstersturz» gleich nach dem Unterricht (verantwortlich: Ehrenberger),

unbemerktes Schwärzen einer oder mehrerer Backen mit Ruß (zu besorgen, einschließlich des Rußes, von der Slámová),

Zukleben des Russischlehrbuchs für die 8. Klasse mit Sardellenpaste (Tikal),

Einsperren in der Mädchentoilette (Tikal),

vorübergehende Entwendung der Füllfeder, deren Entleerung und anschließende Füllung mit Ketchup (Dušek),

gewaltsame Abnahme eines Schuhs und Verbergen desselben hinter der Box der Schulsprechanlage (Dušek und Ehrenberger),

heimliches Ersetzen des Pausenbrotes in der Serviette durch eine tote Ratte (mit der Besorgung und Durchführung betraut: Šefrna),

in der Turnstunde Dresche mit dem Medizinball beim Gruppenspiel (alle),

während der Turnstunde sogenanntes gordisches Verknoten sämtlicher Wäsche- und Kleidungsstücke (Javůrková),

auf dem Heimweg geschickte Anbringung eines Zettels mit

der Aufschrift «Achtung, böser Hund» auf dem Rücken (Tikal),

und schließlich, ins Schülerbuch eingeschmuggelt, das Hauptmann Urban täglich aufmerksam studierte, die Fotografie eines Korporals mit der gefälschten Widmung: «Věra, das war eine Sünde! Dein Karli» (ebenfalls Tikal).

Das reichhaltige Programm blieb auf den Kassensturz beschränkt. Kaum hatte sich der an der Tür lauernde Brož ihrer Schultasche bemächtigt und im Laufschritt deren Inhalt längs des Podiums bis zum Fenster verstreut, während Ehrenberger, von Dušek abgeschirmt, versuchte, ihr einen Schuh abzustreifen, kreischte die Verräterin Urbanová schrill:

– Laßt mich in Ruhe, und ich verrate euch was!

Jahrhundertealter Schülerinstinkt zwang alle, der Information Gehör zu schenken, mochte es sich auch nur um eine Finte handeln. Sie hielten die Urbanová jedoch sicherheitshalber fest; die Slámová, die ihr laut Programm scheinbar zu Hilfe eilen sollte, wickelte den echten, hausgemachten Ruß aus.

– Rück heraus damit!

rief Tikal.

– Statt Turnen schreiben wir eine neue Mathe-Arbeit!

Die Klasse erstarrte zu Stein.

– Was quasselst du da...

fuhr Tikal sie an, aber in seinem Inneren tickte der Instinkt wie ein Wecker und sagte ihm, daß es stimmte.

Brož warf der Urbanová ihre leere Tasche zu, Ehrenberger den Schuh. Sie stoben in ihre Bänke, um den Zustand ihrer Spickzettel zu überprüfen; dann dämmerte ihnen, daß sie statt derer heute Turnhosen und -leibchen mitgebracht hatten. Bis auf Bašus wurden alle von Panik erfaßt.

– Jesusmaria,

jammerte die Batková, womit sie die Stimmung der überwältigenden Mehrheit ausdrückte,

– na, das gibt ein Waterkloo!

In dem Moment betrat die Zimová die Klasse. Tikal bemerkte sie als erster.

– Klárka!

schrie er auf, wobei er unbewußt, ähnlich wie gestern abend vor dem Einschlafen im Geiste, zum erstenmal laut eine Koseform ihres Namens verwendete,

– der Pythagoras läßt die Arbeit wiederholen!

– Ich weiß,

antwortete sie, begrüßte freundlich die Urbanová, hockte sich neben sie und half ihr beim Aufklauben der verstreuten Schulausrüstung.

– Hör mal,

Tikal beugte sich, einer spontanen Eingebung folgend, zu ihr herab,

– du hast nicht zufällig das Buch da?

– Doch, hab ich.

– Und könntest du nicht mal kurz reinschauen? Vielleicht fällt dir wieder ein, was er uns aufgibt...

Die Urbanová schnauzte er an:

– Glaub nur nicht, daß die Sache für dich erledigt ist!

Voll Abscheu kickte er das Bleistiftetui weg, nach dem sie eben die Hand ausstreckte, und schaltete wieder auf Klára um.

– Wie haben wir's? Probierst du's? Keine Angst, wenn's schiefgeht, nehm ich's auf meine Kappe!

fügte er gentlemenlike hinzu.

Klára zuckte die schmalen Schultern.

– Warum nicht? Der Genosse Direktor hat's mir erlaubt.

– Was??

Das war ihnen eindeutig zu hoch, aber der Zeitdruck gestattete nicht, sich jetzt damit aufzuhalten.

– Also, mach schon!

Sie setzte sich aufs Podium, griff in die Schultasche und

kramte das Rechenbuch hervor. Ringsum schloß sich hermetisch der Kreis ihrer angespannt schnaufenden Mitschüler. Sie schlug die Seiten mit den Beispielen auf.

– Fünfzehn,
verkündete sie.
– Jemand muß mitschreiben!
befahl Tikal.
– Warte!
rief die Slámová. Sie grapschte nach einem Bleistift und einem zusammengefalteten Papier, aus dem in einem dünnen Rinnsal der Ruß herausrieselte.
– So, jetzt!
– Fünfzehn ...
– Hab ich!
– Zweiunddreißig ...
– Weiter!
– Los, Klára!
– Einundfünfzig ...
– Hör mal, weißt du das genau?
– Sei still, du störst!!
– Wie kann sie das wissen??
– Stopft ihm das Maul!!
– Au, loslassen ...
– Rasch, Klára!
– Fünfundsechzig ...
– Leute, dabei wird mir ganz ...
– Ruhe, verdammt noch mal!! Klára, noch eins ...
– ... und neunundneunzig.

Stille trat ein. Kláras ruhige Gewißheit wirkte so ansteckend, daß niemand mehr seine Zweifel laut werden ließ; die Illusion von Zauberei wurde sofort von der nüchternen Erwägung verdrängt, daß Klára das alles doch nur direkt von Brunát erfahren haben konnte.

Tikal nahm die Organisation in die Hand.
– Bašus, mach schon, ich steh Schmiere! Was du jetzt nicht schaffst, erledigst du nach Geo!

Er bezog am Türspalt Posten, während Bašus nach dem Lehrbuch und der Kreide griff. Gewandt schrieb er das erste Beispiel an die Tafel. Vierzig Augenpaare diktierten es den Händen, die Zahlenreihen, Zahlenkolonnen und Vorzeichen auf Papierschnitzel kleinstmöglichen Ausmaßes kritzelten.

Die Urbanová verfrachtete ihr Eigentum in die Bank und schloß sich nach kurzem Zögern an. Aber Tikal hatte die Augen überall.

– Urbanová! Du drehst dich um und schaust dir Bildchen an! Und wenn du wieder quasselst, flüstern wir deinem Alten, daß du dich mit diesem Korporal herumtreibst!

– Mit was für einem Korporal?

kreischte die Urbanová,

– ich kenne keinen Korporal!!

– Aber bevor das heraus ist, prügelt er dich windelweich!

Sie mußte ihm recht geben. Also drehte sie sich lieber um und starrte hinter Tränen auf die vergilbte Tafel mit der Darstellung anorganischer Kristalle.

Nachdem Schulwart Coufal, Zigarre im Mund, um 10.35 Uhr die große Pause abgeklingelt und die Schülerschaft Hof und Korridore geräumt hatte, verließ das Lehrerzimmer als letzter Professor Brunát, abermals den unheilverkündenden Stapel Schulaufgabenhefte unterm Arm, begleitet von Direktor Plavec persönlich, der ihm auf dem Weg treppauf halblaut keuchend die letzten Instruktionen erteilte.

– Hauptsächlich müssen Sie jedweden Kontakt unterbinden. Keiner darf sich auch nur räuspern. Schließen Sie die Fenster, damit niemand etwas hinauswirft. Ich möchte wetten, die haben sich das Märchen nur ausgedacht, um irgendeinen bärtigen Trick zu kaschieren. Ich, zum Beispiel, hatte –

sagte er vertraulich

– immer, wenn eine Mathe-Arbeit geschrieben wurde, meinen Bruder, der schon Ingenieur war, auf dem Lokus versteckt. Einer von uns hat's ihm hingebracht, und ein anderer hat's nach einer Weile zurückgebracht –

noch nach einem halben Jahrhundert grinste er triumphierend

– auf Spickzetteln. Und wie war's bei Ihnen, Kollege?

Sie waren schon fast an der Tür der 8a angelangt, aber dennoch hielt der Mathematiklehrer baß erstaunt inne. Er starrte den Direktor mit einem Blick an, in dem sich Subordination und Verachtung miteinander vermengten.

– Ganz normal, Genosse Direktor,

sagte er würdig,

– ich habe alles ausgerechnet...

– Aha,

machte der Direktor und wechselte rasch das Thema,

– dann Hals- und Beinbruch. Ich halte hier Wache.

Er bezog die Schlüsselposition im Türrahmen der Knabentoilette.

Zweiundvierzig Leiber schnellten zum Gruß empor. Brunát gewährte nickend Sitzerlaubnis und wartete schweigend, bis die Hefte verteilt waren. Zufrieden gewahrte er aus den Augenwinkeln, daß auch bekannte Größen à la Tikal, Brož, Dušek und Ehrenberger noch nie dagewesene Nervosität an den Tag legten. Allein Klára Zimová beobachtete er nicht einmal aus den Augenwinkeln. Die Verteilung war beendet. In der Klasse machte sich Grabesstille breit. So, forderte er den unbekannten Widersacher auf, nun zeig, was du kannst! Laut indes gebot er:

– Fenster schließen! Wer sich umdreht oder wispert, gibt sein Heft bei mir ab und erhält ein Ungenügend. Bašus! Kommen Sie her und nehmen Sie die Brille ab!

Bašus erhob sich entgeistert, trat aufs Podium und wandte ein:
– Ohne Brille sehe ich nichts ...
– Darum geht's ja!
sagte der Mathematiklehrer und legte die Brille des Schülers aufs Katheder,
– eben darum geht es. Und jetzt greifen Sie mir in die Tasche!
Bašus erstarrte, und nicht als einziger.
– Genosse Professor ...
– Nur unverzagt, Bašus. Was Sie darin finden, ist für Sie. Also, was wird es wohl sein, nun?

Endlich tastete Bašus nach der Sakkotasche des Pädagogen und fingerte schüchtern darin herum. Unsicher sagte er:
– Blättchen ...
– Oho,
sprach Brunát ironisch,
– nun sagen Sie bloß noch, ich hätte Insekten darin!
Bašus hatte sich endlich zurechtgefunden.
– Papierschnitzel ...
– Richtig. Und wieviel mögen es wohl sein, was meinen Sie?
– Ich weiß nicht.
– Dann denken Sie nach, zerbrechen Sie sich, Bašus, ein bißchen den Kopf, Mathematik ist keine Milchmädchenrechnung, sondern vor allem Logik!
– Ich weiß es nicht ...
– Dann will ich's Ihnen sagen. Es sind genau einhundertundzwanzig, ebensoviel wie Beispiele in unserem Lehrbuch. Sie ziehen jetzt fünf davon brav heraus, dann setzen Sie sich die Brille auf und lesen uns die Nummern vor. So ist es am gerechtesten, was meinen Sie?

Die Klasse starrte ihn mit stummem Grauen an. Einzig Tikal vermochte den Blick von ihm zu wenden und auf die dritte Bank zu heften. Klára lächelte scheu vor sich hin, aus Verlegenheit, wie ihm schien. Er spürte, wie die Luft im Klassenzimmer sich mit Unwillen schwängerte, und dachte ans Ende der Unterrichtsstunde: Wer stellt ihr als erster ein Bein? Brož? Dušek? Ehrenberger? Oder Šefrna? Und wie verhält sich ein Häuptling, der ihr sein Wort verpfändet hat? Sein Wort einem Mädchen? Schon vernahm er das Huronengelächter, aber schon stürzte er sich auch auf sie, um ihnen zu zeigen, wer hier das Sagen hatte, allein gegen vier, und doch überlegen, nämlich im Bewußtsein des Rechts, und hauptsächlich unter dem bewundernden Blick der mandelförmigen ...

– Nun, frisch drauflos! Es ist ja ohnehin egal!

Tikal war mit einem Ruck wieder wach.

In Bašusens kurzsichtigen Augen spiegelte sich die Anstrengung, mit der er die zusammengefalteten Zettel aus der Tasche fischte. Schließlich war er beim fünften angelangt.

– Legen Sie alle aufs Katheder,

riet Brunát; im Bewußtsein seiner erdrückenden Vormachtstellung war er nun die Liebenswürdigkeit selbst.

Bašus brachte dies erst nach einmaligem Verfehlen des Katheders zustande. Dann setzte er sich die Brille auf und schaute abermals den Mathematiklehrer an, um sich zu vergewissern, daß dieser nicht scherzte.

– Nur zu,

ermunterte ihn der Professor,

– wie Sie sie betten, so werden sie liegen. Wer etwas gelernt hat, wird Ihnen sicher nicht böse sein.

Bašus faltete also den ersten Zettel auseinander und las vor:

– Fünfundsechzig ...

Die Klasse stöhnte. Brunát hielt es für schiere Verzweiflung. Mit geradezu bösartiger Wonne, die ihn überraschte, die er jedoch der Ungeheuerlichkeit des Betrugs anlastete, nahm er Bašus den Zettel ab und hielt ihn den Vorderbänklern vor die Nase wie der Conferencier einer Fernsehlotterie.

– Fünfundsechzig!
wiederholte er schadenfroh,
– zufrieden? Also, was haben wir als nächstes?
– Zweiunddreißig...
las Bašus vor.
Die Klasse ächzte.
– Zweiunddreißig, jeder sieht es! Weiter?
– Einundfünzig...
Die Klasse schnappte nach Luft.
– Bitte sehr,
demonstrierte der Professor,
– einundfünfzig. Weiter!
– Fünfzehn...
Die Klasse hielt die Luft an.
– Fünfzehn,
verkündete Brunát marktschreierisch,
– wenn's beliebt! Und schließlich? Na?
– Sechsundsechzig,
las Bašus vor.

Der Klasse blieb die Luft weg. Verzweifelt vorwurfsvolle Blicke zuckten zur Zimová.

O Gloria, dein wahrer Name ist Wankelmut! Was zählt's, dies Feuerwerk erfüllter Prophezeiungen, wird es am Schluß von eines Irrtums schnödem Furz entweiht?

Das herrliche Wunder erhielt den nüchternen Anstrich des Zufalls. Schade, bedauerte auch Tikal, es hätte den Alten so schön auf die Palme bringen können... Aber gleich darauf tat ihm Klárka leid, und er sandte ihr einen aufmunternden Blick hinüber.

– Zufrieden?
ergötzte sich Brunát und nahm Bašus den letzten Zettel aus der Hand,
– sechsunds...

Da stutzte er und reichte Bašus das weiße Quadrat zurück.
– Warum ist da wohl ein Punkt, Bašus?
– Was für ein ...
Bašus starrte das Quadrat verständnislos aus der Nähe an.
– Nehmen wir an,
sagte Brunát großmütig,
– Sie hätten ihn übersehen, denn sonst müßte ich meinen, sogar Sie, Bašus, fürchten das Beispiel Nummer – wieviel?
Er stellte den Zettel auf den Kopf und zeigte ihn der Klasse.
– Dieser Punkt steht nämlich eben deshalb hier, damit sich die Zahl Sechsundsechzig unterscheidet von der Zahl ...
– Neunundneunzig!
rief die Klasse in begeistertem Unisono.

Klick. Direktor Plavec hob den Kopf. Der Zeiger der elektrischen Uhr am Treppenaufgang informierte ihn, daß seit dem Beginn der Unterrichtsstunde neunundzwanzig Minuten verstrichen waren. Die anfängliche Spannung war einer wohligen Schläfrigkeit gewichen. Na bitte, dachte er, es verläuft normal. Brunát verteilt Zweier, Dreier und Vierer, würzt das Ganze mit einem sporadischen Einser oder Fünfer, und das Rätselraten hat ein Ende. Beim Abendessen mit Fuchs ergibt das eine gelungene Anekdote. Warum haben wir uns damit überhaupt so abgeplagt? Jede Woche errät irgend jemand irgendwo sämtliche Richtigen im Lotto oder Toto.

Die Zimová kam ihm in den Sinn. So ein phantastischer Zufall, und begegnete einem Backfisch bei einer dämlichen Rechenaufgabe! Warum lachte das Glück niemals, nicht einmal von fern, ihm, der sich so um Schule und Stadt verdient gemacht hatte? Mit ein bißchen Glück hätten er und Puppilein längst in der Kreisstadt ansässig sein können, und sie hätte nicht immer wie ein Schulmädel hinfahren müssen, zu ihrer Mutter ... Er vermeinte wieder zu hören, wie sie den neuen

Sekretär einen Seladon nannte, und ihm wurde warm ums Herz. Er bekam Lust, sie anzurufen und ihr ein paar nette Worte zu sagen. Abermals blickte er auf die Uhr: Wenn sie hätten schummeln wollen, hätten sie viel früher damit anfangen müssen.

Aber er harrte aus. Jahrhundertealter Instinkt ist kein Vorrecht der Schüler, er ist auch Pädagogen zu eigen. Gleich darauf wurde er belohnt: Langsam bewegte sich die Klinke der 8a. Mit einer Behendigkeit, die man ihm niemals zugetraut hätte, verschwand Direktor Plavec in der Knabentoilette.

Aus dem Klassenzimmer kam Tikal und schlenderte lässigen Schritts ebendorthin. Er betrat das Reich der porzellanenen Wandschüsseln, begann vor sich hin zu pfeifen und öffnete den Reißverschluß.

– Halt!

dröhnte es da hinter seinem Rücken.

Er brach vor Schreck fast zusammen.

– Umdrehen!

Er drehte sich um, die Hand am Reißverschluß.

– Los, herzeigen!

– Was...

– Na, was du da hast!

Tikal wurde knallrot. Der Direktor wurde zum Glück gleich darauf deutlicher.

– Also, her mit den Beispielen!

– Mit welchen Beispielen?

Der halbgeöffnete Hosenlatz legte für Tikal Zeugnis ab. Der Direktor stutzte, aber er gab sich nicht geschlagen.

– Und wem hast du da gepfiffen?

– Niemandem...

– Niemandem? Na, dann wollen wir doch mal nachsehen, wie so ein Niemand aussieht!

Er fing an, eine Tür nach der anderen aufzureißen und aus

einer Kabine in die andere zu rennen. Zum Schluß öffnete er, seiner Jugenderinnerungen eingedenk, auch noch das enge Fenster und beugte sich über den Sims hinaus, als könnte darunter, zwei Stockwerke über dem Gehsteig, jemandes Ingenieur-Bruder hängen. Tikal fand mittlerweile Zeit, sich in Ordnung zu bringen, und beobachtete ihn, stumm vor Verblüffung. Schließlich kam der Direktor zum Stillstand und fauchte wütend:

– Also, was machst du hier?

– Bitte, ich mußte mal ...

– Hast du denn so viel Zeit?

– Ich bin schon fertig ...

Direktor Plavec ließ ihn stehen, durcheilte den Korridor und platzte, ohne anzuklopfen, ins Klassenzimmer. Das erste, was er sah, war der Stoß Schulaufgabenhefte auf dem Katheder. Die Klasse sprang mit Gerumpel auf. Der Direktor winkte, als verscheuchte er eine Fliege. Die Klasse blieb stehen. Kollege Brunát hatte den wilden Blick eines Wachpostens, dem man den Munitionszug geklaut hat.

– Fertig?

erkundigte sich Plavec mit erstickter Stimme.

Der Mathematiklehrer brachte nur ein Nicken zustande.

– Alle?

hauchte der Direktor.

Brunát räusperte sich, aber die Stimme versagte ihm gleichwohl.

– Haben alle abgegeben?

krächzte er.

– Nein!

ertönte eine unbekannte Knabensolostimme.

Der Direktor witterte einen Rettungsring.

– Wer hat nicht abgegeben?

fragte er hoffnungsvoll.

Alle Köpfe wandten sich zur dritten Bank. Dort, neben der mitleidsvoll-machtlosen Klára Zimová, rechnete, strich und, vor allem, flennte die arme Verräterin Urbanová.

VI

Historie ohne Berücksichtigung der Gegenwart. – Treffer und Volltreffer. – Minirad für Maxi-Reinfall. – Glanz und Elend der Schulbänke. – Ein Dorf mit Vorstadt. – Wer bringt Schornsteinfegern Glück? – Davon erzählt man Urban lieber nichts! – Eine anständige Frau näht ausschließlich am Vormittag. – Wie soll man einem Schwindel auf die Spur kommen, wenn die Flüche angeschossener Männer erschallen? – Die Unwahrscheinlichkeit der Wahrscheinlichkeit. – Haben sie sich schon gekriegt? – Bitte, die Schule brennt!

Am selben Freitag, fast gleichzeitig, brach in der Glashütte die Mittagspause an.

Die Glashütte der Stadt existierte länger als die Stadt selbst, jawohl, wissenschaftliche Nachforschungen, Gemeindechronik und mündliche Überlieferung nährten die Vermutung, daß schon damals, als der Gletscher sich aus diesem lieblichen Landstrich zurückgezogen hatte, Nomadenstämme hier einen Eingeborenen antrafen, der aus Feuer und Sand blankes Glas zauberte. Die Glashütte hatte ganze Generationen von Stadtbewohnern geprägt, zunächst von Proletariern, dann von Revolutionären und schließlich von Funktionären, die sie zu nie dagewesener Blüte brachten, als sie die Zahl der Glasbläser verdoppelten und die Zahl der Beamten verzehnfachten, damit kein Einwohner von S/S seinem Broterwerb in der Fremde nachgehen mußte, sondern die Früchte der siegreichen Revolution daheim genießen konnte, unter ihrer väterlichen Obhut.

Das riesige Verwaltungsgebäude überschattete obendrein sinnigerweise das gotische Kloster, wo ein Glasmuseum eingerichtet worden war, um den peinlichen Abschnitt der vorrevolutionären Historie endgültig abzuschließen und vergessen zu machen, diesen störenden Schatten auf der Schönheit der glücklichen Gegenwart, mit der die unaufgeklärten Vorfahren nicht gerechnet hatten. Der Zustrom neuer Bewohner, größtenteils im gestärken Hemd und auf den hohen Stöckeln Jungvermählter zum Stadttor hereingekommen, als das örtliche Potential dem dynamischen Bedarf nicht mehr genügte, verursachte auch die fieberhafte Errichtung vorfabrizierter Nistplätze, denen die öffentlichen Einrichtungen hoffnungslos nachhinkten. Die sich vor dem Krieg auf zwölf belaufenden Gastwirtschaften wurden bei Anbruch der neuen Ära feierlich auf drei reduziert, um den Dämon Alkohol zu bändigen. Dabei wurde leider der erzieherische Einfluß des gesellig-gesitteten Umtrunks vergessen, so daß jetzt nächtens Dutzende von Bürgern in der Stadt randalierten, die sich daheim besoffen hatten. Urbans Leute identifizierten sie allesamt als Glasschmelzer und -bläser und brachten sie, statt hinter Gitter, zu Bett, damit sie morgens bei der Schicht nicht fehlten. Das neue Kulturhaus, das stark an einen Silo erinnerte, genügte nicht einmal mehr als Kino, so daß das gesamte gesellschaftliche Leben sich werktags mittags in der riesigen Kantine der Glashütte abspielte, wo sich praktisch die ganze Stadt verköstigte.

Wie an jedem anderen Werktag reihten sich vor dem Ausgabeschalter auch an diesem Freitag Direktoren und Angestellte auf, Meister und deren Gehilfen, städtische Handwerker, die mit einer Hand, und betriebseigene Sportler, die mit beiden Füßen für die Glashütte arbeiteten. Viele davon hatten einen Sohn oder eine Tochter in der 8. Klasse. Während die Köchinnen ihnen Tomatensuppe, Schweinsbraten, Knödel, Kraut und Apfelstrudel auf die Teller kippten, blinzelten sie einander zu und tauschten verschwörerisch Informationen.

– Hat's dir dein Junge erzählt?
– Du meinst, das von Zimas Mädel?
– Ja.
– Ja, hat er.
– Zum Brüllen, was?
– Ihr redet von der Zimaschen Klára, ja?
– Na ja.
– Wie konnte die Kleine das wissen?
– Hat's angeblich erraten.
– Das ist ein Treffer!
– Was ist ein Treffer?
– Wir reden von der Klára Zimová.
– Ach so, na ja. Weißt du, was ich denke?
– Keine Ahnung.
– Die könnte die Lottozahlen ausknobeln.
– Ach so, na ja!
– Das könnte sie doch.
– Das wäre dann erst recht ein Treffer!
– Was wäre ein Treffer?
– Wir reden von der kleinen Zimová.
– Daß sie die Lottozahlen ausknobeln könnte.
– Na ja, na klar!
– Aber die hätte dann wahrscheinlich nur der Zima drauf.
– Na klar, das ist wahr.
– Aber einen Versuch wär's wert, oder?
– Weiß Gott, das wär's!
– Und wenn's auch noch hinhaut?

– Also, das wär ein Volltreffer!
– Na und ob!

Am selben Tag, etwas später, begleitete Klára Zimová auf dem Heimweg ausgerechnet die, welche gestern an ihr Verrat geübt hatte. Das Erlebte in all seiner Unglaublichkeit hatte bewirkt, daß die 8a nach dem Schlußklingeln auseinandergestoben war wie ein Schwarm Spatzen. Die Urbanová hatte ihrs weg, auf Vorrat, und gegenüber Klára empfand man eine seltsame Scheu. Man wußte nicht so recht, was man zu ihr sagen sollte.

Einzig Tikal verspürte nicht übel Lust, ihr seine Bewunderung auszudrücken, aber das konnte er sich nicht erlauben. Seine Mannen harrten ihres Häuptlings, um mit ihm gemeinsam das Unerhörte und dessen Folgen durchzugehen: Sie stellten sich vor, wie Pythagoras eben die Hefte aufschlägt, und alle zusammen empfanden neben der Schadenfreude zu ihrer Überraschung so etwas wie Mitleid.

Die Urbanová vermochte ihre Tränen nur bis zur nächsten Straßenecke herunterzuschlucken. Dann flennte sie auf vollen Touren los.

– Heul nicht...
besänftigte die Zimová. Die Storchenbeine paßten sich dem Schritt der anderen an, und die großen, schrägstehenden Augen blickten voll aufrichtiger Anteilnahme auf die Freundin.
– Wirst sehen, die Buben werden dich schon in Ruhe lassen!
– Ach was, die Buben,
schluchzte die Urbanová,
– aber mein Vater! Ich hab ja nur zwei Beispiele geschafft, und beide bestimmt daneeeben...
– Dein Vater tut dir nichts.
– Von wegen tut mir nichts, da, schau her!

Die Urbanová ließ die Schultasche los, hob den Rock bis zum Höschen und bückte sich auch noch, damit Klára um so besser die Striemen neueren Datums erkennen konnte. Einen vorbeigehenden älteren Herrn, dem es nicht zu Bewußtsein kam, daß die beiden jungen Damen noch Kinder waren, hätte fast der Schlag getroffen.

– Weißt du, was der mir am Montag antuuut?

– Er verspricht dir etwas,

sagte die Zimová unbestimmt.

– Er hat mir schon ein paar Ohrfeigen versprochen, und die kriiieg ich auch ...

– Ach wo,

beschwichtigte die Zimová,

– er verspricht dir ein Fahrrad.

Die Urbanová glaubte, sie hätte sich verhört.

– Was für ein Fahrrad?

– Du darfst dir eins aussuchen. Vielleicht ein Minirad. Du weißt schon, so ein winziges, was dir so gefällt.

Das war eine dermaßen ausgefallene Idee, daß der Urbanová fast die Augen herausfielen und sie zu weinen vergaß.

– Für diesen Reinfall verspricht er mir ein Fahrrad? Wieso?

– Ich weiß nicht,

sagte die Zimová, als wäre sie von der Frage höchst überrascht.

– Warum sagst du's dann?

– Ach, weißt du, das ist mir nur so eingefallen.

Mehr vermochte sie ihr beim besten Willen nicht zu erklären. Und doch hatte sie es erreicht, daß nach der Trennung an der Brücke ein Hoffnungsschimmer ihrer Mitschülerin auf dem Leidensweg nach Hause heimleuchtete.

Es ist Brauch, den Ort zu lieben, wo wir geboren wurden.

Allerdings: Diese Liebe fällt uns nicht immer als Geschenk

in den Schoß. Im Gegenteil: Der Geburtsort wird, sofern wir dort versauern müssen, alsbald zur fadenscheinigen Kulisse eines Stücks, das tagtäglich gespielt wird, nachmittags für Kinder und abends für Erwachsene. Die Gassen des Heimatortes verweigern unseren kindlichen Spielen schon früh ihre Ecken und Winkel und werden zum Weg erster Pflichten, erster Enttäuschungen und erster Ängste. Wir gehen sie entlang, um dorthin zu kommen, wohin wir nicht wollen: in die Schule, wo uns Plackerei erwartet, und nach Hause, wo uns Langeweile empfängt.

Und überall ringsum wartet die wunderschöne Welt, voll von Abenteuern und Freudenfesten, die ohne uns stattfinden. Wären wir doch schon dort, hätten wir doch schon das Ankertau gekappt, das uns an die Schulbank fesselt, in Reichweite von Mutters Kommando und Vaters Riemen!

Jahre vergehen. Eines Tages kehren wir in den Heimatort zurück, um jemandem die Augen zuzudrücken, oder auch nur um aufzuatmen. Statt Orden und Ruhm hat uns das Leben Runzeln und Rüffel zugedacht, statt eines Pferdes, mit Schätzen beladen, führen wir plärrende Kinder und eine abgehärmte Frau an der Hand.

Und überall ringsum lauert die abscheuliche Welt voll von Gewalt und Fallstricken, die für uns gelegt sind. Könnten wir doch in die alte Schulbank flüchten, harrte unserer dort doch wieder, als schrecklichster der Schrecken, eine Fünf in Rechnen und ein paar hinter die Löffel! Vom Heimatort aus ist es am weitesten zu Sorgen, Alter und Tod.

Doch unsere jungen Damen zählten kaum vierzehn Lenze, verbracht in der heimatlichen Umarmung der Stadt S., und daher ist es kein Wunder, daß sie nicht vor Rührung über deren Schönheit in Tränen ausbrachen. Die Urbanová schleppte sich mit dem Schritt eines Todeskandidaten zur neuen Siedlung. Sie schleppte auch ihre Sorgen mit. Klára hingegen, ihrer Last ledig, begann dahinzuhüpfen. Sie war froh, eine Zeitlang die Fragerei loszusein.

Unbeschwert hüpfte sie über die alte Eisenbrücke, unter der hindurch sie alljährlich zur Kirmes ging, passierte achtlos die St.-Klara-Kirche, wo sie seit der Taufe nie mehr gewesen war, und bog zu der Stätte ab, die schon zu Zeiten, als das Dorf S. sich eben erst entschloß, um das Stadtrecht zu kämpfen, «In der Vorstadt» geheißen hatte. Hier gab es mehrere stille Gäßchen mit einstöckigen Einfamilienhäusern, und ganz am Ende, fast schon am Waldrand, die Autowerkstatt des Kommunalbetriebs. Im Giebelfenster eines Häuschens mit Spitzdach sonnte sich die weiße Katze.

Auf dem Randstein vor der Gartenpforte sonnten sich zwei Schornsteinfeger. Daneben stand, auf seinem Ständer, ein Motorrad.

Als die Zimová ihrer gewahr wurde, hüpfte sie fröhlich auf einem Bein und faßte sich an einen Knopf. Dann fiel ihr ein, daß sie erst am Abend wieder eine Uniform zu Gesicht bekommen würde, und ließ den Knopf wieder los. Wer sich an einem Knopf festhält, sagte sie sich, kann nicht gut Melone essen.

Da erhob sich auch schon der erste Schornsteinfeger, der wie ein Lehrling aussah, und richtete das Wort an sie.

– Ahoj, Klári, kennst du mich noch?

– Ahoj,

sagte Klára,

– und woher?

– Ich bin der Rudi von den Trejtnars, du weißt schon, mein Alter ist der Schwager vom Vetter deiner Tante Anka.

– Ach so, also dann kenn ich dich wohl doch. Ahoj.

– Ahoj,

wiederholte der Lehrling und fuhr fort, während der zweite Schornsteinfeger, der wie der Meister aussah, die Motorradtasche aufknöpfte,

– schau mal, wir haben ein Stück Melone bekommen, da haben wir es dir mitgebracht.

– Ich weiß,

sagte Klára,

– und darf ich Sie mal anfassen?

– Aber sicher,

sprach der Meister geradezu ehrerbietig und wickelte aus der Zeitung ein grünes Schiffchen mit rötlichem Deck,

– nur zu, dafür sind wir schließlich da.

Klára faßte ihn an und fragte:

– Und wer bringt eigentlich den Schornsteinfegern Glück? Auch Schornsteinfeger?

– Manchmal,

antwortete fachmännisch der Meister,

– aber nur, wenn sie zu zweit sind und gleich hinter ihnen zwei Offiziere daherkommen. Hauptsächlich aber bringen uns Nonnen Glück und überhaupt Jungfrauen, und am allermeisten –

er verbeugte sich ein bißchen übertrieben

– solche Jungfräulein wie du.

– Wie ich?

wunderte sich Klára,

– ich soll Schornsteinfegern Glück bringen?

– Hör mal,

bekannte der Sohn des Schwagers des Vetters ihrer Tante erregt Farbe,

– wir haben gerade bei Bašusens gefegt, und der Herr Meister hier möchte dich gern was fragen ...

Am selben Tag, noch später, drängte sich das gesamte Pädagogenkolleg der neunjährigen Schule in S. um einen Tisch im Lehrerzimmer, als liefe dort ein Hasardspiel um Besitz oder Leben ab. Inmitten der schweigenden Gruppe saß jedoch nur

Professor Brunát und fuhr mit dem Rotstift eine Zahlenkolonne entlang. Als er die letzte Zahl erreichte, klappte er das Heft zu und legte es auf den Stapel zu seiner Linken. Dann hob er schlaff den Kopf und schaute seine Kollegen mit Augen an, in denen eine stumme Frage stand, wie sie ein Schwerkranker an seinen Arzt oder an Gott richtet.

Der Direktor, ihm gegenübersitzend, knabberte während des Korrigierens die ganze Zeit nervös an den Fingernägeln. Er begann mit dem Daumen, und sobald er mit dem kleinen Finger fertig war, kam die andere Hand dran. Jetzt, eben beim linken Ringfinger angelangt, merkte er, daß alle ihn ansahen. Wie stets in ähnlichen Situationen forschte er unauffällig, was für ein Gesicht Kollege Látal machte; obwohl er ihm schon längst um ganze Pferdelängen von Rang- und Gehaltsklassen voraus war, hatte er bis heute das gleiche Gefühl wie weiland als klapperdürrer, kraushaariger Schüler: Látal weiß alles.

Der alte Mann stand unmittelbar hinter Brunát. Seine Miene war undurchsichtig, doch von seiner außergewöhnlichen Gemütsverfassung zeugte der Umstand, daß er, soweit Plavec sich entsann, zum erstenmal seinen legendären breitkrempigen Präsidentenhut, dem er seine Karriere geopfert hatte, ungezogenerweise im Zimmer aufbehielt. Den Blick auf ihn gerichtet, sprach der Direktor in der Gewißheit, diesmal keiner Einwände gewärtig sein zu müssen:

– Da kann man nichts machen, das ist doch ein Fall für Urban...

Kollege Látal deutete mit dem knochigen Finger auf das einzige Heft, das abseits vom großen Haufen lag.

– Aber davon,

sagte er warnend,

– erzählt man ihm lieber nichts!

Am selben Abend stellte die altmodische Handvermittlung

eine Telefonverbindung zwischen den Wohnungen Plavec und Brunát her.

– Bist du schon allein?

fragte die eine Frauenstimme.

– Du auch?

fragte die andere Frauenstimme.

– Eben sind sie weg. War deiner auch so aufgeregt?

– Zum Glück. Wenigstens hat er nicht gemerkt, wie aufgeregt auch ich bin.

– Was du nicht sagst! Also sag schon ...

– Was soll ich dir sagen ...

– Spann mich nicht auf die Folter!

– Heute geht's nicht ...

Was die eine andeutete, begriff die andere sofort: Heute saß die alte Nováková in der Vermittlung. Während die Staatssicherheit, wie sie von ihren Ehemännern wußten, nur manchmal mithörte, hörte die Nováková, wie die ganze Stadt wußte, immer mit. Obwohl ein Meer von Zeugen existierte, denen sie es selbst hingerieben hatte, fand sich seit Jahren kein einziger Funktionär, der ihre Versetzung gefordert hätte: Niemand wußte, was sie von einem wußte. Die Stadt hatte sich daran gewöhnt und darauf eingestellt: Vertrauliche, verschwörerische und verliebte Gespräche wurden ohne Hemmungen nur geführt, wenn Beran, von Flaschen umstellt, Dienst hatte; sein vom Bier ausgelaugtes Hirn behielt auch die kürzeste Information längstens eine Minute.

– Also, wann sehen wir uns??

erkundigte sich ungeduldig die Brunátová. Von der Umklammerung durch Zahlen, die sie nicht verstand, und der aufreibenden Liebe zu einem Sonderling, der sie nicht verstand, suchte sie Ablenkung in der seelischen Anteilnahme an den erregenden Aventüren ihrer Freundinnen.

– Sobald es geht,

antwortete ungeduldig die Plavcová; sie nahm ihren ganzen Verstand zusammen, um auch unter den gegebenen widrigen Umständen ihr Problem durchsprechen zu können.
– Sag mir bitte, wie sieht's bei euch am Montag aus?
– Wo bei uns?
– Na, bei euch zu Hause!
– Warum ...
– Könnte ich mich da mit der Schneiderin treffen?
– Bei uns? Wieso bei uns?
Der Plavcová stiegen fast die Tränen hoch.
– Mein Mann mag meine Schneiderinnen nicht!
– Meiner kann sie nicht mal riechen ...
Der Plavcová stieg fast die Galle hoch.
– Großer Gott, ich meine die Schneiderin, von der gestern abend die Rede war! Die Schneiderin, die dir geschrieben hat, daß sie für mich nähen will!
Der Brunátová ging endlich ein Licht auf.
– Jesus, ich weiß schon! Verzeih!
– Macht nichts ... Glaubst du, es ginge?
Die Brunátová bemühte sich, ihre lange Leitung durch Eifer wettzumachen.
– Sei so gut, warte eine Sekunde –
im Hörer Geraschel
– ich seh im Terminkalender nach, nein, am Montag haben wir nichts vor.
Der Plavcová ging allmählich die Geduld aus.
– Und könntet ihr nicht doch etwas vorhaben?
– Zum Beispiel?
– Ins Kino gehen oder so ... Damit ich in Ruhe anprobieren kann!
– Jesus, das ist schwierig, Jan geht nur zu Vorträgen ... Aber warte eine Sekunde, sei so gut –
im Hörer abermals Geraschel

– ich seh im Stundenplan nach. Wie wär's mit vormittag? Bis drei ginge es problemlos.

Die Plavcová saß wieder in der alten Falle. An ihrer Seele nagte der Erzfeind – die Scham. Einst hatte sie geglaubt, sie würde sie mit Hilfe des ersten Liebhabers vertreiben; das war jedoch ihr Mann gewesen, und der hatte ihr auch noch die seinige aufgebürdet.

– Aber –

zweifelte sie

– kann denn eine Frau, die zum erstenmal näht, am Vormittag...?

– Eine anständige Frau,

verkündete die Brunátová überzeugt,

– näht ausschließlich am Vormittag!

Am selben Abend, etwas später, saß die Familie Zima wieder einmal vor dem Fernsehgerät. Aus dem Apparat erklang Hufetrappeln, Schüsseknallen und Todesröcheln. Sie schauten indes so friedfertig hin, als knisterte vor ihnen ein Kaminfeuer. Der Vater bewahrte die großen Hände im Schoß, die Zimová streichelte die weiße Katze, und die Mutter schälte Äpfel zum Einkochen; und obwohl sie blindlings drauflosschälte, löste sich die Schale in gleichbleibend breitem Streifen wie ein rotgelbes Schlänglein.

Die Großmutter strickte fleißig, aber sie lächelte nicht. Sie sorgte sich, ob sie durch den Kuß in der Einfahrt nicht Opas Achtung verscherzt hatte, und außerdem graute ihr vor der Möglichkeit, davon ein Kind zu bekommen. Sie war entschlossen, sich etwas anzutun.

Als die Klingel zum erstenmal ertönte, reagierte keiner von ihnen. Erst nach dem dritten Klingeln beugte sich die Mutter vor, rückte die Brille zurecht und blickte forschend auf den Bildschirm. Die Banditen waren zeitweilig abgeschlagen und galoppierten in respektvoller Entfernung von der Postkutsche dahin.

– Wer klingelt bei denen?
wunderte sich die Mutter.

– Das ist wohl eher bei uns,
beruhigte sie der Vater.

Die Mutter lehnte sich wieder bequem zurück. Die Klingel ertönte zum viertenmal.

– Das ist wahrscheinlich für Klárinka,
sagte die Mutter.

– Höchstwahrscheinlich,
stimmte der Vater zu.

Klára schenkte ihnen keine Aufmerksamkeit, denn die Banditen kamen wieder bedrohlich näher.

Das fünfte Klingeln hörte überhaupt nicht mehr auf, so als wäre jemand am Klingelknopf eingeschlafen.

– Machst du auf?
fragte die Mutter.

– Warum denn nicht,
sagte der Vater. Zuerst hob er die riesigen Hände, dann erhob er sich zur Gänze.

Draußen war es noch hell, aber in der Stadt erstrahlten schon die Fenster, und im Vorgarten schlossen sich die Rosen. Vor dem Haus parkte ein Polizeifahrzeug, an der Gartenpforte standen Direktor Plavec und Professor Brunát in Begleitung von Hauptmann Urban.

– Grüße Sie, Herr Zima,
sagte Urban und nahm den Finger vom Klingelknopf,
– ist Ihre Tochter zu Hause?

– Aber ja,
sagte der Riese entgegenkommend.

– Wir müssen sie was fragen.

– Wegen der Zahlen, nicht wahr.

Der Hauptmann verstand es auf seine Weise und sprach kompromißlos:
– Genau! Da muß endlich Licht in die Sache.

Als sie in die Küche kamen, stand Klára auf wie im Klassenzimmer; der Unterschied bestand nur darin, daß sie die weiße Katze streichelte. Vater Zima bot den anderen am Küchentisch Platz an. Die Mutter erwiderte freundlich den Gruß und blieb vor dem Fernseher sitzen. Der Vater setzte sich so, daß er über die Gäste hinweg das Gerät im Auge behalten konnte. Die Großmutter nahm niemanden wahr; sie hatte ihre Sorgen.

Sie hatten sich den Empfang anders vorgestellt. Hauptmann Urban vermißte das aus Delinquentenfamilien und seinem eigenen Heim vertraute Bild: Das Kind zittert vor Angst, die Mutter ringt die Hände, der Vater löst den Gürtel. Auch Plavec und Brunát fühlten sich nicht besser: Es ist schwierig, einem Schwindel auf die Spur zu kommen, wenn ringsum die Flüche angeschossener Männer erschallen. Letztlich waren sie eben doch nur zu Besuch hier.

– Nun, Klára,
hub der Direktor an, so streng es nur ging,
– heraus mit der Wahrheit: Hast du da die Hand im Spiel?
– Bitte in welchem?
erkundigte sich die Zimová artig.
– Hier Urbans Věra hat eingestanden, daß du die Beispiele wieder im voraus bekanntgegeben hast!
– Bitte, Sie haben gesagt, ich darf es ihnen sagen...
– Zimová,
explodierte der Direktor, beherrschte sich jedoch nach einem Seitenblick auf Vater Zima,
– Klárka, es geht doch nicht darum, daß du's weitergesagt hast, sondern darum, wie du's erfahren hast!

Und als er sah, wie das Mädchen den Mund aufmachte, schnitt er ihr noch schnell das Wort ab:

– Nur erzähl mir, um Gottes willen, nicht mehr, daß es dir eingefallen ist!

Die Zimová erzählte es also nicht.

– Nun also,

bedrängte er sie ungeduldig,

– wie war's in Wahrheit?

Die Zimová schwieg. Ihn packte die Wut, Vater hin, Vater her.

– Soso, du sprichst also nicht mit uns?

– Und was sollte ich, bitte, sagen?

– Wie du draufgekommen bist, daß es just diese fünf Beispiele sein werden! Der Genosse Professor hat sie schließlich vor euch allen auslosen lassen!

– Ja, freilich,

konnte Brunát sich nicht länger zurückhalten,

– ich habe sie schließlich...

– Moment!

unterbrach ihn der Direktor scharf, als ginge es darum, wer von den beiden das Klassenbuch stibitzt hatte,

– einer nach dem anderen! Klára, ich mache jeden Spaß mit, aber was zu weit geht, geht zu weit! Stell dir vor, der Genosse Kreisschulinspektor erfährt von der Sache, oder der Genosse Bezirksinspektor, oder gar die Genossen von Ministerium...

Er schaute sie an, so ernst es ging.

– Kannst du dir das vorstellen?

Auch sie schaute ihn sehr ernst an.

– Bitte, nein,

sagte sie mit einer Stimme, die ihn ob ihrer Arglosigkeit denn doch ergriff.

Er schickte sich an, es ihr väterlich auseinanderzusetzen.

– Da käme dann nicht mehr ich und der Genosse Professor und, hier, der Genosse Urban, sondern gleich der Staatsanwalt. Ein Schulzeugnis ist ein amtliches Dokument, und für so einen Betrug gibt es nicht mehr nur eine schlechte Note in Betragen, sondern Freiheitsstrafen, hab ich recht?

– Jesusmaria!

stöhnte die Mutter, und der Direktor frohlockte, weil er endlich jemanden vom Ernst der Lage überzeugt hatte.

– Schau doch, Pepi,

fuhr sie fort und wandte den Kopf vaterwärts, während sich ihren Fingern weiterhin ein goldrotes Band entschlängelte,

– die kriechen da hinein!

Der Anführer der Banditen wechselte bei vollem Galopp zum Führer des Pferdegespanns hinüber, und die Damen in der Postkutsche schrien vor Entsetzen auf.

Plavec unterdrückte das glühende Verlangen, aufzuspringen und den Fernseher einfach abzudrehen. Er bezwang sich jedoch abermals und versuchte, wenigstens den Vater zu ernster Rede zu veranlassen.

– Genosse Zima,

drang er auf ihn ein,

– Sie sollten ihr ins Gewissen reden!

– Aber gern. Und wie?

– Ich will Ihnen sagen, wie das auf mich wirkt,

sprach der Direktor geradezu pathetisch, denn er spürte, dies war seine letzte Chance,

– auf mich wirkt das so, als hätten die sich das alles ausgedacht! Wie ich das sehe, aus jahrelanger Erfahrung als Pädagoge, wird sich am Ende herausstellen, daß einer von denen, was weiß ich, einen Sender unter der Bank versteckt hatte, und ein anderer hat's irgendwo ausgerechnet und ihnen zurückgefunkt, und Ihre Tochter deckt das Ganze mit diesem Ammenmärchen!

Urban sah ihn entgeistert an, als sähe er ihn zum erstenmal.

– Das ist doch Blödsinn!

verkündete er respektlos, aufgrund seiner jahrelangen Erfahrung als Polizeibeamter,

– wissen Sie, was für einen Krach diese Dinger machen?

Plavec schoß einen wütenden Blick auf ihn ab: Hier ging es ums Ganze, und der Kerl fing an, Schulungsvorträge zu halten! Um es auszubügeln, verschärfte er seine Attacke.

– Dann soll mir das Ihre Tochter gefälligst erklären!

– Was denn?

fragte der Vater; die Arglosigkeit in der Stimme hatte die Tochter offenbar von ihm geerbt.

– Mein Gott, wie sie draufgekommen ist!!

Die Zimová schaute gehorsam von einem zum anderen und streichelte unablässig die Katze. Da drehte sich zu aller Erstaunen die Mutter um und meinte freundlich:

– Aber sie hat's Ihnen ja schon erklärt.

– Wieso??

– Es ist ihr eingefallen.

Plavec blieb die Sprache weg. Ist das wirklich Arglosigkeit, überlegte er fieberhaft, oder himmelhohe Durchtriebenheit? Augenblicklich sprang Brunát in die Bresche. Er stand auf und schritt unerschrocken dem Hufgeklapper, dem Kugelhagel entgegen.

– Zweimal fünf Beispiele?

rief er, gestützt auf die jahrhundertealte Autorität der Wissenschaft,

– von hundertzwanzig? Haben Sie schon mal was von Wahrscheinlichkeitsrechnung gehört?

– Nein,

bekannte die Mutter,

– was ist das?

– Die Wahrscheinlichkeit sinkt in einer geometrischen Reihe!

rief der Mathematiklehrer siegesbewußt.

– Was eine geometrische Reihe ist, werden Sie doch wohl wissen?

– Nein,

bedauerte die Mutter,
– wie sieht so was aus?
Brunát war in seinem Element.
– Wenn man auf das erste Feld eines Schachbretts ein Reiskorn legt und auf jedes weitere doppelt so viel wie auf das vorherige, wieviel ergibt das?
– Wieviel Felder hat ein Schachbrett?
erkundigte sich die Mutter interessiert.
– Vierundsechzig!
– Na, so etwa fünfundsechzig, nicht?
tippte die Mutter.
– Ha!
lachte Brunát heiser auf, wie er das bei Dummköpfen an der Tafel zu tun pflegte,
– dann zählen Sie mal hübsch mit, auf dem ersten Feld eins, auf dem zweiten Feld zwei, auf dem dritten Feld vier, auf dem vierten Feld acht, auf dem fünften Feld sechzehn, auf dem sechsten Feld zweiunddreißig, auf dem siebenten Feld vierundsechzig, auf dem achten Feld einhundertachtundzwanzig, auf dem neunten Feld zweihundertsechsundfünfzig, auf dem zehnten Feld fünfhundertzwölf, auf dem elften Feld eintausend-null-vierundzwanzig, auf dem zwölften Feld zweitausend-null-achtundvierzig ...

Den Direktor und Urban beschlich in diesem Moment der Eindruck, Brunát und alles ringsum sei nur ein Traum.
– ... auf dem dreizehnten Feld viertausend-null-sechsundneunzig, auf dem vierzehnten Feld achttausendeinhundertzweiundneunzig Körner, auf dem fünfzehnten Feld sechzehntausenddreihundertvierundachtzig Körner, auf dem sechzehnten Feld zweiunddreißigtausendsiebenhundertachtundsechzig Körner, und da haben wir erst ein Viertel des Schachbretts erfaßt, darum zählen wir weiter, auf dem siebzehnten Feld sind es bereits, verständlicherweise rein –

Brunát lachte abermals heiser auf
– theoretisch, denn praktisch würden so viele Körner diese ganze Räumlichkeit ausfüllen, fünfundsechzigtausendfünfhundertsechsunddreißig, auf dem achtzehnten hunderteinunddreißigtausend-null-zweiundsiebzig Körner, auf dem neunzehnten zweihundertzweiundsechzigtausendeinhundertvierundvierzig...

Die fliehende Postkutsche näherte sich einem Wasserfall, dessen Donnern in Urban und dem Direktor die panische Vorstellung auslöste, bei Zimas würde im nächsten Moment die Zimmerdecke durchbrechen, und sie alle, wie sie da saßen, würden elendiglich in einer Sturzflut von Körnern untergehen.

– ... auf dem zwanzigsten fünfhundertvierundzwanzigtausendzweihundertachtundachtzig Körner, auf dem einundzwanzigsten eine Million null-achtundvierzigtausendfünfhundertsechsundsiebzig Körner, und da haben wir noch kaum ein Drittel, zählen wir also weiter...

Hauptmann Urban mobilisierte sämtliche Eigenschaften, die ihn zum Mann und Offizier gemacht hatten.

– Kurzum,

äußerte er scharf, als befehligte er einen Einsatztrupp oder als sprengte er einen Menschenauflauf,

– bei hundertzwanzig Beispielen ist die Wahrscheinlichkeit, alle fünf zu erraten, fast dreimal so gering wie beim Lotto.

Professor Brunát hatte den Faden verloren und war verstummt. Urban fuhr auf alle Fälle fort:

– Und wissen Sie, wie hoch sie beim Lotto ist? Ich wette seit zehn Jahren nach einem wissenschaftlichen System und hatte bis heute viermal den dritten Rang!

– Da gratuliere ich Ihnen,

sagte die Mutter gönnerhaft.

Der Direktor hatte von all den Sprüchen schon genug.

Sämtliche Anwesenden gingen ihm auf die Nerven, und Brunát erstaunlicherweise jetzt am meisten.

– Ich werde Ihnen mal was sagen!

ließ er sich vernehmen,

– wenn sich das nicht irgendwie aufklärt, gerät der Genosse Professor noch in den Verdacht, daß er selbst ihr die Beispiele gegeben hat! Und wissen Sie, als was man das auslegen wird?

Der Genosse Professor hatte zunächst gehofft, dies sei nur ein böser Traum. Mittlerweile hatten sich die Verteidiger der Postkutsche jedoch aufgerafft, und ihre Salve riß ihn in die Wirklichkeit zurück.

– Also, das ...

stammelte er los

– ... Also, das wäre ja ... Das wäre denn doch ...

Dann erst begriff er den Gedankengang des Direktors in seinem ganzen Umfang und seiner ganzen Tragweite.

– Ich protestiere!

rief er aus,

– ich werde mich beschweren! Ich habe Beweise!!

Mit zitternden Fingern zog er aus der Tasche eine Handvoll zusammengefalteter Zettel, schüttete sie auf den Tisch und fing an, sie auseinanderzufalten.

– Bitte ... Alle Nummern sind vertreten ... Hier ... Etwa zwölf ... Oder hier ... Bitte sehr, einhundertunddrei ... Es fehlt keine einzige ... Hier, zum Beispiel, einundachtzig ... Und hier sechs!

Er begrüßte jede neue Zahl wie einen lebendigen Zeugen seiner Unbescholtenheit. Er glaubte, für seine Sache auch die Großmutter gewinnen zu müssen, von deren Autorität er sich bedeutende moralische Unterstützung versprach. Mit weiteren Zetteln begab er sich zu ihr.

– Da, sehen Sie, dreißig ... Sogar siebenundsiebzig! Die Ziffern lügen nicht!

– Die Oma,

sagte die Mutter entschuldigend,

– hört nichts.

Das Flattern der Zettel vor ihren Augen hatte sie indes doch aus Hirngespinst und Handgestrick herausgerissen. Forschend blickte sie auf den Bildschirm und erkundigte sich:

– Haben sie sich schon gekriegt?

Wie bei Zimas üblich, antwortete man unisono:

– Das ist schon wieder was anderes, Oma!

Urban begriff, daß die Zettel für Brunát so etwas wie neue Reiskörner waren.

– Beruhigen Sie sich, Genosse!

– Hier, fünfunddreißig! Und hier ...

Erst als Urban ihn bei der Hand nahm und weitere Papierentfaltung unterband, erwachte er aus seiner Trance.

– Der Genosse Direktor hat dich doch nicht beschuldigt, nicht wahr,

er wandte sich vielsagend an den Direktor,

– Genosse Plavec, sondern nur eine Befürchtung geäußert. Es ist demnach nicht zu ändern,

er wandte sich mit amtlicher Mine an den Vater,

– Genosse Zima, Sie kommen morgen mit Klárka zu uns in die Dienststelle, und wir setzen ein Protokoll auf. Da steht's dann schwarz auf weiß. Da sollen sich dann Klügere damit befassen.

Der geplagte Direktor verfiel unwillkürlich in jenen familiären Ton, den die Funktionäre in S., nach dem Vorbild höherer Funktionäre, nur unter sich anschlugen, damit die Bürger nicht glaubten, die revolutionäre Macht sei ein Verein von Kaninchenzüchtern.

– Du, Karel, könnten wir den Schreibkram nicht bei mir in der Schule erledigen? Es wäre mir gar nicht recht, wenn ...

– Von mir aus,

lenkte der Hauptmann ein,

– wie du willst. Also um acht?
– Wir fahren aber ins Wochenende,
bemerkte Vater Zima.

Die Ehrerbietigkeit in seiner Stimme verwirrte alle dermaßen, daß sie zunächst nur nickten. Gleich darauf fragte jedoch Urban ungläubig:

– Wieso ins Wochenende?
– Morgen ist Samstag ...
– Dann fahrt ihr eben später. Oder erst am Sonntag!
– Das geht nicht, um acht kommen schon die Leute ...
– Was für Leute??
– Na, mit ihren Autos ... Die sonst nicht können ...

Jetzt verlor auch Urban die Geduld. Er tat es nicht gern, aber der Kerl hatte es sich selbst eingebrockt. Und wenn du auch Pranken hast wie Vorschlaghämmer, ich bin hier der Sheriff!

Unbewußt übernahm er die Denkweise des Mannes mit dem blitzenden Stern, der, wiewohl verwundet, vom Dach der Kutsche aus die Bösewichter niedermähte wie auf dem Schießstand.

– Und was würden Sie sagen, Herr Zima, wenn auch ich hinkäme?
– Jederzeit,
sagte der Riese gutmütig,
– wenn an Ihrer Karre was nicht hinhaut ...
In Urban stieg die Wut hoch.
– Bei mir haut alles hin, Herr Zima, aber vielleicht könnte ich Ihnen eins draufhauen. Etwa wegen Schwarzarbeit, was meinen Sie dazu?
– Das sind unsere Verwandten,
sagte der Riese gleichbleibend freundlich,
– denen mach ich das am Wochenende gratis. Dafür laden sie uns wieder ein, wenn sie ein Schwein schlachten.

Alle starrten ihn an wie eine Erscheinung. Direktor Plavec

war nicht einmal mehr imstande, sich aufzuregen. Zum erstenmal seit vielen, vielen Jahren war ihm nach Weinen zumute.

– Leute,

wandte er sich verzweifelt an die Zimas,

– habt ihr denn noch immer nicht begriffen, daß es brennt?

Da er bei diesen Worten eindeutig auf Klára blickte, fühlte sie sich verpflichtet, zu antworten.

– Ja, bitte, es brennt.

Er traute seinen Ohren nicht.

– Was sagst du?

– Es brennt, bitte.

Die unsichtbaren Tränen versiegten sofort, denn der Kelch war offensichtlich übergelaufen. Der Direktor ließ seiner Autorität freien Lauf.

– Das reicht! Glaub ja nicht, Zimová, daß du dir alles herausnehmen kannst, nur weil du zu Hause bist! Für dich bin ich auch zu Hause dein Schuldirektor, und du wirst dir mir gegenüber keine Frechheiten leisten, verstanden?!

– Bitte, ja,

sagte die Zimová gehorsam, und die weiße Katze sprang ganz von allein auf den Boden, um nicht zu stören,

– es ist nur, ich möchte nicht, daß vielleicht unsere Schule verbrennt.

Jetzt verstand der Direktor überhaupt nichts mehr.

– Warum sollte unsere ...

– Weil, bitte, der Herr Schulwart ein Bier trinken gegangen ist.

Der erste, der die Situation erfaßte, war Hauptmann Urban: Er erinnerte sich an die Bananenschale.

– Los!

kommandierte er,

– sofort!!

– Karel, ich bitte dich ...»

ereiferte sich der Direktor.

Aber der Polizeikommandant von S. hatte die Schülerin Zimová bereits an der Hand gepackt und zerrte sie zur Tür hinaus. Sie hatten keine andere Wahl, als ihm zu folgen. Mutter Zimová erspähte gerade, wie des Sheriffs letzte Kugel den Anführer der Bande niederstreckte, und ihr wurde wohler.

Am selben Abend, zur selben Zeit, verfolgte vor dem Fernsehgerät im Wohnzimmer ein vereinsamter Tikal junior den Sturz des Banditenhäuptlings zwischen die Pferde, unter die Pferde und sodann unter die eisenbereiften Räder des Wagens. Unter die gewohnte Befriedigung mischte sich die ungewohnte Besorgnis, daß auch sein eigener Häuptlingsstatus, den er vor zwei Jahren dem muskulösen, aber einfallslosen Brož durch seinen unerschöpflichen Ideenreichtum beim Piesacken der Mädchen mühsam abgerungen hatte, in den letzten zwei Tagen unerklärlicherweise aus dem Gleichgewicht geraten war und langsam, wie in Zeitlupe, unter die mahlenden Räder geriet.

Am selben Abend, zur selben Zeit, beendete Frau Tikalová, deren Mann in aller Eile zum Nachtdienst ins Krankenhaus gerufen worden war, auf dem Toilettentisch im Schlafzimmer eine Arbeit, die sie schon am Morgen begonnen hatte. Sie hatte sich nämlich über die Sekretärin des Kreisnationalausschusses gegen das Versprechen eines Gros erstklassiger, als Abfall deklarierter Einmachgläser den Dienstplan des Gemeindekrankenhauses für das letzte halbe Jahr besorgt und diesen bei der Ausübung ihres Berufes als Beschaffungsreferentin dem Computer der Glashütte eingespeist. Der Elektronenrechner hatte ihr unpersönlich mitgeteilt, als Gespielinnen ihres Mannes kämen bei gleicher Punktzahl statistisch in Betracht: die Ärztinnen Kaplerová, Synková, Bukovanská und Havlíčková, die Krankenschwestern Renčová, Helichová, Fuchsová, Vartová, Švábová und Drumová, die Laborantinnen Jančaříková, Kajnarová und Dokoupilová, die Putzfrauen Marta und Zuzana Kadlečíková (zigeunerischer Abstammung) sowie der Nachtportier Milota. Sie zerbrach sich den Kopf darüber, nach welcher wissenschaftlichen Methode die Richtige zu ermitteln wäre, um Doktor Tikal eindeutig zu überführen, und der Gedanke nagte an ihr, daß ihr Talent und Fleiß edlerer Aufgaben würdig wären.

Am selben Abend, zur selben Zeit, äußerte Doktor Tikal, auf einen Sprung in die Innere gekommen, warnend zur bildhübschen Schwester Dušková, die der Computer nicht erfaßt hatte, weil sie schon zum achtenmal heimlich Schwester Helichová vertrat, welche auf die Ehe mit einem holländischen Glaseinkäufer hinarbeitete, alle Ärzte seien Schürzenjäger; er selbst gehöre zu den seltenen Ausnahmen, da er seine Frau liebe und ihr nur äußerst selten, wenn vom Gefühl hoffnungslos übermannt, untreu sei. Er hatte keine Ahnung, daß Schwester Dušková diese raffinierte Tirade, auf die er sich etwas einbildete, weil sie ihn gegen Komplikationen absicherte, in karikierter Form von sämtlichen Kolleginnen zu Gehör gebracht worden war, die er vor ihr zu verführen getrachtet und manchmal auch verführt hatte. Ebensowenig ahnte er, wie ungeduldig sie wartete, bis er endlich ausgequatscht hatte und verschwinden würde, weil der junge Doktor Vaněk ihrer im Lungen-Flügel des Krankenhauses mit kaltgestelltem Sekt harrte.

Am selben Abend, ein wenig später, sauste ein Wagen mit eingeschaltetem Blinklicht wie eine Kanonenkugel auf den verlassenen Platz vor der neunjährigen Grundschule in S. zu und bremste, daß die Trommeln rauchten. Im Nu waren alle draußen. Der Direktor trat ein Stück zur Seite und beugte sich zurück, um bis in die obersten Fenster zu sehen, während Urban abermals den Klingelknopf drückte. Die Wölbung der Korridore vervielfältigte das Schrillen, aber niemand näherte sich.

– Hier brennt es nirgends!
behauptete der Direktor.
– Hast du die Schlüssel?
rief Urban.
– Selbstverständlich!

Der Direktor kramte in den Taschen, und auf einmal fluchte er völlig unvorschriftsmäßig vor den Ohren seiner Schülerin:
– Verdammt und zugenäht, ich hab sie daheimgelassen!

Urban erkannte die Vergeblichkeit seines Tuns und lief unter das nächstgelegene Fenster.
– Was ist hier dahinter??

Plavec wandte sich in seiner Not an Brunát.
– Was ist da dahinter?
– Keine Ahnung ...
– Bitte, die Mädchentoilette,
sagte die Zimová.
– Ist sie vom Korridor aus zugesperrt??
– Das ... Die ... Wohl kaum,
stammelte Plavec.
– Dann hebt mich hinauf!

Direktor und Mathematiklehrer versuchten ungeschickt, gegenseitig die Hände zu verschränken, wie sie es zum letztenmal in ihren Kindertagen getan hatten. Zima löste das Problem. Er bückte sich, packte den Hauptmann unter den Knien und hob ihn zum Fenstersims hoch wie einen Sack. Urban krallte sich geschickt mit den Fingerspitzen am Fensterrahmen fest und schlug mit dem Knie das Glas ein.
– Jesusmaria!
jammerte der Direktor,

– Karel, was fällt dir ...

Der Hauptmann tastete vorsichtig durchs Loch nach dem Griff. Im nächsten Moment hatte er das Fenster von innen geöffnet und sprang ins Örtchen hinunter. Er stieß eine Verwünschung aus, als er gegen die Klosettschüssel stieß, aber jetzt war keine Zeit für Schmerz.

– Klára! Wo kann es sein?

– Bitte, im Naturkundekabinett.

– Hebt sie rauf!

befahl Urban, und Vater Zima reichte ihm, als hätten sie das lange geübt, seine Tochter.

Flink wie ein Eichhörnchen rannte sie die Treppe hinauf; der Hauptmann kam ihr nur mit Mühe nach. Beim Lehrerzimmer bog sie um die Ecke, und weiter brauchte sie ihn nicht zu führen: Unter der ersten Tür quoll ein Rauchschleier hervor.

– Mach Platz!

rief der Hauptmann, nahm einen Anlauf und warf sich mit aller Kraft gegen die Tür des Kabinetts. Er prallte ab, stieß abermals eine Verwünschung aus und nahm einen zweiten Anlauf. Die Tür, noch aus der Vorkriegszeit, hielt stand.

– Hol deinen Vater!

Er schaute nervös um sich. Ein paar Meter weiter hing ein Feuerlöscher an der Wand. Er riß ihn herunter, drehte sich um und erblickte die Zimová, wie sie nach der Klinke griff und leichtfingrig öffnete.

– Der Herr Schulwart ist oft vergeßlich,

erklärte sie, als wollte sie sich vor ihm entschuldigen.

Urban wunderte sich über gar nichts mehr. Im übrigen kam er auch gar nicht dazu. Mit geübtem Griff stieß er den Feuerlöscher auf dem Boden auf, und als wie ein langer Schwanz der Geysir des Schaums aus dem Gerät hervorsprühte, atmete er tief ein und betrat den qualmigen Brodem.

Vater Zima half dem Direktor und dem Mathematiklehrer

durchs Abortfenster. Sie verfügten bei weitem nicht über des Hauptmanns Fitneß, und ihren Händen, die sich am Sims festklammerten, fehlte es an Kraft, den Körper hochzuziehen. Jeder von ihnen stand auf einem von Zimas Handtellern: Es sah aus wie eine Clownsnummer. In dem Moment ertönte hinter ihnen ein Aufschrei:

– Hilfeee! Diebeee!

Während Brunát sich vor lauter Schreck kräftig hochstemmte und plumpsend im Örtchen mit der Schüssel verschwand, ließ Plavec einfach los und fiel auf den Gehsteig.

An der Ecke des Gebäudes stand, leicht schwankend, ein Mann, fuchtelte mit der Zigarre und rief ununterbrochen um Hilfe.

– Coufal!!

brüllte der Direktor, sich mit Zimas Hilfe hochrappelnd,

– Sie sind im Wirtshaus, und hier brennt die Schule!!

Der Schulwart wurde mit einem Schlag nüchtern und setzte sich in Trab, wobei er unauffällig die Zigarre loszuwerden trachtete.

– Herrgott, wo denn?

– Látals Kabinett, machen Sie schon, Mensch, wo haben Sie die Schlüssel?

Coufals bierschwere Hand konnte das Schlüsselloch nicht finden. Plavec entriß ihm das Schlüsselbund, aber seine Hände schlotterten vor Aufregung.

– Das wird ein Nachspiel haben!

krächzte er.

– Genosse Direktor,

stöhnte der Schulwart,

– bin ich denn ein Hellseher ...?

Oben taumelte der Hauptmann hustend und prustend aus dem Kabinett. Er sah aus, als hätte er sich abwechselnd in Mehl und in Ruß gewälzt. Hinter ihm blieb ein nebelhaftes Zischen zurück. Statt des Feuerlöschers hielt er am einzigen noch vorhandenen gefiederten Bein einen großen, fast verkohlten Vogel, aus dem es immer noch qualmte. Er warf ihn zu Boden und schneuzte sich. Dann erblickte er die Zimová. Sie stand da, wie er sie verlassen hatte, und lächelte ihn lieb an.

– Klára,

sprach er,

– weißt du was, jetzt machen wir einen letzten Versuch. Fallen dir vielleicht auch die richtigen Lottozahlen ein?

– Bitte, ja,

antwortete das Mädchen eifrig und sagte auf, als stünde sie an der Tafel,

– eins, neun, dreiundzwanzig, vierundzwanzig, fünfundzwanzig und sechsundzwanzig.

Er starrte sie an und schüttelte den Kopf. Schließlich sagte er:

– Entweder du gehst am Montag ins Erziehungsheim, oder ich lasse mich versetzen!

VII

Eine Pause in der Geschichte. – Schellenkönig und Parteisekretär. – Die Wissenschaft kennt keinen Sonntag! – Wie man einen treuen Mann der Untreue überführt. – Warum sollte es in der Stadt S. eine Hellseherin geben, wo es nicht einmal das Zweite Programm gibt? – Der Unterschied zwischen zwei völlig gleichen Häusern. – Der Häuptling, von einer Rose zur Strecke gebracht. – Kann sich nicht auch der Ehemann einen Pelz-

mantel verdienen? – Der Polizeihauptmann tanzt wie wild auf dem Küchentisch herum. – Wievielhunderttausend geht in einen Briefkasten hinein?

Auch Erdbeben sind von Ruhepausen durchsetzt, in denen der Stand der Dinge gesichtet werden kann; auch das Schlachtgetümmel läßt nach, damit Totengräber und Küchenbullen zu Wort kommen; um so natürlicher ist eine Pause inmitten einer Geschichte.

Es ist Mode geworden, den Helden einer Geschichte nur dann Aufmerksamkeit zu widmen, wenn sich in der Geschichte gerade etwas tut. Zumal die dramatischen Künste frönen dieser Unart, der dann auch die Prosa verfällt ... Indes: Wozu schon einmal geäußerte Gedanken wiederholen? Der aufmerksame Leser kennt sie schon auswendig. Der gründliche Leser blättert zurück und vergewissert sich. Der oberflächliche Leser würde sie auch jetzt überspringen. Gönnen wir jedem seine Gewohnheiten, bleiben aber den eigenen treu: Behalten wir die Akteure auch in dieser Pause im Auge, da die Geschichte, in voller Fahrt wie ein Zug, von den Signalen des Samstags und Sonntags angehalten wird.

Der Sonntag hatte der Stadt S. eine durchsichtige Himmelsglocke übergestülpt, auf die ungehindert die Sonne niederbrannte. Unter dem Sturz herrschte eine Hitze, die selbst die ungebärdigsten Leidenschaften abstumpfen ließ.

Direktor Plavec saß allein am Tisch. Ursprünglich hatte er geplant, sich nach dem Mittagessen zärtlich seiner Frau zu widmen, doch die hatte wie durch Hexerei unheimliche Kopfschmerzen bekommen und war zu Bett gegangen. Plavec legte sich also die beliebte Patience der Marie Antoinette. Wenn sie aufgeht, dachte er hoffnungsfroh, dann wird sich dieser ganze verrückte Fall vernünftig entwirren: Er war, dank seiner Gattin, ein äußerst erfahrener Spieler. Doch schon nach wenigen Minuten blieb ihm der Schellenkönig in der Hand, für den er keinen Platz mehr fand. Er beschloß, das Spiel für ungültig zu erklären, und verteilte die Karten aufs neue; nach einer halben Stunde stellte er fest, daß ihm der Schellenkönig jetzt fehlte. Als er ihn suchte, klingelte das Telefon.

– Was gibt's denn?

fragte er gereizt, wie er es aus der Schule gewöhnt war, wo sich aus der Zentrale immer zuerst Coufal meldete.

– Wer spricht dort?

wollte eine Stimme am anderen Ende der Leitung wissen.

– Also, ich würde mich –

entrüstete sich Plavec

– zunächst mal selbst vorstellen!

Vermutlich stand ihm die wichtige Eröffnung bevor, daß irgendein Filius Husten hat und morgen nicht in die 1b kommt. Zwanzig Jahre saß er auf dem Direktorsessel, und er hatte diesen Hinterwäldlern weder beigebracht, wie man telefoniert, noch ihnen ausgeredet, ihn zu Hause zu belästigen.

– Hier Karas,

sagte die Stimme,

– ist dort Plavec?

– Jesus, Genosse ...

– Hast du ein Nickerchen gemacht, Direktor?

– Nein, nein, Genosse, ich suche gerade ...

Was sollte er ihm sagen? Daß er den Schellenkönig suchte, um den Einfällen einer Schülerin der 8. Klasse ein Ende zu bereiten?

– Ich mache gerade den Plan fürs nächste Halbjahr ...

– Ich würde dir raten,

sagte der Vorsitzende des Städtischen Nationalausschusses in S.,

– eher an diese Woche zu denken!

Plavec erschrak: Wußte er schon ...

– Wie meinst du das?

Auch dem Vorsitzenden war bekannt, daß die Nováková wieder Telefondienst hatte; instinktiv, wiewohl törichterweise, dämpfte er die Stimme.

– Eben hat mich der Lebeda angerufen. Der Reineke kommt schon morgen!

– Was für ein Reineke?

Der Vorsitzende sagte wütend:

– Herrgott, kannst du dich nicht erinnern?

Zum Glück erinnerte Plavec sich sofort. Die Nováková hatte bewirkt, daß auch staatliche und politische Organe beim Fensprechverkehr nicht ohne Schneiderinnen auskamen.

Der Vorsitzende konnte fortfahren. Rasch gab er die alarmierende wie kurze Information durch.

– Um drei Uhr nachmittag Parteipräsidium, abends Stadtrat, Dienstag früh feierliche Amtseinführung. Wahrscheinlich kommen auch die Marder vom Kreisbüro, also sieh zu, daß dein Hühnerstall in Schuß ist! Freundschaft, ich muß noch herumtelefonieren!

– Freundschaft!

sagte Plavec zum tauben Hörer. Im selben Moment erblickte er den Schellenkönig unterm Tisch und erschauerte.

Ins Schlafzimmer drang er so jäh und ungelegen ein, daß Frau Plavcová mit einem Schlag tatsächlich Kopfschmerzen bekam.

– Puppilein!

rief er, von der düsteren Vision so geblendet, daß sie Zeit fand, das verräterische Papier in den Ausschnitt des Nachthemds zu stecken,

– Feuer auf dem Dach! Reineke vor den Toren!

Sie bebte noch vor Entsetzen.

– Wie bitte?

– Fuchs ante portas!!

Bevor sie in Ohnmacht fallen konnte, wiederholte er ihr Karasens Botschaft, in eine menschliche Sprache übersetzt. In ihre linke Brust fraß sich dabei wie ein Brandeisen Richards Brief ein, unterbewußt wunderte sie sich kindlich, daß ihr Nachthemd nicht in Flammen aufging. Ihre Erziehung feierte wieder einmal einen Triumph: Sie flehte zum Himmel, er möge sie vor dem Absturz bewahren.

– Kommt er schon am Vormittag?

fragte sie voll Hoffnung.

– Nein, um drei. Warum?

Er fragte absichtslos, und deshalb hörte er arglos zu, als sie stammelte:

– Ach, nichts ... Ich wollte nur ... dann hast du also Zeit, nicht?

Ihr kam in den Sinn, daß sie wirklich zu Mutter fahren konnte. Der Kopfschmerz ließ augenblicklich nach, als wäre er ein Barometer des schlechten Gewissens.

Plavec wurde von einer Idee erleuchtet. Er streifte die Hausschuhe ab und kramte Ausgehsakko nebst Hose aus dem Kleiderschrank.

– Eine Konferenz! Ich werde vor dem Unterricht eine Lehrerkonferenz einberufen!

Plötzlich tat er ihr leid. Sie mußte denken, daß er sich die ganzen Jahre eigentlich nur deshalb abgerackert und geduckt hatte, um ihr, gerade ihr, mehr Bequemlichkeit und Luxus zu gönnen, als ein Direktor der neunjährigen Grundschule in S. vermochte. Und sie? Das Quellwasser der Scham spülte ihr besseres Ich empor, das sie jahrelang unter oberflächlichem Vergnügen zu begraben versucht hatte ... Sie wagte sich gar nicht mehr einzugestehen, daß sie sich sogar nach einem Mann gesehnt hatte, der Plavec ganz hätte ersetzen sollen. In dem Lichtstrahl von oben, der jetzt so unerwartet ihr Leben erhellte, sah sie wie auf einem Barockgemälde sich selbst spät, aber für alle Zeiten unerschütterlich an die Seite ihres Gatten treten. Schluß mit den peinlichen Canastaspielen! rief ihr besseres Ich dem schlechteren zu, versuchen wir gemeinsam, das edle Los des Weibes zu erfüllen: Leben schenken – wenngleich nicht unbedingt einem Kind, so doch dem geliebten Mann. Ihre Kopfschmerzen waren auf einmal wie weggeblasen.

– Aber Albert, du wirst doch nicht zu jedem einzelnen hinlaufen! Ruf sie doch an!

– Das will ich nicht,

sagte er zu ihr, sich im Hemd windend, das er nicht über den Kopf ziehen konnte, weil er vergessen hatte, den obersten Knopf zu öffnen,

– wegen der Nováková ...

Sie nutzte die Sichtbehinderung und entfernte den Brief, der sie um ein Haar zur Sünde verleitet hätte, von ihrem Herzen. Angeekelt schob sie ihn unters Kopfkissen, um ihn später dem Feuer überantworten zu können.

– Ich weiß,

sagte sie verständnisvoll und war glücklich, auch diese Probleme für immer hinter sich zu haben,

– komme, ich mache dir ...

Sie befreite ihn aus dem Kunstfasersack.

– Wenn du ein Weilchen wartest, begleite ich dich.

Plavec hatte seine Frau seit jeher vergöttert, er hatte sich sogar mit dem Canasta abgefunden, solange sie das Spiel wenigstens gelegentlich mit einer Umarmung würzte, und auch mit ihrer Frömmigkeit, solange sie ihr nicht öffentlich nachging, aber diese Weilchen kannte er.

– Bleib schön im Bettchen, Puppilein. Bevor du dich frisiert hättest, bin ich wieder da und schlüpfe zu dir. Vielleicht ist dann das Köpfchen wieder in Ordnung ...

Sie beschloß, die aufgespeicherten Sehnsüchte im Ehebett

zu verwirklichen, und in ihrer Seele keimte Friede, süßer Lohn der Heiligen.

Auf der anderen Seite der Stadt machte eine andere Frau den umgekehrten Prozeß durch: Professor Brunát schüttete seine hundertzwanzig gefalteten Zettel in einen modischen Hut seiner Gattin, den deren Kusine für ein Heidengeld in Paris bei Dior gekauft hatte. Er nötigte sie, Fünfergruppen daraus zu ziehen, und notierte sich die Zahlen; von neun Uhr Vormittag bis vier Uhr Nachmittag wiederholte sich keine einzige Kombination.

– Siehst du!

redete er zum hundertstenmal auf sie ein, obwohl sie gar nicht widersprach,

– der Wahrscheinlichkeitsrechnung ist keiner gewachsen!

Als draußen die Schatten länger wurden und auf der Ausfallstraße vor der Mietvilla die ersten Autos voll Badenixen und Sonnenanbetern heimfuhren, begehrte Frau Brunátová zärtlich auf.

– Jan,

bat sie,

– komm, gehen wir ein bißchen hinaus, du brauchst ja auch Luft!

– Brauche ich nicht,

behauptete er störrisch,

– solange der Fall nicht aufgeklärt ist, brauche ich überhaupt nichts!

– Jan, es ist Sonntag!

– Die Wissenschaft kennt keinen Sonntag!

Sie mußte tatsächlich in Tränen ausbrechen, um ihn wenigstens ins Gärtchen hinterm Haus zu bekommen. Sie schenkte ihm seinen geliebten Räuchertee ein und bemühte sich, das Gespräch auf seine geliebten wissenschaftlichen Themen zu lenken, aber er reagierte eher wie ein Mensch, der gerade ein Trommelfeuer überlebt hat: Er starrte geistesabwesend vor sich hin und schüttelte zwischendurch ungläubig den Kopf.

Er trieb sie zur Verzweiflung, aber gleichzeitig merkte sie überrascht, daß sich in ihr so etwas wie Abneigung regte; gegen die Zahlen – und sogar gegen ihn ...

Da klingelte in der Wohnung das Telefon, und es klingelte so aufdringlich weiter, daß sie sogar an diesem unpersönlichen Geräusch die Plavcová erkannte. Sie lief ums Haus herum und hatte sich nicht geirrt. Die Frau des Direktors drängte sie, sich unverzüglich mit ihr zu treffen. Frau Brunátová mußte schweren Herzens ablehnen.

– Alles in Ordnung!

beruhigte sie die Freundin, erschrak aber gleich darauf, als sie durchs Fenster sah, wie über den Heckenzaun der kahle Schädel des Direktors herangeschwebt kam.

– Mein Gott, warum kommt dein Mann zu uns??

– Keine Angst!

beruhigte die Freundin jetzt sie, uneingedenk der Nováková in der Zentrale, da es ja nicht um sie selbst ging,

– er beruft für morgen heimlich eine Konferenz ein, wegen dieser Kleinen, denn am Nachmittag kommt der –

da es nun um sie ging, besann sie sich

– Reineke.

– Wer??

– Das ist es ja ... Kannst du die beiden nicht allein lassen und herkommen?

Plavecens Kopf schwebte über der Gartenpforte.

– Ich kann nicht. Ich hab Angst, der Meine dreht heute durch!

Der Abneigung gesellte sich die Gereiztheit darüber bei, daß sie es nicht fertigbrachte, über ihren eigenen Schatten zu springen.

– Auch deinetwegen,

setzte sie rasch hinzu und staunte, als sie feststellte, daß der Neid aus ihr sprach,

– sonst gehst du morgen leer aus!

– Ich möchte dich ja eben fragen...

– Alles bestens!

versicherte die Brunátová hastig.

– Komm bloß früher als sie,

fügte sie für die Nováková hinzu,

– ich zeige dir ein paar Schnittmuster.

Plavec klingelte.

– Ich dachte,

sagte die Plavcová beklommen,

– ich könnte das auf ein andermal verschieben...

– Moment!

rief die Brunátová in Richtung Tür; ins Telefon sagte sie leise, aber mit solcher Überzeugung, daß sie über sich selbst erschrak:

– Sei doch nicht blöd, was du jetzt nicht nähst, das nähst du nie!

Im selben Moment vergegenwärtigte sie sich höchst anschaulich, daß die eben erst vollendeten sieben Jahre des Kampfes mit dem geliebten Mann kein abgeschlossenes Werk darstellten, sondern nur das Vorwort zu den zweiten sieben Jahren, den dritten sieben Jahren, den vierten...

Sie sah eine Pyramide von Überdruß auf sich herabstürzen, war aber ganz gegen ihre Gewohnheit nicht gewillt, stumpf abzuwarten.

– Ich werde wohl –

sagte sie mit nie gekannter Entschlossenheit

– bald auch anfangen zu nähen!

Auf der dritten Seite der Stadt legte Frau Tikalová den Hörer auf und blieb, da bewegt, unbewegt stehen. Die Bezirkssekretärin hatte sich für die hundertvierundvierzig für den Export bestimmten, als Ausschuß deklarierten Einmachgläser nicht mit einer Falschinformation revanchieren wollen, als die Freundin behauptet hatte, sie benötige die Auskunft zu wissenschaftlichen Zwecken, obwohl klar war, daß sie ihrem Mann nachspionierte, von dem die Sekretärin sehr wohl wußte, daß er der größte Schürzenjäger des Gemeindekrankenhauses war: Hatte er doch am Vorabend ihrer Gallenblasenoperation auch sie selbst im Ärztezimmer verführt! Als sie damals auf dem Gipfel der Seligkeit angelangt war, hatte er ihr einen Vortrag gehalten, wie sehr er seine Frau liebe, und deshalb war sie jetzt entschlossen, seine Ehe zu retten. Sie hatte es nicht bei der erteilten Auskunft bewenden lassen, sondern zusätzlich einige Telefonate geführt, deren Ergebnis die Mitteilung war, die Frau Tikalová eben den Atem verschlagen hatte: Den Dienst der Schwester Helichová, die in Prag irgendeinem alten Geldsack aus dem Westen nachstellte, versehe heute zum achtenmal heimlich eine gewisse neue Schwester Dušková aus S., nach eigener Meinung eine Sexbombe, nach Meinung seriöser Kolleginnen eine durchschnittlich vollbusige Achtzehnjährige mit einem durchschnittlich hübschen Lärvchen, die schon habe vernehmen lassen, sie werde einen Doktor heiraten, der sich ihretwegen scheiden zu lassen gedenke; Näheres werde man am Montag eruieren.

Frau Tikalová begriff, daß sie für ein bißchen staatseigenes Glas eine Information erhalten hatte, die in der großen Welt vom betroffenen Empfänger mit Gold, vom betreffenden Objekt mit dem Leben bezahlt worden wäre. Sie erstarrte jedoch angesichts des Problems, wie sie die Information verwerten sollte. Ihren Mann mit Namen und Daten verblüffen, wenn er morgen zum Mittagessen heimkam? Sie wußte, daß Doktor Tikal, solange er nicht unwiderleglich überführt war, prinzipiell auf Teufelkommraus log; in den beiden Fällen, da ihm nichts anderes übriggeblieben war, als ein umfassendes Geständnis abzulegen, ihr ewige Treue zu schwören und ein materielles Geschenk von entsprechendem Wert zu machen, hatte er zu seiner Verteidigung angeführt, er habe sich einer «frommen Lüge» bedient, damit sein bedeutungsloser Flirt nicht ihr Selbstbewußtsein zerstöre. Sie mußte damit rechnen, daß er auch diesmal lügen würde.

Sie dachte an ihre beiden Siege. Im ersten Fall hatte Doktor Tikal den Fehler begangen, sich im Karlsbader Hotel Moskva-Pupp in der Woche, die sie mit dem Sohn in der Tatra verbrachte, nebst Gattin einzuquartieren, ohne an der Rezeption ein passendes Trinkgeld zu hinterlassen. Diese hatte sich dafür mit einer Weihnachtsgrußkarte an ihn und die Frau Gemahlin erkenntlich gezeigt; ebenso zuvorkommend hatte man der unbekannten Anruferin mitgeteilt, die Gattin des Herrn Doktor Tikal heiße Lokvencová. Danach war es ein Kinderspiel, sie als Frau des bekannten Fußballspielers zu identifizieren, den Doktor Tikal kurz davor von Hämorrhoiden befreit hatte. Er hatte seine Sünde mit einem Schaffellmantel aus dem «Haus der bulgarischen Kultur» gebüßt.

Im zweiten Fall war Doktor Tikal geplättet, als sie ihm ein Foto vom Prager Veilchenball vorgelegt hatte, auf dem er die ledige Frau Magisterin Fronová leidenschaftlich küßte. Nie hatte sie ihm gestanden, daß ihr dieses sensationelle Corpus delicti per Post zugegangen war; sie hatte die Fronová in Verdacht gehabt, auf Tikals Scheidung hinzuarbeiten, und ihre Ahnung bewahrheitete sich triumphal, als sich die Fronová kurz nach Doktor Tikals bedingungsloser Kapitulation, die sich der Umwelt in Gestalt eines Persianermantels aus dem einheimischen Exportkontingent sichtbar kundtat, anderswohin versetzen ließ.

Alle äußeren Umstände zeugten jetzt dafür, daß Doktor

Tikal ihr zum drittenmal untreu war, und sie ertappte sich bei dem ketzerischen Gedanken, daß ihr zwar im nunmehrigen Alter und mit den nunmehrigen Erfahrungen ein flüchtiges Abenteuer nichts mehr ausmachte, andererseits jedoch ein importierter Nerzmantel längst fällig war.

Wie überführt man aber einen Mann der Untreue, der bei seinem Leben schwört, er sei treu? Die tausendjährige kulturelle Erfahrung der Menschheit, die Frau Tikalová aus Gedichten, Filmen, Gerichtsreportagen und Erlebnissen ihrer Freundinnen seit fast vierzig Jahren anstrahlte, verdichtete sich zu der klassischen, elfbuchstabigen Botschaft: In flagranti.

Auf der vierten Seite der Stadt, von dieser nur durch den unteren Mäander des Flusses getrennt, der sich wie eine Schlange durch den Mischwald wand, tat Doktor Tikal Dienst.

Bei den letzten Neugliederungen des Staatsgebiets, wie sie regelmäßig nach einer Revolution oder Okkupation stattfanden, war das Kreiskrankenhaus zusammen mit der Kreisstadt bis an den äußersten Nordrand des Kreises geraten, woraufhin sich die kuriose Situation ergeben hatte, daß die meisten Kranken des Kreises die benachbarten Kreiskrankenhäuser im Westen, Osten und Süden zwar auf beträchtlich kürzerem Weg erreicht hätten, dort aber nicht aufgenommen werden durften. Man rechnete damit, daß die Proteste der Werktätigen infolge Überdruß verstummen würden, tragisch war jedoch der Verlust an Arbeitstagen. Um den Fehler einzurenken, ohne ihn zugeben zu müssen, wurden – außer vielen anderen Behördenfilialen und Zentren – mit großem Pomp an den anderen Kreisgrenzen zusätzlich drei sogenannte Gemeindekrankenhäuser errichtet. Da sie natürlich keine Patienten aus benachbarten Kreisen aufnehmen durften, sollten sie – bei gleichbleibender planmäßiger Unterbesetzung mit Personal – erst in dreißig Jahren mit der eigenen Bevölkerung ausgelastet sein. Außertourlicher Dienst war also im Prinzip keine Ausrede und Untreue nur ein Versuch der Natur, auf natürliche Weise die unnatürlichen Methoden des Staates auszugleichen.

Als es die Lage endlich gestattete, eilte Doktor Tikal in die Innere, um mit der Unterweisung der bildhübschen Schwester Dušková fortzufahren. Zu seinem Mißfallen traf er dort Doktor Vaněk aus der Lungenabteilung an, der obendrein Dienstschluß hatte. Was treibt er sich hier herum? dachte Tikal gereizt; so ein Grünspecht soll sich in der Freizeit weiterbilden! Er wurde wütend auf Schwester Dušková, weil sie Vaněk zulächelte, statt ihn hinauszuwerfen.

Die bildhübsche Schwester lächelte indes auch Doktor Tikal zu, denn sie hatte ein Interesse daran, Doktor Vaněk eifersüchtig zu machen, und kochte beiden einen starken Kaffee aus den Vorräten des Herrn Chefarztes. Bei diesem Kaffee erzählte sie von den wunderlichen Vorgängen in der 8. Klasse.

– Haha!

spottete Doktor Vaněk,

– Marti, Sie glauben aber auch alles!

– Aber das ist echt passiert,

beteuerte Schwester Dušková,

– mein kleiner Bruder geht auch in die Achte.

– Dann hat er eine lebhafte Phantasie.

– Das ist nicht wahr! Übrigens,

erinnerte sie sich,

– hier, der Herr Doktor Tikal hat einen Sohn in derselben Klasse, na also, Sie müssen's doch wissen!

– Selbstredend!

pflichtete Doktor Tikal bei. Er wurde wütend auf sich selbst, weil er einen Sohn hatte, und auf den Sohn, weil er ihn nicht über Vorkommnisse unterrichtete, die Schwester Dušková interessierten. Ich nehme ihm die «Vollkommene Ehe» wieder weg, entschied er: Nach dem Vorbild seines Vaters verwahrte er im abgeschlossenen Teil des Bücherschranks sorgfältig ausgewählte Literatur, anhand derer sein Sohn sich bilden sollte.

– Das Mädel weiß alles im voraus!

behauptete die bildhübsche Schwester.

– Quatsch!

verkündete Vaněk kategorisch,

– das ist bestimmt irgendein Lausbubenstreich, und in diesem Kaff bläst man ihn zum Elefanten auf.

– Wieso Quatsch?

ereiferte sich die Schwester.

– Ist es Ihnen noch nie passiert, daß Sie an jemanden denken, und prompt begegnen Sie ihm?

– Das passiert mir hauptsächlich mit Ihnen,

sagte Doktor Vaněk.

– Na, sehen Sie!

– Nur, ich denke an Sie, wo ich geh und steh.

– Albern Sie mich nicht an!

erzürnte sich Schwester Dušková; Zorn stand ihr bestens zu Gesicht, was sie sehr wohl wußte.

– Heute weiß man schließlich, daß jeder ordinäre Kieselstein solche – dingsda – Wellen aussendet. Warum also nicht ein Gehirn?

– Das wäre dann Telepathie,

dozierte Vaněk,

– da müßte das Mädel eine Hellseherin sein. Und warum sollte es ausgerechnet in S. eine Hellseherin geben, wo man nicht mal das Zweite Programm hereinkriegt? Das wundert mich aber, daß ausgerechnet Sie, Marti, auf jeden Humbug hereinfallen.

Bei diesen Worten setzte er sich neben sie auf die chintzüberzogene Couch und legte ihr vertraulich den Arm um die Schultern. Doktor Tikal wurde wütend auf ihn, weil er keinen

Sohn hatte, weil er sich gegenüber Schwester Dušková Vertraulichkeiten herausnahm und ihr nicht einmal beipflichtete.

– Mir scheint, Herr Kollege,

sprach er mit ätzendem Hohn,

– Sie interessieren sich für nichts, was oberhalb des Lungenniveaus liegt. Sonst müßten Sie wissen, daß dergleichen Vorfälle gar nicht selten sind. Haben Sie noch nie den Namen Hanussen gehört?

– Sie meinen diesen Scharlatan?

fragte Vaněk verächtlich, und aus den Bewegungen seines Handgelenks ging hervor, daß er Schwester Dušková heimlich den Rücken streichelte.

Doktor Tikal platzte der Kragen: Ein Kerl in dem Alter hatte sich gefälligst noch um den Rücken der eigenen Frau zu kümmern!

– Etwas nur deshalb Scharlatanerie zu nennen,

verkündete er fest,

– weil es der Wissenschaft noch nicht gelungen ist, die Sache aufzuhellen, hemmt die Entfaltung des Denkens!

Er wurde mit einem innigen, vielversprechenden Blick belohnt, mit dem Schwester Dušková Doktor Vaněk eine letzte Warnung zukommen lassen wollte: Falls er ihr auch heute nicht versprach, sich scheiden zu lassen, würde sich ab morgen ein anderer scheiden lassen müssen.

Doktor Tikal las in diesem Blick, daß er heute nacht auf dieser Couch Momente der Wonne auskosten würde, während Doktor Vaněk sich sagte: Versprechen kann man schließlich alles.

Auf der fünften Seite der Stadt, von dieser nur durch den oberen Mäander des Flusses getrennt, der sich wie ein hingeworfenes Kettchen durch Felder und Wiesen schlängelte, weilte die Familie Zima im Wochenendhaus. Es war ein

Häuschen mit Spitzdach; daneben stand der Schuppen, von Vater Zima zur Autoreparaturwerkstatt umgebaut, rundherum hatte Mutter Zimová ein Rosengärtchen angelegt.

Das Wochenendhaus mit allem Drum und Dran ähnelte wie ein Ei dem anderen dem Heim der Zimas in S. Mit dem einzigen Unterschied, daß das Häuschen in S. nah am Wald und weiter weg vom Wasser stand, das Wochenendhaus jedoch weiter weg vom Wald und nah am Wasser. Als es mit den Zimas weiland ein bißchen aufwärtsgegangen war, hatten sie auch an die Zukunft gedacht: Wenn das Mädel einmal heiratete, wollten sie den jungen Leuten das Stadthäuschen räumen und sich nicht erst woanders groß eingewöhnen müssen.

Die Sonne ließ sich eben wie ein Kinderball auf dem Gipfel des Galgenberges nieder, hinter dem das städtische Zuhause der Zimas lag; die benachbarten Luftschnapper hatten die Fensterläden dichtgemacht und waren abgefahren, nur Zimas saßen noch am Fluß. Die Großmutter verstrickte das braune Wolleknäuel, Klára streichelte das weiße Katzenknäuel, der Vater hielt eine Angelrute, die Hände auf dem Schoß hatte diesmal die Mutter. Statt auf den Fernsehschirm schauten sie auf den Wasserspiegel.

Ein Motor gab Geräusche von sich, und aus der Flußbiegung schoß ein Motorboot mit einem Wasserskiläufer im Schlepptau. Dieser trug eine orange Schwimmweste und zog eine Naht schaumiger Stiche durch den Fluß.

– Du meine Güte, wie der daherbraust!
sagte die Mutter voll Bewunderung.

– Wirft ihn das nicht um?

– Doch, Mama,
antwortete die Tochter.
Die orange Schwimmweste begann langsam unterzugehen.

– Plumps!
sagte die Mutter auflachend.

Die Leute im Boot merkten nichts und verschwanden hinter der Biegung. Der Wasserskiläufer raffte die Wasserski zusammen und schob sie vor sich her zum gegenüberliegenden Ufer; man hörte deutlich, wie er schimpfte.

– Seit aller Frühe frage ich mich,

sprach nach einer Weile Vater Zima und wickelte die Leine auf,

– ob heute einer anbeißt.

– Es wird keiner anbeißen, Papa,

sagte die Tochter.

– Das hätte ich mir denken können,

sagte der Vater und warf die Angel wieder aus.

Die Großmutter sagte nichts. Der Opa hatte sich seit drei Tagen nicht mehr gemeldet, und sie bangte, ob man ihn nicht eingesperrt hatte. Die gnädige Frau zu fragen, das wagte sie nicht, zur Polizei zu gehen, das traute sie sich nicht, einen anderen Revolutionär kannte sie nicht. Sie beschloß, beim Herrn Pfarrer von St. Klara schriftlich einen Rat einzuholen.

Alle vier schauten weiterhin auf die Wasserfläche.

Auf der sechsten Seite der Stadt beobachtete Tikal junior die Sonne, die wie eine entzweigeschnittene Melone auf dem kahlen Gipfel des Galgenberges steckte, und wußte nicht, daß gleich dahinter das Wochenendhaus der Zimas lag.

Obschon er sich eben noch so sehr zur Betrachtung diverser unanständiger Organe gezwungen hatte, war er nach einer gewissen Zeit doch zur Feststellung gelangt, daß ihn mehr als die vollkommene Ehe das interessierte, was Klára Zimová wohl tun mochte. Da seine Mutter gerade badete, brauchte er keine Ausrede zu erfinden. Er verschwand einfach.

Er lief durch die Neubausiedlung, wo Tikals vor einem Jahr eingezogen waren, ließ die Straße rechts liegen, die durch den Wald zum Gemeindekrankenhaus führte, wo er vor vierzehn

Jahren geboren worden war, passierte die alte Schule, die er seit acht Jahren besuchte, rannte über die Eisenbrücke, unter der er sich alljährlich auf der Kirmes austobte, umrundete die St.-Klara-Kirche, wo er vor Jahren oft hingegangen war, um sich das Bild anzusehen, auf dem Henkersknechte der heiligen Klara mit einer Winde das Gedärm herauszogen, und bog zu der Stätte ab, die «In der Vorstadt» hieß, der Wohngegend seiner ersten ...

Er tadelte sich wegen dieses eines Häuptlings unwürdigen Gefasels.

Binnen weniger Minuten hatte er sein gesamtes bisheriges Leben durchmessen und seine ganze bisherige Welt abgeschritten, aus der er einstweilen nicht weiter hinausgelangt war als bis nach Prag und in die Tatra, da seine Eltern bis zu diesem Jahr nicht einmal nach Bulgarien gedurft hatten, weil der Bruder des Vaters vor seiner Frau in die Fremdenlegion geflüchtet war.

Es ist Brauch, den Ort zu lieben, wo wir geboren wurden. Allerdings: Diese Liebe fällt uns nicht als Geschenk in den Schoß. Im Gegenteil: Der Geburtsort wird, sofern wir dort versauern müssen, alsbald zur fadenscheinigen Kulisse eines Stücks ... Jedoch: Wozu einen schon einmal geäußerten Gedanken wiederholen? Der aufmerksame Leser hat ihn sich schon zu eigen gemacht, der oberflächliche hält sich nicht bei Gedanken auf, gewiß ist er längst weit voraus, vielleicht hat er sich über das Handlungsgerüst schon zum abschließenden Erdbeben hinaufgehangelt ...

Fürchten wir ihn, er ähnelt dem Wilden, der den Kaviar ausspuckt und uns Nachzüglern verrät, daß der Mörder der Gärtner ist.

Tikal junior lief durch mehrere stille Gäßchen mit Einfamilienhäusern und blieb erst am Wald stehen, vor der Autowerkstätte des Kommunalbetriebs. Sämtliche Fensterläden des

Häuschens mit dem Spitzdach waren geschlossen; weit offen standen nur die Rosen im Gärtchen.

Tikal stellte sich vor, wie es wäre, wenn der Laden vor dem Giebelfenster aufginge und Klára dahinter erschiene:

– Guten Tag,

sagt er höflich.

– Grüß dich, Jiřik!

haucht sie unter Tränen, wie sie es gemeinsam bei der Schülervorstellung im Nationaltheater gesehen haben.

Sie vertraut ihm weinend an, sie sei im Gewahrsam türkischer Wachen... Ganz sicher war er sich dessen nicht, denn er hatte damals den Beschuß der Mädchen mit Kletten geleitet und war vor Schluß der Vorstellung von der Tschechischlehrerin Jírová hinausgeführt worden, womit Brož als Häuptling unwiderruflich ausgedient hatte. Tikal wußte jedoch genau, wie er sich verhalten würde: Er knirscht mit den Zähnen und schnauft, während er das schwere Schwert hebt, verfolgt befriedigt, wie die Wachen gefällt niedersinken und auf die gelben Rosen rotes Blut regnet.

Er steckte die Hand durch den Drahtzaun und pflückte eine davon, um sie Klára zu überreichen. Er zog scharf die Luft ein, als er sich an einem Dorn stach. Gleich darauf verspürte er einen Stich im Herzen, denn er vernahm eine bekannte Stimme.

– Ahoooj, was treibst denn du hier...?

Brož! Er stand ein paar Meter hinter Tikal am Waldrand; mit der Zigarre sah er aus wie ein Mafioso, mit Dušek und Ehrenberger als Leibwache.

Tikal erinnerte sich, daß sie ihn am Freitag eingeladen hatten, den Oberbefehl über die «Operation Aufstöbern von Liebespaaren im Wald» zu übernehmen. Er mußte sie unverzüglich fragen, wie es ausgegangen war, er mußte sie loben oder tadeln, ein paar Männerwitze reißen, und fertig! Doch da merkte er, wohin sie verdutzt den Blick richteten, und er stellte entsetzt fest, daß ihm die Stimme wegblieb und das Blut heiß in die Wangen schoß.

– Heiliger Strohsack ...

hörte er Brož sagen,

– Haltet mich fest, er bringt ihr Blumen!

Durch verzweifeltes Bemühen gelang es Tikal, den gelähmten Stimmbändern eine Teilleistung abzuringen. Er versuchte, diesen gräßlichen Verdacht durch die Vortäuschung nichtswürdigen Tuns zu entkräften, das ihn in ihren Augen rehabilitierten mußte.

– Quassel nicht, Brož, hier hab ich schon öfter welche geklaut ...

Zu spät. Brož war kein Geisteslicht, verstand aber etwas von Machtkämpfen. War er doch, vor Tikal, von der ersten Klasse an Häuptling gewesen. Das Zögern des Rivalen und die verräterische Wangenröte genügten ihm. Er gewahrte Tikals Blöße und kickte geradewegs hinein.

– Uiii, Leute, er hat sich verknallt!

Tikal hatte den Eindruck, das Echo dieses Schreis müßte in der ganzen Stadt die Fensterscheiben zum Klirren bringen. Mit dem letzten Ranft der Sonne schienen auch sein Ruhm und seine Ehre unterzugehen.

Was bleibt in einem so schicksalhaftem Moment einem Mann denn schon übrig, möge er nun Achilles oder Tikal heißen?

Tikal sprang auf Brož zu und gab ihm eine Ohrfeige.

Brož gab sie ihm zurück. Tikal stieß ihm die Faust in den Magen. Da waren schon alle drei über ihn hergefallen. Bisse, Kratzer, Tritte und Schläge austeilend und einsteckend, fand er noch Zeit zu denken, er sei wahrscheinlich der erste Häuptling, den eine Rose zur Strecke gebracht hatte.

Ungefähr zur selben Zeit, als auf der sechsten Seite der Stadt Tikal junior drauf und dran war, den Häuptlingsskalp zu verlieren, verlor seine Mutter auf der dritten Seite der Stadt den Großteil ihres Haares, das Doktor Tikal besonders liebte.

Sie nahm die Schere und schnitt es dicht am Kopf ab, wie sie es ihm geschworen hatte, als er nach der Fronová um Pardon gebettelt hatte. Sie erwartete ein Bild der Verwüstung, doch der Spiegel zeigte ihr das äußerst interessante Gesicht einer nicht mehr ganz jungen, aber zweifellos attraktiven Frau, die weiß, was sie will und wie sie es anpacken muß.

Überrascht stellte sie fest, daß die Haarflut, die sie jetzt in der Hand hielt – seit Kindertagen ihr Schatz, von dem Doktor Tikal unablässig behauptete, für ihn sei er der größte Sexualmagnet, den sie außerhalb des Bettes zu unterschiedlichsten Frisuren ordnete, auf den sie ihre Garderobe abstimmte –, ihrem Gesicht eigentlich zeitlebens etwas Künstliches verliehen, ihr Wesen in zwei gegensätzliche Teile gespalten hatte: einen, der mit Doktor Tikal um Liebe und Dekorum rang, und einen anderen, der ihm hoffnungslos untertan war.

Nun entschied sie leichthin, aber ganz ernsthaft, die Zeit der Kompromisse sei vorbei. Statt des Trostpflasters eines noch so teuren Pelzes wollte sie jetzt alles oder nichts.

Interessant war auch die Reaktion ihres Sohnes. Während sie noch badete, fiel ihm ein, die Klasse müsse morgen bei Látal ihre Kenntnisse der heimischen Flora unter Beweis stellen, und er sei bei ihrer Bestimmung an der Uferböschung ausgerutscht. Sie erschrak über seine blauen Flecken und Schrammen, aber es beruhigte sie gleich doppelt, daß seine ersten Worte ihrem Haar galten und daß die Anerkennung darin überwog.

– Also, Mami,

sagte er mit geschwollenen Lippen,

– der Vater bringt dich um, aber die Typen werden sich um dich reißen!

Nachdem sie ihn verarztet und zu Bett gebracht hatte, kam ihr eine wahnwitzige Idee, und sie probierte des Sohnes frischgewaschene Jeans an. Sie paßten wie angegossen. Der Spiegel bereitete ihr abermals eine Überraschung: Da stand ein Page mit gewölbter Brust und schlanker Taille, dessen verhärmtes Gesicht nicht mit dem jugendlichen Schwung der Gesamterscheinung harmonierte.

Sie zog auch des Sohnes Gummistiefel an, stülpte sich seine Schildmütze auf und schlüpfte in den schäbigen amerikanischen Parka, den er voriges Jahr für einen funkelnagelneuen Wollpullover eingetauscht hatte: ein Weihnachtsgeschenk von ihr, und er hatte dann eine Woche Hausarrest bekommen. Das abgeschnittene Haar, in eine Zeitung verpackt, stopfte sie unter die Jacke. Dann schloß sie ihren Toilettentisch auf und nahm die Büchse mit dem Anilinpulver heraus, auf der geschrieben stand: FÜR KINDER UNZUGÄNGLICH AUFBEWAHREN!

Sie trat auf die Straße, als der alte Rybák von der Blockwacht gerade das Haus zusperrte.

– Kannst du nicht grüßen?

knurrte er sie an; als sie loslief, rief er ihr rachsüchtig nach:

– Warte nur, du Halbstarker, du wirst auch mal alt!

Sie ging durch die Neubausiedlung, wohin sie vor einem Jahr endlich aus dem alten Häuschen neben der Glashütte umgezogen waren, und bog rechts in die Landstraße ein. Der Asphalt stieg zum bewaldeten Gipfel des Trutzberges an, hinter dem er sich zum Gemeindekrankenhaus senkte.

Sie ging dicht an der Fabrik vorbei. Hinter den Fenstern der alten Hütte Leopold und des neuen Glaswerkes, das erst noch feierlich benannt werden sollte, glühten die Schmelzwannen, um die herum wie Dutzende von riesigen Zigaretten die Pfeifen aufleuchteten und verloschen, mit denen bei kreisender Bewegung das sich rasch abkühlende Glas geblasen wurde; große Stücke bliesen und zogen von entgegengesetzten Seiten zwei Leute; es sah aus, als rangelten sie um einen glühenden Stein.

Am Waldrand blickte sie sich um: Wie auf dem Grund einer flachen Schale lag die Stadt S. zwischen den langgezogenen Kuppen des Galgenberges, des Trutzberges und des Clarinusberges, in der neuen Ära feierlich in «Gipfel der Brudervölkerfreundschaft» umbenannt; was sich sonderbarerweise nicht durchgesetzt hatte.

Über dem Clarinusberg stand der Mond, dem zum Vollmond nur noch ein Meridian fehlte, und verwandelte sämtliche Gewässer Böhmens in Quecksilber. Der Tunnel aus Bäumen, in dem die Straße verschwand, war feucht und dunkel, die Oberfläche des Flusses S. leuchtete wie das Neonrohr einer riesigen Reklame. Frau Tikalová lief hinunter ans Ufer und folgte seinem Lauf. Bald war sie von der gesamten heimischen Flora umgeben, die ihr Sohn heute unter Einsatz seiner Gesundheit bestimmt hatte. Wie sie so auf dem Lehmseil zwischen rieselndem Licht und duftendem Dunkel dahinschritt, erinnerte sie sich, daß sie zuletzt mit ihm hier ins Krankenhaus Spaziergänge gemacht hatte – als er dort vor vierzehn Jahren auf die Welt kommen sollte.

Sie erinnerte sich auch, wie Doktor Tikal, bis zur letzten Woche immer wieder mit ihr schlafend, sich geärgert hatte, wenn sie, über ihm kniend, den runden Bauch schamhaft mit dem Vorhang ihres Haares verdeckt hatte. Zerreiße, Tempelvorhang! hatte er heiser ausgestoßen, die dichten Strähnen um seine Hände gewickelt und schließlich ihren Kopf schmerzhaft zu sich herabgerissen wie ein Reiter, der selbst beim Sturz die Zügel nicht losläßt.

Bedauern durchzitterte sie, daß von all dem nur der Bodensatz der Erinnerung geblieben war, nur noch geschmacklos mit dem gewärmten Wasser müder Gewohnheiten aufgebrüht. Sie hatten einander doch am Fluß kennengelernt und sich wie so viele, denen die neuen Zeiten wegen fremder Sünden oder allzu persönlicher Ansichten einen Platz am Rande zuwies, an Bücher und die Landschaft geklammert; und jetzt? Nicht einmal durch diesen Wald war sie seit gut zehn Jahren gegangen, weder allein noch, geschweige denn, mit ihm, seit sie den Wagen hatten, und da ihnen bis zu diesem Jahr die Welt verschlossen geblieben war, hatten sie auch keinen Urlaub mehr in der freien Natur verbracht, sondern in protzigen Tatra-Hotels, um in fremden Sprachen und ausländischen Moden einen Ersatz für die verbotene Ferne zu finden.

Sie beschloß, den nächsten Urlaub, offensichtlich also wohl ohne ihren Mann, wieder in einem Zelt zu verbringen, mit Jiřík, und wenn auch der sie wegen irgendeines fremden Mädchens verließ, würde sie allein fahren ... Lange, dachte sie, werde ich in diesem Zelt kaum allein bleiben! Sie warf trotzig den Kopf zurück, und die Leichtigkeit dieser Bewegung gab ihr Auftrieb.

Als sie das Krankenhaus erblickte, zeigte die Taucheruhr, die sie in der Tasche des Parka fand und deren Herkunft sie morgen früh zu ermitteln gedachte, ein paar Minuten nach elf an. Reinekes Stunde, dachte sie schadenfroh, wenn das schwere Federbett des vormitternächtlichen Schlafes der Gerechten zu Streifzügen in fremde Hühnerställe aufstachelt ... Sie hatte keine Ahnung, daß sie, unbewußt die Chiffren der städtischen Organe anwendend, einen Beweis für die Volksverbundenheit der ungeliebten Macht erbrachte.

Sie war allerdings nicht so töricht, an der Pförtnerloge vorbeizugehen. Milota, sagte sie sich, ist bestimmt der Kuppler dieses Bordells, beim Anrücken einer Gattin bläst er bestimmt Alarm. In Gummistiefeln und Jeans watete sie genüßlich durch das nasse Riedgras längs des langen, mit Stacheln bekrönten Drahtzauns, bis sie das erste der Löcher fand, durch welche die Patienten flohen, um in den umliegenden Dörfern

Bier zu trinken. Gelegentlich wurden ein paar Männern das Krankengeld gestrichen, aber die Löcher blieben: Besser, pflegte Krankenhausdirektor Brabec zu sagen, sie besaufen sich, als daß einer sich aufspießt.

Das Krankenhaus setzte sich aus mehreren ebenerdigen Betonklötzen zusammen, Militärbaracken nicht unähnlich und durch ein Geäder von Gängen verbunden. Sie hätte den Grundriß mit geschlossenen Augen aufzeichnen können, denn sie hatte zwei Jahre lang, bevor die vergessene Personalkantine fertig war, ihrem Mann täglich einmal das Essen hingebracht. Er hatte sie damals in sämtlichen Pavillons vorgeführt, tatsächlich wie ein Pferd mit einer selten schönen Mähne.

Zur Inneren war es von dem Loch am nächsten. Hinter dem Fenster des Schwesternzimmers war natürlich die Jalousie herabgelassen. Die beiden waren dort. Sie sah seinen verschwommenen Schatten und hörte sie leise sprechen. Zweifellos waren die beiden eingeschlossen; sie erwartete, daß der Ehebrecher, sobald sie vom Gang aus an die Tür klopfte und sich zu erkennen gab, durch dieses Fenster flüchtete, und obwohl sie nicht zugleich dort und hier sein konnte, trachtete sie zu verhindern, daß er unerkannt entwich. Sie fand es nachgerade bewundernswert, daß ihrem Denken und Handeln jede Spur von Krampfhaftigkeit fehlte, mit der sie jahrelang den wirkungslosen intellektuellen Krieg gegen Doktor Tikal geführt hatte. Sie tat, was sie mußte, so einfach sie es vermochte.

Vorsichtig holte sie aus der Tasche die Büchse Anilinpulver zum Eierfärben, die sie dem Sohn lange nach Ostern beschlagnahmt hatte, als die ganze Siedlung wütend nach dem Bösewicht fahndete, der spät abends mehrere Fußmatten damit bestreut hatte, so daß einige Spätheimkehrer fast in Ohnmacht fielen, als sie auf der Treppe blutrote Spuren hinterließen.

Sorgfältig verteilte sie das Pulver wie einen roten Schleier über den ganzen Grasstreifen, wo der aus dem Fenster Springende gezwungenermaßen landen mußte. Während der ganzen Zeit hörte sie schwach den Monolog einer Mädchenstimme. Wie bei einem Hörspiel vernahm sie, wie da ein Mädchen, nur wenig älter als ihr Sohn, das ihr gewiß unzählige Male in den Straßen von S. mit Schnuller, Lolli und bis vor kurzem mit Schulranzen begegnet war, zu ihrem Mann ungehemmt und ungescheut sagte, sie werde auch jetzt gleich noch mit ihm schlafen, wenn er ihr das Versprechen, sich scheiden zu lassen, schriftlich gebe.

Ihr altes Ich unter dem Joch des Haars hätte sich jetzt bestimmt wehrlos gequält oder aber die schwere Taucheruhr dunkler Herkunft ins erleuchtete Fenster geschleudert und zum Klirren der Scherben ohnmächtige Vorwürfe hinausgeschrien. Ihr neues, verjüngtes Ich stoppte plötzlich ihr Tun und fragte: Müssen wir uns das anhören? Und haben wir es überhaupt nötig, hier Fallen zu stellen wie unser pubertierender Sohn??

Sie warf die Büchse ins Gras und entfernte sich vom Fenster. Mit jedem Schritt wuchs ihr Selbstbewußtsein, weil sie wußte, daß sie erst jetzt frei und überdies würdevoll handelte. Als sie um die Ecke der Inneren zum Gang einbog, sah sie einen Schatten über die Jalousie des Schwesternzimmers huschen wie eine große Motte. Sie zieht den Kittel aus, interpretierte sie; in ihrer Seele gab es jedoch weder Verzweiflung noch Groll, sondern nur einen faden Nachgeschmack, als sie auch noch diese letzte bittere Pille schluckte.

Sie öffnete die Pforte zum Verbindungsgang, betrat durch die Schwingtür die Chirurgische. Hier herrschte die Stille der blauen Nachtlämpchen. Vor dem Ärztezimmer blieb sie stehen und zog mit den vom Anilin geröteten Fingern das flache Päckchen unter dem Parka des Sohnes hervor. Die Zeitung warf sie zusammengeknüllt weg, das Haar schüttelte sie, damit es sich aufplusterte. Sie beabsichtigte, es Doktor Tikal als letzten Gruß aufs gemachte Bett zu legen. Mochte er seinem Liebchen eine Perücke daraus anfertigen lassen, um wieder – sie verzog das Gesicht – einen Sexualmagneten zu haben.

Sie öffnete die Tür. Beide erschraken.

Sie, als sie den lesenden Doktor Tikal in weißer Hose und weißem Hemd auf dem gemachten Bett liegen sah; er, als er auf der Schwelle einen fremden Schnösel erblickte, der zwischen blutigen Fingern das Haupt seiner Frau hielt.

Doktor Tikal hatte sich erst kurz vor elf Uhr zur Schwester Dušková aufmachen können und hatte durch die Tür, nur etwas früher, dasselbe Programm gehört. Nach Überwindung des Verlangens, hineinzustürmen und sich ein paar Peinlichkeiten zu leisten, hatte er sich einen senilen Trottel geschimpft und war in sein Zimmer zurückgekehrt. Seine aufgepeitschten Sinne, auf ein Bankett vorbereitet, hatten ihn noch eine Zeitlang gezwungen, fieberhaft zu überlegen, wer sich hier auf die Schnelle vernaschen ließe. Sehr bald hatte sich seiner jedoch Niedergeschlagenheit bemächtigt. Die fixe Idee hatte in ihm gebohrt, seine Zeit sei vorbei, ehe sie angefangen habe, er sei ein alter, enthaarter Bock aus einem hinterasiatischen Hospital und habe keinerlei Freude und Ruhm mehr zu erwarten. Er hatte sich aus Gram den doppelten Whisky genehmigt, den er am Morgen als Anbiederungsgeschenk bekommen hatte, und sich zur Lektüre der englischen Zeitschrift gezwungen, ohne sie wahrzunehmen. Aus solcherlei trüben Gedanken auftauchend, fragte er nun entsetzt:

– Was ist passiert??

Ein Verkehrsunfall! dröhnte es in seinem Kopf. Dieser Motorradler hatte seine Frau skalpiert. Aber wo... Wie sollte... Was sollte sie hier...

– Jirka,

sagte seine Frau, plötzlich von Selbstbewußtsein, Phantasie und Kraft verlassen,

– Jirka, verzeih mir, ich dachte ...

Und Doktor Tikal begriff sofort alles.

Er war Chirurg, aber was Frauen betraf, auch Soziologe, Sexologe, Neurologe und Psychologe. Er hatte ihrer eine ganze Menge gehabt, auf der Universität und beim Militär, vor der Ehe und während der Ehe, außer den beiden, die er hatte eingestehen müssen, noch rund hundert. Warum hatte er allen eingeredet, er liebe seine Frau, sogar denen, mit denen er voll Lust ein paar Jahre lang nicht nur das Bett, sondern auch den Tisch geteilt hätte?

Als er seine Frau, zwar bis zur Unkenntlichkeit verwandelt, aber immer noch sie selbst, hier im Nachtrevier seiner Gespielinnen erblickte, als er sie mit dem zackig abgeschnippelten Kopf und dem wilden Schweif in den Händen sah, die aus unerfindlichem Grund in Mordfarbe getränkt waren, begriff er rein gefühlsmäßig, was vordem all seine Kenntnisse und Erfahrungen nicht ans Licht gebracht hatten:

Er hatte es ihnen eingeredet, weil er seine Frau liebte.

Sie war zu schwach, um ihm irgend etwas erklären zu können. Außerdem schämte sie sich für ihre Handlungsweise, zugleich bangte sie aber um ihr kaum ausgeschlüpftes Gleichgewicht.

– Sei so gut, bringst du mich nach ...

Sie besann sich, daß er Dienst hatte.

– Bestellst du mir die Skokanová?

Er war viel zu verlegen, um sie nach irgend etwas zu fragen. Und zu bewegt, um sie darauf hinzuweisen, daß die hiesige Taxifahrerin Stoklasová hieß. Außerdem fühlte er sich sonderbar gereizt und angezogen von ihrer Fremdheit. Er mußte unumwunden zugeben, daß ihr dieser «Knaben-Look» unwahrscheinlich gut stand, viel besser als der «Romantic-

Look», zu dem er sie jahrelang gezwungen und dadurch gewaltsam in die Mädchenriege verwiesen hatte. Vor ihm stand eine freie und ehrgeizige Frau, voll Schwung, voll Schick, voll Charme und – voll Sex!

Er umarmte sie und spürte durch den rauhen Stoff der Soldatenjacke die altvertrauten Brüste auf ganz neue Weise.

– Wozu wegfahren,

sagte er,

– du schläfst hier!

– Das geht nicht...

– Warum nicht?

– Und morgen früh?

– Was «morgen früh»?

– Die Schwestern, der Chefarzt...

– Die sollen vor Wut zerspringen, weil es bei uns so klappt!

– Und Jiřík?

– Der soll glauben, du gehst fremd.

Beim Zusammensein klammerte er die Finger vergeblich in ihr Haar. Sie entglitt ihm wie eine Forelle und war um so begehrenswerter. Er hatte sie an der Angel, als der leise eingestellte Drahtfunk das Ende des Sonntags bekanntgab.

Komisch,

dachte er, wohlig ermattet zu den Klängen der tschechischen Nationalhymne einschlummernd, das Kinn auf dem Stoppelfeld ihres Kopfes,

zur Geliebten die eigene Frau zu haben...

Eigentlich,

dachte sie, selig zu den Klängen der slowakischen Nationalhymne in seiner Armbeuge einschlafend,

gebührt der Pelzmantel jetzt ihm...

Auf was für Gewaltmärschen, durch was für Kahlschläge kehrt doch die Liebe zu den Menschen zurück!

Auch auf der siebenten Seite der Stadt brach der Montag ein und brachte die Geschichte sofort wieder auf volle Touren.

Urbans waren am Abend im Kino gewesen, die Tochter hatte daheim gelernt; bevor den Vater die Hiobsbotschaft vom Freitagsabsturz erreichte, sollte er ihr Bemühen um einen neuen Aufstieg sehen. Der Bienenfleiß verdiente Unterstützung: Auch die Eltern blieben nicht untätig.

Frau Urbanová stopfte auf einem altmodischen Stopfpilz Uniformsocken und dachte an den gesehenen Film: Wieso werden auf der ganzen Welt so einfallsreiche Verbrechen verübt, und bei uns dreht man Däumchen? Es ist wohl zu schwierig, einen Eisenbahnüberfall zu planen, wo statt des einen Zuges ein anderer kommt. Und wozu sich erst mühsam durch die Entlüftungsanlage zum Tresor der Glashütte vorarbeiten, zu dem sie den Schlüssel hatte, wenn er den Großteil des Jahres über nur die Protokolle von Parteisitzungen enthält? Und dann: Hier genügt es, daß jemand sich ein Auto kauft, und Urban hat umgehend fünf anonyme Anzeigen auf dem Tisch, er möchte überprüfen lassen, wo der Betreffende das Geld her hat.

Hauptmann Urban, in kurzer Turnhose, büffelte die einheitliche Kommandosprache der Warschauer-Pakt-Staaten. Der Sinn der Lektion blieb ihm lange verborgen, bis er dahinterkam, daß er schon wieder ein C als C las statt als S. Mein Gott, seufzte er wie schon seit fünfzehn Jahren, als man ihn von der übersichtlichen Drehbank weggeholt und zum Hüter des unübersichtlichen Gesetzes gemacht hatte, wie kann eine so revolutionäre Großmacht eine derart vorsintflutliche Schrift haben? Das sind ja keine Buchstaben, sondern Ungetüme! Bei diesen Überlegungen erreichten ihn die Hymnen, der Montag und die Spätnachrichten.

Er klappte das Lehrbuch zu, eilte ins Schlafzimmer, kam zurück und drehte den Ton auf.

– Und jetzt –
sprach die Ansagerin, ohne ihren Unwillen darüber zu verbergen, daß sie um diese Zeit noch arbeiten mußte
– die Lottozahlen von gestern abend.
– Karel, ich bitte dich,
ließ Frau Urbanová sich vernehmen,
– könntest du's nicht abdrehen?
– Ruhe!
schrie er.
– Genau die täte uns not. Wenn du von dem Mädel Resultate verlangst, dann mußt du ihr dazu auch . . .
– Verdammt noch mal, Ruhe!
brüllte Urban. In der Handfläche verbarg er den Abschnitt des Lottoscheins, um hinterher nicht ausgelacht zu werden. Er hatte damit Probleme, da er die Hand weit vom Körper weghalten mußte, weil die Augen neuerdings nicht mehr so recht wollten.
Frau Urbanová war beleidigt.
– Komm,
gebot sie der Tochter,
– du bist noch ein Kind und gehörst längst ins Bett!
Kaum hatten sie jedoch das Badezimmer betreten, da erscholl aus der Küche gräßliches Gebrüll. Der Tochter fiel die Zahnbürste aus der Hand, der Mutter der Kamm. Als sie in die Küche stürzten, bot sich ihnen ein unerhörtes Bild: Hauptmann Urban tanzte auf der Platte des Eßtisches herum wie ein Wilder.
– Das darf doch nicht wahr sein!
rief er aufgewühlt.
– Leute, das darf doch nicht wahr sein!!
– Karel, was ist mit dir los?
– Herrgott im Himmel! Hergott im Himmel!!
– Hast du dir was gemacht?

– Himmlischer Herrgott, ich hab alle richtig! Ich hab alle richtig!! Das darf doch nicht wahr sein!!

Er sprang auf den Boden und stampfte. Gut, daß wir hier allein wohnen, ging es seiner Frau durch den Kopf. Dann ging ihr plötzlich ein Licht auf.

– Das darf nicht wahr sein ...

stammelte sie.

– Zeig her!

Sie riß ihrem Mann den Abschnitt aus der Hand und studierte ihn gegens Licht, wie sie es üblicherweise mit größeren Geldscheinen machte.

– Hast du's nicht durcheinandergebracht?

fragte sie bang.

– Haben sie's so durchgegeben?

– Hier hab ich's aufgeschrieben, schau her!

Er schwenkte vor ihren Augen ein anderes Papier:

– Eins, neun, dreiundzwanzig, vierundzwanzig, fündundzwanzig und sechsundzwanzig! Alle richtig!

– Ja, alle richtig!!

– Papa, zeig her!

bettelte die Tochter.

– Da, lies vor!

Er hielt ihr beide Papiere vor die Augen und wiederholte mit ihr zusammen:

– Eins, neun, dreiundzwanzig, vierundzwanzig, fünfundzwanzig, sechsundzwanzig. Ich werd verrückt! Meine Mütze!

Er stürzte ins Vorzimmer.

– Wo hab ich meine Mütze?

Er erblickte sie am Haken, stülpte sie sich auf den Kopf und tastete nach der Klinke.

Seine Frau war schneller: Sie zwängte sich zwischen ihn und die Tür.

– Karel, ich bitte dich, wo gehst du hin?

– Ich weiß nicht. Herrgott im Himmel, ich weiß nicht. Laß mich los!!
– Du bist in Turnhosen!
Er schien nichts zu kapieren.
– Was?
– Turnhosen hast du an!
– Na und?
– Du kannst nicht in Turnhosen und Dienstmütze herumlaufen!
– Herrgott im Himmel, das macht doch nichts! Ich hab alle richtig, begreifst du nicht??
– Ich begreif's nur zu gut! Schrei nicht! Oder schrei, aber bleib im Haus drin!
– Warum soll ich im Haus schreien? Ich hab ...
– ... alle richtig, ich freue mich genauso, aber du kennst doch die Leute!
– Was für Leute??
– Na, die Leute ... Alle!
– Was hast du denn? Die Leute mögen mich und ...
– Und wenn jemand munkelt, daß du's irgendwie ...
– Was «irgendwie»?
– Irgendwie hintenherum ...
Weiter wagte sie nicht zu sprechen. Sie kannte ihn nur zu gut. Auch so erbleichte er.
– Was «hintenherum»??
Sie zuckte die Achseln. Er hatte ohnehin verstanden.
– Ich??
Er schlug sich erregt an die Brust:
– Von mir weiß jeder, daß ich noch nie im Leben auch nur sooo viel genommen hab!
Er preßte Daumen und Zeigefinger so fest gegeneinander, daß fast etwas gebrochen wäre.
– Nicht sooo viel!!

– Schon gut, da hast du recht,
besänftigte sie ihn und bugsierte ihn langsam in die Küche zurück, wobei sie der Tochter zuzwinkerte, sie solle die Haustür zusperren,
– aber wozu es überhaupt ausposaunen, du weißt am besten, wie neidisch die Leute sind, nicht mal in der Zeitung stehen die Namen der Gewinner, wenn du feiern willst, dann zu Hause, mit uns, und wieviel wird's denn eigentlich sein?

Diese Frage brachte ihn aufs normale Gleis zurück, da sie seinem Gefühl eine konkrete Form verlieh.
– Wieviel? Im ersten Rang, das kann zweihundert, dreihundert-, sogar fünfhunderttausend ausmachen!!

Er griff sich an den Kopf und sank schwer auf einen Stuhl. Seine Frau stand mit aufgerissenen Augen neben ihm, seine Tochter mit offenem Mund an der Tür.
– Fünfhundert...
hauchte Frau Urbanová; das entsprach fünf Jahresgehältern des Glashüttendirektors Martinic.
– Himmlischer Herrgott...
hauchte jetzt auch der Hauptmann,
– das darf doch nicht wahr sein...

Dann sprang er unvermittelt auf und rief im Kommandoton, wie vor angetretener Formation:
– Die Hälfte kriegen die Zimas!
– Die Zimas?
staunte seine Frau.
– Warum denn?
– Die Hälfte!
wiederholte er dermaßen kategorisch, daß sie verstummte.
– Red mir da nichts drein, das ist meine Sache! Wenn sie nicht wollen, stopfe ich ihnen in den Briefkasten, was hineingeht. Mindestens hunderttausend,
setzte er herab,

– das ist mein letztes Wort! Für hundert kaufen wir uns ein Auto. Zweihundert kriegt das Mädel als Mitgift. Und den Rest verjubeln wir, so was habt ihr noch nie erlebt! Du –

befahl er der Frau

– suchst dir einen goldenen Ring aus!

– Karel . . .

– Und dir –

er drehte sich zur Tochter um, die ausnahmsweise aus purer Freude zu flennen angefangen hatte

– kaufe ich morgen ein Minirad!

VIII

Fünftausendmal nichts. – Wie viele langweilige Tage haben fünfhundert Jahre? – Einhundertneun Kláras in vierundzwanzig Stunden. – Der Stundenplan gilt auch für die Ehefrau. – Was der Genosse Fuchs von uns erwartet. – Was ist besser: besserer Sand oder bessere Polizei? – Die süße Qual des Jiřík Tikal. – Soll die Zimová verbrannt werden? – Auf dem Schulhof gähnende Leere. – Dürfen Werktätige ein sozialistisches Postamt belagern?

S. erwachte zu einer neuen Woche. Hätte man jeden einzelnen Bürger gefragt, was er sich von ihr erwartete, so hätte man wohl fünftausendmal «nichts» zu hören bekommen.

Von nichts kommt nichts. Nichts als Dauerzustand der lokalen Geschichte bewirkt, daß die Bürger gelegentlich sogar Katastrophen herbeisehnen.

Die Tage, an denen sich in S. während der letzten fünfhundert Jahre rein gar nichts ereignet hatte, beliefen sich auf genau 182 623, einschließlich fünfundzwanzig neunundzwanzigste Februare. Aufregend waren zwei gewesen.

Häufig wurde des Tages gedacht, als die Türken die Stadt eroberten, zur allgemeinen Überraschung jedoch kein allgemeines Köpferollen veranstalteten, sondern sich auf die Haushalte verteilten, wo sie eigenhändig sonderbare Tüten aus Teig buken. Diese aßen sie, auf kleinen Teppichen kniend und das Gesicht dem Clarinusberg zugewandt, hinter dem in verlängerter Richtung später Mekka geortet wurde; dann ritten sie weiter, um im Nachbardorf die Köpfe rollen zu lassen. Es handelte sich aller Wahrscheinlichkeit nach um ein bedeutendes mohammedanisches Ritual, doch da die Begebenheit auf den 12. August fiel, wurden die Früchte von der heiligen Klara geerntet. Man errichtete ihr zu Ehren ein damals modernes gotisches Kirchlein, und seither werden in S. zur Kirmes Tüten aus Zuckerzeug gebacken, die sogenannten Türkenohren.

Das andere Ereignis, das in die Gemeindechronik und die Stadtfolklore einging, war die kurze Rast des Reiterregiments von General Pappenheim, der es eilig hatte, die Truppen des Generalissimus Wallenstein vor der Schlacht von Lützen zu verstärken. Das Regiment nächtigte hier am 14. November 1632, aber die Erinnerung verbindet sich hauptsächlich mit dem 12. August des darauffolgenden Jahres, als in S., wo damals 163 Frauen im Alter von vierzehn bis vierundfünfzig Jahren lebten, zwischen Mitternacht und Mitternacht insgesamt 177 Kinder geboren wurden; von jeder Frau der erwähnten Jahrgänge mindestens eines. Selbst der Jesuitenpater Hlad sah sich zu der Erklärung genötigt, S. sei der insbesonderen Gnade Gottes teilhaftig geworden, und hielt eine Massentaufe ab, bei der all die 109 Kinder weiblichen Geschlechts den Namen Klara erhielten: Schon zum zweitenmal hatte die

Schutzpatronin der Gemeinde dafür gesorgt, daß kein Blutvergießen, sondern ein Freudenfest stattfand, wofür man sich durch den Umbau des veralteten gotischen Kirchleins zu einer damals modischen Barockkirche erkenntlich zeigte. Einen beachtlichen Obolus spendete, auf die Eingabe des Paters Hlad hin, Wallenstein höchstpersönlich; vom kaiserlichen Fiskus darauf hingewiesen, des Paters Petition schildere ein kaum glaubhaftes Phänomen, antwortete er mit einem Satz, der sich bis zum heutigen Tag überliefert hat: Ich kenne meine Pappenheimer!

Am selben Morgen, als S. eine neue Woche in seiner unermeßlich langweiligen Historie begann, hätte nur einer einzigen Einwohnerin einfallen können, daß eben dieser Montag S. nach genau dreihundertdreiunddreißig Jahren eine nie dagewesene Sensation bescheren würde. Doch Klára Zimová wurde ausnahmsweise von niemandem gefragt.

An diesem Montag erhoben sich, zusammen mit der Frühschicht der Glasarbeiter, als erste die Pädagogen der neunjährigen Grundschule, da gestern abend vom Direktor persönlich zu einer Krisenberatung um sechs Uhr früh gebeten: Er wollte reichlich Zeit für die Lösung des Falles haben, ohne durch verspäteten Unterrichtsbeginn neuerliche Aufregung zu verursachen.

Die bei weitem schlechteste Laune hatte Professor Brunát. Die Ereignisse hatten ihn nicht nur dienstlich berührt, was an sich schon genügt hätte, sondern auch an seiner empfindlichsten Stelle getroffen: im statischen Mittelpunkt seiner Persönlichkeit, die als ihren Gott die Vernunft anbetete. Seit er am Mittwochnachmittag das siebente Heft mit einer fehlerfreien Arbeit aufgeschlagen hatte, stand er immer öfter unter dem Eindruck, an Gleichgewichtsstörungen zu leiden.

Ähnliches empfand seit gestern abend auch seine Frau. Als

er in den Überzieher schlüpfte und die Aktenmappe nahm, mußte sie sich überwinden, um ihn wie stets beim Abschied zu umarmen.

– Dann leb wohl, Liebling...

– Grüß Gott,

brummte er unfreundlich.

Es gelang ihr, den gewohnten beschwichtigenden Ton zu treffen.

– Und reg dich nicht mehr auf!

– Ich rege mich nicht auf...

Geistesabwesend blickte er auf ihren Musselinschlafrock, von dem der französische Hersteller behauptete: «Bei seinem Anblick sehnen sich die Männer auf jene Höhen zurück, von denen sie eben herabgestürzt sind.» Hinausgeworfenes Geld, dachte seine Frau erbost. Ihn jedoch fragte sie lächelnd:

– Kommst du heute zum Mittagessen?

– Ist doch Montag, oder?

sagte er gereizt.

– Am Montag hab ich bis vier Unterricht!

– Verzeih,

entschuldigte sie sich mit der üblichen Demut, die sie jedoch ganz unüblicherweise nicht verspürte,

– ich kann mir das nicht so merken...

– Nach sieben Jahren solltest du das aber!

knurrte er.

– Der Stundenplan gilt auch für die Ehefrau!

Die Erwähnung der sieben Jahre traf nunmehr sie in ihrem statischen Mittelpunkt. Im Zusammenhang mit einem gewissen Vorhaben beruhigte es sie jedoch, daß er gerade heute reagierte wie immer.

– Nun ärgere dich nicht mehr, Liebling!

sagte sie mit einer Falschzüngigkeit, die sie sich nie zugetraut hätte, und brachte es sogar fertig, ihn zu küssen.

– Ich ärgere mich nicht,

grunzte er und öffnete gleichzeitig die Tür, um sich vom Hochparterre zur Haustür hinabzubegeben.

Dicht davor lag wie ein Baumstamm Nachbars Schäferhund Hektor. Nicht nur rührte er sich nicht von der Stelle, sondern als Brunát mühsam über ihn hinwegstieg, bellte er ihn auch noch dreist an. Die Welt ging aus den Fugen, aber außer Brunát unternahm niemand etwas dagegen.

Etwas Ähnliches empfand auch seine Frau: Das Leben war ein Jammertal, und sie war entschlossen, etwas dagegen zu tun. Fürs erste ging sie das Ehebett frisch beziehen.

Am selben Morgen, etwas später, sprach Direktor Plavec:

– Genossen, wir sind allesamt erwachsene Menschen und überdies überzeugte Sozialisten, die schon seit Jahren ihre Schüler unerschütterlich zur materialistischen Weltanschauung anleiten. Es ist uns allen völlig klar, daß es sich um keine übernatürliche Erscheinung handeln kann, sondern höchstens a) um einen unerhörten Betrug oder b) um einen noch unerhörteren Zufall, hab ich recht?

Er trank vom Kaffee aus dem Repräsentationsfonds, den er ausnahmsweise für alle hatte kochen lassen; ansonsten deckte Coufal daraus lediglich den Bedarf von Bezirksinspektoren und Kreisfunktionären sowie seinen eigenen.

– Leider,

fuhr er fort,

– vermochte für einen Betrug nicht einmal der Kommandant der öffentlichen Sicherheit, Genosse Urban, den geringsten Beweis beizubringen, und die Zufälle häufen sich dermaßen, daß uns die Sache aus der Hand gleitet. Um das Maß vollzumachen, und das, Genossen, ist –

Plavec überflog mit strengem Blick die Gesichter aller Anwesenden mit Ausnahme von Látal, dessen Züge mit

Sicherheit ein Ausdruck herablassender Ironie oder aber ätzender Geringschätzung prägte, und der Direktor wußte bis heute nicht, welcher von beiden ihn mehr deprimierte
– eine vertrauliche Information zum internen Gebrauch, und ich verrate sie Ihnen nur im Hinblick auf die Situation und darauf bauend, daß sie über diesen Kreis nicht hinausdringt; um das Maß vollzumachen, soll bereits heute nachmittag der Nachfolger des Genossen Lebeda, der Genosse Fuchs, in seine Funktion eintreten. Zwar verbindet mich mit ihm –

er eilte der Entwicklung ein wenig voraus und mußte Puppilein im Geiste bekennen, daß er des Genossen Fuchs Interesse an ihr jetzt wirklich günstiger einschätzte als im Vorjahr
– ein festes persönliches Band, aber um so mehr kann und muß ich bestätigen, daß der Genosse Fuchs für seine Kompromißlosigkeit allem gegenüber bekannt ist, was die Erziehung des neuen sozialistischen Menschen hemmt.

Trotz der frühen Morgenstunde war die Temperatur im Lehrerzimmer schon beträchtlich angestiegen. Der Puls schlug nur bei Látal nicht höher, der schon den Untergang zweier Weltreiche miterlebt hatte; von einer Unzahl städtischer Beamter ganz zu schweigen.
– Genossen!

endete der Direktor pathetisch, wie das Ritual des gegenwärtigen Reiches es erforderte.
– Es ist unsere menschliche und staatsbürgerliche Pflicht, sämtliche Kräfte zu mobilisieren und alles zu tun, um den Genossen Fuchs nicht mit einem Puzzle willkommen zu heißen, sondern so, wie er es von uns erwartet: in konsolidierten Verhältnissen, in denen im Sinne der Lehren unserer revolutionären Klassiker sowie auch der schulischen Richtlinien der Zufall nichts zu suchen hat. Unter uns weilen Pädagogen –

buhlte er um Látals Gunst

– mit enormer Erfahrung –

und erntete den Ausdruck herablassender Ironie

– sowie junge Lehrkräfte, schon völlig von unserem System geprägt. Ich erwarte, daß wir gemeinsam eine wirksame Lösung finden, und eröffne die Diskussion.

Die übliche Stille breitete sich aus.

Etwas später am selben Morgen verließ Hauptmann Urban mit Weib und Kind das Häuschen, welches die Dienstwohnung des Stadtpolizeichefs darstellte. Jedes Familienmitglied ging einer anderen Pflicht nach, aber in ihren Köpfen schwirrten die gleichen Gedanken herum, zu deren Festigung eine Nacht nicht ausgereicht hatte.

Die familieninterne Diskussion hatte jedoch Früchte getragen, und zum Schluß hatte Urban sämtliche Vorschläge seiner Frau akzeptiert: Gold und andere sichtbare Gegenstände, die den Neid der Nachbarn und das Interesse der Vorgesetzten erwecken könnten, würden nicht gekauft; auf die Pauke hauen werde die Familie jedes Jahr im Sommer, im Ausland; Geld in den Briefkasten stecken sei freilich eine Schnapsidee, ein Polizeichef könne sich Zimas hundertmal auch anders erkenntlich zeigen ... Als Urban, Protektionen und Schmiergeldern abhold, gefragt hatte: Wie?, da hatte sie ihn beruhigt: Durch gesteigerte Sorge für Ruhe und Ordnung in der Gemeinde; das Rad für die Tochter hatte sie abgesegnet.

Der wichtigste Rat seiner Frau bestand jedoch darin, der Hauptmann möge, nachdem er sich in seiner Dienststelle vergewissert hatte, daß die Stadt S. nach wohlbehalten überstandener Nacht weiterhin gesichert der glücklichen Zukunft der Menschheit entgegenstrebte, privat den Postmeister aufsuchen, den Gewinnschein vorzeigen und mit ihm besprechen, wie und wann der Haupttreffer abzuholen und anzulegen sei. Das Gesetz, hatte die erfahrene Kassiererin Urbanová verkündet, dehne das Bank- und Briefgeheimnis auch aufs Lotto aus, und die Wohltaten des Gesetzes dürfe sogar der ausnützen, hatte sie ironisch hinzugefügt, der zum Schutz des Gesetzes tagtäglich die eigene Haut zu Markte trägt.

Bevor sie in die Abkürzung zur Glashütte einbog, mußte er ihr alles wiederholen, wie er selbst es von seinen Untergebenen forderte. Dann gab sie ihnen beiden einen Kuß und entließ sie, ein bißchen bangend, allein ins praktische Leben.

Es geschah zum erstenmal, daß Urban seine Tochter zur Schule begleitete, ohne ihr selbst Ratschläge zu erteilen, sie den heutigen Unterrichtsstoff abzufragen oder ihr zumindest ein paar Ohrfeigen in Aussicht zu stellen, falls sie eine schlechtere Note als eine Eins heimbrachte. Obwohl ein harter und praktisch eingestellter Mann, war auch er außerstande, augenblicklich eine so tiefgreifende Veränderung seiner Verhältnisse hinzunehmen. Gerade beschäftigte ihn ein Problem, das ihn schon um drei Uhr früh geweckt hatte: ob er mit der Familie nach Rumänien oder nach Bulgarien fahren sollte, da nämlich gerade jene Vertrauensbürger, welche die Träger militärischer Geheimnisse waren, weder von Brünn südwärts noch von Pilsen westwärts ausreisen durften, um diese nicht zu verraten.

– In Bulgarien –

wiederholte er zum soundsovieltenmal

– gibt es angeblich den besseren Sand, aber in Rumänien, was man so hört, die viel bessere Polizei ...

Als sie zur Polizeistation kamen, sagte die Urbanová:

– Dann ahoj, Papa ... Du bist schon da ...

– Ahoj ...

sagte er zerstreut. Er schüttelte ihr kräftig die Rechte, als verabschiedete er sich von einem Kriegskameraden, und bestellte, Gott weiß warum:

– Grüße an die Genossen!

Als er hineinging, hörte sie, wie er mit sich selbst redete.

Etwas später am selben Morgen, als die Urbanová die Klinke der Klasse 8a herunterdrückte, gab Ehrenberger das Zeichen zum Einsatz, und das Ehrenspalier der vierzig Mitschüler intonierte auf die bekannte Melodie:

– Ja, sie ist ein pfundiges Määädchen, sie ist...

Da bemerkten sie, wer der Ankömmling war, und brüllten durcheinander. Brož und Dušek packten und zerrten die Urbanová gerade noch rechtzeitig nach hinten, damit man sich wieder frisch formieren konnte. Die Zimová trat ein.

– Ja, sie ist ein pfundiges Määädchen, sie ist ein pfundiges Määädchen, sie ist ein pfundiges Määädcheeen...

Dabei trug man sie auf den Schultern zu ihrer Bank. Der ehemalige Häuptling Tikal, in die Nachbarschaft der Urbanová verbannt, traute seinen Augen nicht angesichts der Tatsache, daß diese Ovation für ein Mädchen vom alt- und frischgebackenen Häuptling Brož organisiert wurde, der ihn gestern desselben Mädchens wegen entmachtet hatte.

O Macht, dein Name ist Unmoral! Versprechungen, diese süßen Lockspeisen, mit denen man dich erwirbt, werden zum Mühlstein, der dich bedroht. Hinweg mit ihnen! Moral, das ist die Axt aus dem Märchen, die der Soldat in die Stube mitbringt, um daraus eine Wundersuppe zu kochen; hat er der neugierigen Wirtin Speck, Früchte des Gartens und Salz entlockt, kann er die Axt herausziehen und fürs nächstemal im Tornister verwahren.

Solange Männer den süßen Geschmack der Macht zu verkosten begehren, handeln sie alle gleich, sei's Macchiavelli, sei's Brož.

Tikals Leben lag in Trümmern.

Am Morgen hatte er weder seine so irre gestutzte Mutter zu Hause vorgefunden noch Jeans, Stiefel, Schildmütze oder gar den Parka mit dem Geschenk, das er Klára zu überreichen gedachte: eine Taucheruhr, die er gegen Mutters von Großmutter ererbtes perlmutternes Opernglas eingetauscht hatte, das Šefrna zwecks Ausspähens von Liebespärchen auf dem Galgenberg dringend benötigte. Nach ratlosem Umherirren in der Wohnung war ihm nichts Besseres gekommen, als daß Mutter mit den Sachen in die Reinigung gegangen war, und er entsetzte sich, die Taucheruhr könnte auftauchen. Auch wußte er nicht, worin er zur Schule gehen sollte. Eine Weile erwog er, überhaupt nicht hinzugehen, aber die Vorstellung, daß Brož sich brüstete, wie perfekt man ihn verdroschen hatte, war unerträglich: Der Kampf um seine Häuptlingswürde mußte allsogleich wiederaufgenommen werden, und sei es auch nur durch stumme, aber stolze Anwesenheit.

Er nahm ihn in der unglückseligen Kleidung wieder auf, in der seine Eltern ihn den Behörden und der Verwandtschaft vorzuführen pflegten.

– Mahlzeit,

hörte Tikal gleich beim Eintreten diesen Lahmarsch Šefrna, der ihn noch am Freitagabend Chef genannt hatte,

– willst du sie in den Klamotten um ihre Hand bitten?

– Mannometer, der hat sich in Schale geworfen, damit er ihr auf dem Heimweg die Schultasche tragen darf!

hörte Tikal gleich darauf diesen Rotzlöffel Dušek, der ihm oft genug die seinige getragen hatte.

Brož leitete eben das feierliche Hochwippen von Tikals Mädchen zur Decke des Klassenzimmers.

Es gehörte zu den wahnwitzigen Ungerechtigkeiten dieses Morgens, daß Klára gleichzeitig gegen das alte Regime als Wahlschlager und für das neue als Corpus delicti diente.

Tikal war weder danach gekleidet noch überhaupt gewillt, sofort eine Prügelei vom Zaun zu brechen. Zu den Unbilden der letzten Stunden gesellte sich noch der unerklärliche Verlust der Stimme. Aber mehr als alle Demütigungen machte ihm die Erkenntnis zu schaffen, wie eifersüchtig er auf jede einzelne

Mitschülerhand war, die Klára Zimová in diesem Moment berührte.

An jenem umstürzlerischen Montag wurde im Leben des Schülers Jiří Tikal der süße Geschmack der Macht für immer abgelöst von der süßen Qual der Liebe.

Unausweichlich bestieg er damit auf der Waage des Schicksals die Schale der Eltern, die ihn niemals emportragen konnte, auf der ihn vielmehr eine ähnliche Anzahl ruhmreicher Niederlagen erwartete wie Pyrrhus und Doktor Tikal.

– Nur mit dem Feuer,

hörte er aus der Ferne Ehrenberger, als sie sie endlich in ihre Bank gehievt hatten,

– das war ein dickes Ei. Wir hätten schon Ferien haben können!

Am selben Morgen, zur selben Zeit, schien die Versammlung im Lehrerzimmer kein Ende nehmen zu wollen, obwohl bis zum Klingeln nur noch ein paar Minuten fehlten; im Gegenteil: Nach vielen Äußerungen, welche Direktor Plavecens Gedanken mit eigenen, aber auch mit dessen Worten wiederholt und dem dialektischen Materialismus gehuldigt hatten, wurde die Situation durch den jungen, langhaarigen Geschichtslehrer Bulíř zusätzlich kompliziert.

– Wenn Sie gestatten, Genosse Direktor,

sprach dieser unverhofft,

– der ganzen Sache braucht nicht unbedingt etwas Übersinnliches anzuhaften; um sie trotz ungewöhnlicher Begleiterscheinungen wissenschaftlich erfassen und einordnen zu können, genügt es, der Stimme der Geschichte zu lauschen; die Geschichte kennt mehr als ein Beispiel dafür, daß Menschen, etwa auch einfacher Herkunft, plötzlich eine innere Stimme vernehmen und Ereignisse ankündigen, die dann bis ins letzte eintreffen; und da es sich um die Zimová handelt, also ein

Mädchen, erwähne ich aufs Geratewohl Jeanne d'Arc, geboren anno 1412 im Dorf Domrémy in Lothringen in einer Bauernfamilie, die schon mit siebzehn Jahren, bitte, das zu beachten, den Kommandanten der Garnison von Vaucouleurs dazu brachte, ihr Soldatenkleidung, Waffen und ein Pferd auszufolgen, woraufhin sie schon im April desselben Jahres das belagerte Orleans entsetzte und den Weg bis nach Reims freikämpfte, wo sie am 17. Juli anno 1429 König Karl VII. krönen ließ; auch sie wurde der Hexerei bezichtigt und am 30. Mai anno 1431 zu Rouen sogar auf dem Scheiterhaufen verbrannt, und ihre Asche wurde in der Seine verstreut, aber dennoch hat der Papst selbst sie anno 1909 selig- und elf Jahre später sogar heiliggesprochen, woraus hervorgeht...

Grundgütiger Gott, empörte sich Plavec im Geiste, was stellt dieser Mensch mit uns an, der hypnotisiert uns wie eine Schlange!

– Genosse Bulíř!

rief er laut,

– was erzählst du uns da? Geht daraus hervor, daß wir die Zimová etwa auch verbrennen sollen?

– Ich wollte nur sagen...

– Und ich sage dir...

– Gestatten Sie, Kollegen,

ertönte da die tiefe Stimme des Doyens des Kollegiums, der sich an diesem Morgen zum erstenmal äußerte, und sogleich verstummten beide, Historiker wie Direktor; Látal, auf Pünktlichkeit bedacht, war vor einer Weile hinausgegangen und eben zurückgekehrt, zum Unterricht bereits mit zwei in Spiritus eingelegten Embryonen versehen,

– es wird –

er zog aus der Westentasche eine altmodische Uhr mit einem Anhänger aus zaristischen Kopeken; diese Erinnerung an die Tschechische Legion, in deren Reihen er mit achtzehn geholfen hatte, die Republik zu erkämpfen, hatte ihm mit sechzig zu der Anschuldigung verholfen, er betreibe zaristische Propaganda

– gleich klingeln. Ich finde, wir sollten keinen Bock schießen. Falls es doch ein Schwindel ist, soll sich die Polizei damit amüsieren; falls es eine Abnormität ist, übergeben wir's der Akademie. Mehr als eine Kette kurioser Zwischenfälle interessiert mich persönlich das alarmierende, weil für die Zustände an unserer Schule bezeichnende Feuer in meinem Kabinett, bei dem das einzige Exemplar des Mäusebussards verbrannt ist, unserer Schule gestiftet vom Fürsten –

als überzeugter Demokrat ließ Látal auch dem Adel Gerechtigkeit widerfahren, weshalb er auch um keinen Deut besser dran war als dieser

– Schwarzenberg. Uns hat nur eines zu interessieren: wie sich auch unter diesen Bedingungen eine solide Benotung durchführen läßt.

– Jawohl!

rief Direktor Plavec.

– Und zwar a) im Hinblick auf die betreffende Klasse und b) auf die Zimová im einzelnen ...

Er verstummte angesichts des Ausdrucks ätzender Mißachtung, den er sich eingehandelt hatte.

– Just dies –

nahm der ehrwürdige Greis mit dem Ausdruck herablassender Ironie wieder auf

– hatte ich im Sinn. Ich vermute, die Lösung liegt auf der Hand: Am besten, die Kollegen nehmen von problematischen schriftlichen Arbeiten Abstand, aus eigener Schülerpraxis wohl wissend, was für eine Skala des Unterschleifs sich hierbei anbietet, und gehen zu streng individuellem Prüfen über. So erweist sich auch in der vorherrschenden Situation der Wissensstand, über den der jeweilige Schüler tatsächlich verfügt.

Er stand auf und griff nach seinen Gläsern. Die beiden Monstrositäten begannen sich im Spiritus zu bewegen wie kosmische Wesen im Zustand der Schwerelosigkeit. Die Mehrheit der Anwesenden war einer Ohnmacht nahe, und die Versammlung löste sich in ihre Bestandteile auf.

Um das Gesicht zu wahren, erhob sich Direktor Plavec ebenso rasch wie die übrigen und gab ihnen mit einer verspäteten Handbewegung zu verstehen, sie möchten in ihre Klassen enteilen. Brunát, der ausgerechnet in der Achten anfing, gab er abermals persönlich das Geleit, um ihm noch einige wichtige Ratschläge zu erteilen. Wie er so neben ihm dahintrottete, mit unausgesetzt sich bewegenden Lippen zu ihm emporschauend, glich er einem Trainer, der seinen Schützling in den Ring begleitet.

– Hauptsache, Sie lassen sich nichts anmerken!

betonte er schon zum drittenmal.

– Ganz so, als wäre nichts geschehen. Erst nehmen Sie die Kleine dran, dann die bekanntesten Typen. Wenn Sie erst mal zehn Fünfer verteilt haben, ist es mit dem Zauber aus.

Der Mathematiklehrer nickte nur stumm. Er wollte es ja gern glauben, spürte indes, daß er irgendwo in der Tiefe seines Wesens einen Knacks abbekommen hatte, und begann zu ahnen, daß die Ursache seiner Depression nicht nur im Versagen der Wahrscheinlichkeitsrechnung zu suchen war. Er konnte machen, was er wollte, der unbekannte Gegenspieler weigerte sich, die Züge von Klára Zimová anzunehmen. Verdammt noch mal, erschauerte er im Geiste, was ist nur mit mir los?

Als Professor Brunát schließlich hinter der Tür der 8a verschwunden war, wurde auch der Direktor von Niedergeschlagenheit übermannt. Die ganze Morgenkonferenz war ein Reinfall gewesen. Und wenn das auch jetzt nicht aufhörte? Großer Gott, wie sollte er am Abend im Stadtrat über den

Stand der Schule berichten? Genosse Parteisekretär, die neunjährige Grundschule in S. erfüllt konsequent die ihr vom Dreizehnten Parteitag und vom Genossen Ersten Sekretär persönlich auferlegten Aufgaben, nur die eine 8. Klasse können wir nicht benoten, denn da haben wir eine Pythia? Man würde ihn für verrückt und, sobald die Sache sich bestätigte, für einen Idioten halten! Zu den Talenten niederer Funktionäre gehörte es nun mal, höheren Funktionären Kalamitäten vorzuenthalten, die sie noch höheren Orts melden müßten.

Wie aber ließ sich die Bewegung eines lächerlichen Eiskristalls zum Stillstand bringen, wenn er sich längst in den wirbelnden Schneemassen verloren hatte? Feuer kann man löschen, aber wie vertuscht man die Brandstätte??

Dieses Bild kam ihm in den Sinn, als er das lebende Bild neben dem Direktorzimmer erblickte: Im ausgeräumten Naturkundekabinett schrubbte Schulwart Coufal den versengten Parkettboden mit Stahlspänen. Die Energie, welche der Direktor im Lehrerzimmer nicht zu verbrennen vermocht hatte, bekam nun der Schulwart zu spüren.

– Immer feste draufdrücken, Coufal!

gebot Plavec.

– Keine Müdigkeit vorschützen! Erst war Ihnen das Bier lieber als die Schule, jetzt widmen Sie sich eben dem Parkett! Bis zum Abend sieht mir das aus wie ein Ballettsaal!

Der Anblick der verkohlten Klötzchen, die dem Draht erfolgreich widerstanden, erinnerte ihn an den Auftritt des Geschichtslehrers Bulíř.

– Die haben schon gewußt,

knurrte er,

– warum sie sie verbrannt haben ...

Die düstere Bemerkung jagte Coufal einen Schrecken ein. Er richtete sich auf den Knien auf und glich nun einem Delinquenten, der mit dem Henker feilscht.

– Herr Direktor...

Die Aufmüpfigkeit des Mannes von der untersten Sprosse der gesellschaftlichen Schulleiter öffnete des Direktors Schleusen. Er tobte los:

– Angezündet haben das da sowieso Sie, hab ich recht? Und ob!! Und ich, Coufal, hier vor aller Augen –

in seinem Feuereifer bezog er mit einer Geste die ausgestopften Bestien und das menschliche Skelett mit ein

– sage ich Ihnen: Wenn ich Sie noch einmal mit einem Glimmstengel erwische, dann fliegt erst er, und dann fliegen Sie!!

– Herr Direktor...!

– Und ich habe Sie schon hundertmal belehrt, Sie sollen nicht Herr zu mir sagen! Es gibt keine Herren mehr! Solange Sie hier Schulwart sind, bin ich für Sie Genosse!

Er wandte sich ab, um dem üblichen Gewinsel zu entgehen, und wäre beinahe mit zwei Männern im weißen Kittel zusammengestoßen.

– Genosse Plavec?

fragte der ältere der beiden, die Hände hinterm Rücken.

– Ja... Bitte... Womit kann ich Ihnen...

stammelte der Direktor und wurde das blödsinnige Gefühl nicht los, daß man gekommen war, ihm eine Zwangsjacke anzulegen.

Der Mann brachte eine Hand zum Vorschein und reichte ihm unbeteiligt ein Papier mit amtlichem Briefkopf.

– Wir sind mit dem Vehikel da!

sagte er.

– Mit was für einem Vehikel?

– Na, mit der Station.

– Mit was für einer Station?

Der Mann verlor rasch die Geduld.

– Wir sind vom Staatlichen Gesundheitsdienst.

– Großer Gott,
entsann sich Plavec,
– das hatte ich völlig ... Sie haben mir vor einer Woche ...
Der Mann in Weiß machte es ihm nicht leichter.
– Wir hatten vereinbart, daß wir um acht anfangen,
sagte er eisig,
– und auf dem Schulhof gähnende Leere. Wenn Sie nichts vorbereitet haben, fahren wir gleich weiter, aber es wird gemeldet!

In Plavecens Hirn klang wie das Totenglöcklein der Befehl des Vorsitzenden Karas nach, seinen Hühnerstall unbedingt in Schuß zu bringen; das Malheur nahm die Gestalt eines Deckels zu seinem Sarg an.
– Nein, nein,
äußerte er beflissen,
– kein Problem, Genossen. Bemühen Sie sich zu mir ins Direktorzimmer, und bevor Sie ein Kognäckchen getrunken haben, flutscht die Sache!

Zur selben Zeit am selben Morgen gab Hauptmann Urban an seine Untergebenen Befehle aus. Sein Stellvertreter hatte ihm das Fernschreiben über den Amtsantritt des neuen Sekretärs vorgelegt, und Urban hatte Bereitschaft angeordnet: eine Routinemaßnahme, die bei Staatsfeiertagen der neuen und den abgeschafften Feiertagen der ehemaligen Republik automatisch in Kraft trat, beim physischen oder politischen Ableben von Staatsfunktionären in Schlüsselpositionen, beim Antritt der beiden führenden Funktionäre der Stadt, bei Wahlen, Mißernten, Preiserhöhungen, Manövern beider militärischer Pakte und Eishockeyspielen mit dem wichtigsten Bruderland. Zehn Jahre nach dem letzten politischen Erdrutsch, ausgelöst durch die Aufdeckung der Herrschaft des Personenkultes und die feierliche Zusicherung, im Sozialismus werde nie wieder eine zu profilierte Person herrschen, bedeutete «Bereitschaft» keinen besonderen Eingriff ins Leben der Polizeibeamten oder der Bürger. Allen drei Gastwirten wurde das strenge Verbot des Alkoholausschanks an Betrunkene ins Gedächtnis gerufen, in der Glashütte wurde das Arsenal der Volksmiliz gründlich gesichert, damit sie sich nicht der Waffen bemächtigen konnte, in den Gebäuden des Nationalausschusses und des Stadtsekretariats wurden die Feuerlöscher und die Passierbarkeit der Keller überprüft, und am Bahnhof wurde eine Motordraisine bereitgestellt.

Urban war froh, daß er zuverlässige Leute hatte, denn im Geiste befand er sich bereits auf dem Postamt. Als ihm jetzt ein wichtiges Gespräch durchgestellt wurde und er den Postmeister vernahm, erschrak er: Wieso weiß der das schon? Gleich darauf entsann er sich der Anweisung seiner Frau und überlegte fieberhaft, wie er dieses Gespräch vor all seinen Männer führen sollte.

Auf ganz anderes programmiert, begriff er zunächst nicht, was, zum Teufel, der Posthalter da so wirr zusammenschnatterte. Dann fiel sein Blick auf das gedruckte Bereitschaftsreglement, das er laut Vorschrift zum tausendstenmal heruntergelesen hatte wie ein Flugkapitän seine Checkliste vor dem Start, und in seinem Gehirn ging ihm ein Rotlicht auf.

– Wieso «belagert»?

Seine Männer machten mit entsprechender Verspätung den gleichen Gedankengang durch.

– Wo «belagert»?

Seine Männer wechselten fragende Blicke.

– Von wem «belagert»?

Seine Männer wurden höchst unsicher.

– Warum «belagert»?

Seinen Männern ging auch ein Rotlicht auf.

– Menschenskind,

versuchte Urban den Weltuntergang durch ungewohnte Derbheit aufzuhalten,

– reden Sie kein Blech, warum sollten Werktätige ein sozialistisches Postamt belagern?

Seine Männer erhoben sich blutleeren Gehirns. Für einen Fall wie diesen waren sie jahrelang ausgebildet und gedrillt worden, aber sie hatten nicht einmal im Traum daran gedacht, daß er tatsächlich eintreten könnte, wie ein Seiltänzer nie ernsthaft mit einem Absturz rechnet. Sofern keine Einheimischen, waren sie doch über Weib und Kind mit Stadt und Glashütte durch ebenso feste Bande verknüpft wie mit dem Staat; und eben dieses Übermaß an Banden flößte ihnen jetzt das absurde Gefühl ein, daß sie da in etwas hineintaumelten, was einem Absturz ohne Netz verteufelt ähnlich sah.

Urban merkte, daß Klouza zu aufgeregt war, um eine vernünftige Erklärung abzugeben; er wollte keine Sekunde verlieren.

– Durchhalten!

rief er in die Sprechmuschel, pathetisch wie der Kapitän eines sinkenden Schiffes.

– Bin schon unterwegs!

Seine Männer knöpften voll Panik die Pistolentaschen auf und zu.

Urban erfaßte instinktiv, daß sie in dieser Gemütsverfassung einen Aufruhr eher heraufbeschwören als bannen würden. Als ehemaliger Eishockeyspieler war er gewöhnt, sich blitzschnell zu entscheiden.

– Zurück!

schrie er sie an,

– die erste Aktion spiele ich solo! Wenn man mich foult, fangt ihr mit dem Forechecking an!

Seine Männer setzten sich dankbar.

Als unter seinen gewaltigen Sprüngen die alte Eisenbrücke

erdröhnte und erzitterte, verspürte Urban trotz allem ein gewisses Vergnügen. Er hatte auf den Dienstwagen auch deshalb verzichtet, um wie ein ganzer Kerl heranzustürmen, der sich nicht hinter schußsicheres Glas zu ducken braucht. Sein trainierter Körper und sein wagemutiger Geist hatten jahrelang unter der überwiegenden Untätigkeit gelitten, obwohl sich gerade daran der Erfolg der Ordnungsverbände zeigt.

Sein Vater fiel ihm ein, der während der Ersten Republik so manches Hühnchen mit der Polizei zu rupfen hatte. Jedesmal wenn sie ihn holen kamen, hatte er in ihrer Gegenwart dem Kleinen auf dem Töpfchen zugerufen: Futtern, Junge, abhärten und turnen, damit du die da einmal verdreschen kannst! Er selbst war kränklich gewesen, und wenn er dann im Treppenhaus mit dünner Stimme die Internationale falsch gesungen hatte, waren seine Hoffnungen den Hausbewohnern wie auch dem Sohn töricht erschienen.

Falsche Töne machen einen aber nicht unbedingt zum falschen Propheten! Die Hausbewohner hatten sich geirrt, und viele zürnten dem alten Urban später, er habe zuerst die angenehmen Begleiterscheinungen der Empfängnis genossen und dann, den Nachkommen die Geburtswehen hinterlassend, das Zeitliche gesegnet.

Es ist gute tschechische Sitte, sich an Schlachten nur dann zu beteiligen, wenn des Gegners Niederlage oder Flucht gesichert erscheint. Dazu gehört auch, daß man jenen Landsleuten, die sich vergeblich geschlagen haben, anschließend vorwirft, sie hätten durch ihren Widerstand den Gegner nur herausgefordert, der usprünglich friedfertig bleiben wollte und es unter Umständen gar nicht zur Schlacht hätte kommen lassen, wenn er sein Ziel durch ein freundliches Wort erreicht hätte.

Da es denn sein mußte, war Urban auch aus einem ähnlichen Zwang zum Polizisten geworden wie weiland ein unbekannter französischer Artillerist zum Kaiser: um sowohl den ehemaligen Machthabern als auch den kleingläubigen Mitbürgern zu beweisen, daß er es besser konnte.

Seine Karriere war fast beendet, kaum daß sie begonnen hatte, als er trotz aller Einwände und Warnungen seiner Vorgesetzten ein Mädchen falscher Herkunft geheiratet hatte. Er war jedoch stur geblieben und hatte sogar recht behalten: Der Vater, Fußsoldat der Revolution, zählte mehr als der Schwiegervater, Oberst der ehemaligen Gendarmerie. Urbans rascher Aufstieg hatte mit dem eiligen Ausstieg seiner unwürdigen Vorgänger begonnen, deren Methoden, wie es hieß, bewirkt hatten, daß herrschende Personen ihrem eigenen Kult erlegen waren; diese hatten sich nur unter der Bedingung zum Weiterherrschen entschlossen, daß sich das nie mehr wiederholte.

Zehn Jahre klappt alles wie am Schnürchen, und jetzt, am Tag des Amtsantritts des neuen Sekretärs, wird in S., einer Stadt mit revolutionärer Tradition, von Werktätigen die Post belagert? Urban gedachte alle Autorität und Achtung, die er in S. genoß, aufzubieten, um das zu verhindern. Durchdrungen vom eisernen Willen, den sein Vater, sein Trainer und seine Frau in ihm herangezogen hatten, trabte er gleichmäßig und frisch zum Hauptplatz, wobei er sich unwillkürlich überzeugte, daß er jenes kostbare Stück Papier in der Tasche hatte, das er später zur Sprache zu bringen gedachte. Schon dessentwegen mußte er die Post retten!

Was er auf dem Hauptplatz erblickte, hätte gewiß das Rebellenherz seines Vaters höher schlagen lassen.

Die Alltagskulisse belebten bekannte Gesichter, die er in dieser Zusammensetzung beim Umzug am 1. Mai, bei der Kundgebung zur Oktoberrevolution und natürlich jeden Tag in der Kantine der Glashütte sah. Die Büroangestellten, die Meister und deren Gehilfen, die städtischen Handwerker, die mit einer Hand, und die betriebseigenen Sportler, die mit beiden Füßen fürs Werk arbeiteten – Urban hätte geschworen, auch das Gesicht von Direktor Martinic erblickt zu haben –, skandierten indes keine Parolen, ließen auch keine Hochrufe ertönen, sondern beschimpften auf gröbliche Weise den Postamtsleiter Klouza, der ihnen vom vergitterten Fenster seines Büros aus nicht minder gepfeffert erwiderte. Er wirkte wie ein ertappter Pferdedieb, der aus dem Gefängnis die Treiber verhöhnt, die gekommen sind, um ihn zu lynchen.

– Betrüger!

schrie der stets wortkarge Glasschmelzer Pečenka.

– Gauner!

rief der stets höfliche Kellner Marek.

Und der hochbegabte Direktor der Städtischen Volksbücherei, ein Mann mit den Zügen eines Heiligen und dem Auftreten eines englischen Lords, schwenkte seinen Regenschirm und grölte lauthals:

– Lump!

– Gesindel!

brüllte der Postmeister angriffslustig zurück, während Schalterdamen und Zustellerinnen mit prallen Taschen, die hier hängengeblieben waren, sich zitternd wie aufgescheuchte Hühner bei den Regalen drängten,

– die Betrüger seid ihr!!

Im selben Moment erblickte er am Rande des Auflaufs eine Uniform und klammerte sich an sie wie an die letzte Hoffnung seines Lebens.

– Polizei!!

überdröhnte er alle mit mächtiger Stimme.

– Genosse Urban, hierher!

Der Hauptmann zwängte sich durch die Menge, die ihm nur widerwillig und träge Platz machte.

– Was geht hier vor?

fragte er nach rechts und nach links. Dem Stimmengewirr

der Leute ließ sich nichts entnehmen, er gewahrte nur ein Gewedel von Papieren, mit denen man ihm unter der Nase herumfuchtelte, offenbar Lottozettel, durchzuckte es ihn, aber da war er schon auf den Stufen zur Post.

– Ruhe!

donnerte er.

Sie beruhigten sich einigermaßen.

– Worum dreht sich's?

Er brachte die Münder mit einer Handbewegung zum Schweigen, wie er als Verkehrspolizist den Autostrom gestoppt hatte, und reckte das Kinn schräg links zu Klouza empor, der den Kopf durchs Gitter zwängte, um ihn sehen zu können.

– Die behaupten alle,

Klouza erstickte fast an seiner Erregung,

– sie hätten sechs Richtige, verstehen Sie das? Sagen Sie selbst, darf so was wahr sein?

Er nützte die momentane Möglichkeit des Gehörtwerdens aus und wandte sich wieder an die Menge.

– Leute, nehmt Vernunft an! Ich lasse mich doch nicht einsperren!

Der Ansturm brandete aufs neue hoch.

– Miesling!

– Mucker!

– Drecksack!

Da wurde, Sohn seines Vaters, der Staatsdiener zum Volkstribun. Er kramte in den Taschen nach seinem Tippschein, um diesen Maulhelden eines Besseren zu belehren. Verbarrikadierte sich hier vor den Werktätigen wie ein türkischer Pascha, statt ehrliche Gewinne auszuzahlen! Neid war Urban fremd, er gönnte auch anderen Glück, und überdies freute ihn, daß er sein eigenes jetzt nicht mehr verbergen mußte: Er war nur eines von vielen Kindern Fortunens. In all der Verwirrung ging ihm zunächst nichts weiter auf.

– Ruhe!!

Es gelang ihm, sie abermals zu überschreien.

– Genosse Klouza, beruhige dich gefälligst auch! Und überzeug dich zunächst mal, ob sie nicht recht haben!

Diese unverhoffte Unterstützung seitens der Staatsmacht rief allgemeine Volksbegeisterung hervor, während sie den Postmeister in Wut versetzte. Da kam es ihm plötzlich, womit er sich für seine Leiden rächen konnte.

– Wenn sie recht haben, dann aber husch an die Arbeit, damit sie nicht vor Hunger krepieren! Bei so viel Gewinnern im ersten Rang schaut schließlich weniger heraus als normalerweise im vierten!!

Urbans Hand hatte eben den Tippzettel ertastet und erstarrte.

Die Menge tobte.

– Halunke!

– Spitzbube!

– Strauchdiiieb!

Urban preßte die Mitgift seiner Tochter zwischen den Fingern; sie rieselte zwischen ihnen durch, zusammen mit dem Sand der rumänischen Strände. Seines Vaters Geist blähte ihm die Lungen, als hätte er sie just für diesen Moment abgehärtet und trainiert.

Zum Glück ließ der Postmeister sich früher vernehmen als er.

– Genosse Hauptmann! Ich erstatte Anzeige wegen Beamtenbeleidigung, Behinderung des Postbetriebs, versuchten Diebstahls von Staatseigentum und Betrugs der staatlichen Wettbehörde! Ich klage euch an, alle!!

Auf irgendeine rätselhafte Weise gelang es ihm, den ganzen Körper durchs Gitter zu zwängen, so daß er jetzt ab der Taille aus dem Fenster ragte. Wie er sich so vorbeugte und mit beiden Händen über den Köpfen seiner Mitbürger fuchtelte, von den

Eisenstangen gehalten, die ihm die Hinterbacken einklemmten, sah er aus, als zappelte er an der Angel eines Schwimmlehrers.

– Hereinspaziert!

rief er.

– Her mit euren Lottoscheinen!

kläffte er sie an.

– Im ersten Rang gibt's garantiert drei Jahre!!

Wohl wissend, daß er damit immerhin ein paar gute Hunderter abschrieb, zerknüllte Hauptmann Urban schwersten Herzens seinen Tippzettel in der Tasche.

IX

Ein Tankwagen voll Glück und ein U-Boot voll Angst. – Der Schülerschaft ist es streng untersagt, die gesundheitsdienstlichen Gerätschaften zu beschädigen. – Kommt der Mathematiklehrer ins Irrenhaus oder flieht er in die Wälder? – Ein Morgenrock wie ein Hemd und ein Hemd wie ein Taschentuch. – Stiefmütterchen statt Haaren. – Die Religionsfreiheit wird durch die Verfassung geschützt, solange keine Dürre kommt. – Indianermarsch und Kirmesrauferei. – Was hat Gott zum Zweck der Bestrafung erschaffen? – Ein nackter Fuchs schwimmt aus dem Hühnerstall.

Während sich die Nachricht von den Ereignissen vor der Post und natürlich in erster Linie von dem Glück, das S. überschwemmt hatte wie die Milch aus einem umgekippten

Tankwagen, mit Schallgeschwindigkeit verbreitete, erinnerte die Klasse 8a an ein U-Boot auf Tauchstation: Es herrschte drückende Schwüle, Bangigkeit und Friedhofsstille; eine Füllfeder kratzte am Lukendeckel wie der Zünder einer Mine.

Brunát signierte das Klassenbuch und zückte sein abgegriffenes Notizbuch. Kaum hatte er es aufgeschlagen und den Blick auf die Zahlenkolonnen geheftet – aus denen da und dort vereinsamt das blaue Riff eines Einsers aufleuchtete, wo sich zu zweit, zu dritt grüne Zweier um die Inselchen brauner Dreier und die schwarzen Kontinente der Vierer gruppierten und alles sich in uferlosen Ozeanen roter Fünfer verlor –, war seine Unsicherheit schlagartig verschwunden: Er verspürte die gleiche Entschlossenheit und Kampfeslust wie ein General, der die Karte des Schlachtfelds auseinanderfaltet.

Obwohl er die Partie vom ersten bis zum letzten Zug durchdacht hatte, blätterte er im Notizbuch und tat ein paar Sekunden lang so, als müßte er sich erst entscheiden.

– Nun also,

meinte er gedehnt,

– dann nehmen wir vielleicht ...

er legte noch eine dramatische Pause ein und fand sich selbst widerlich, weil er das perverse Entzücken eines Soldaten verspürte, der mit der Handgranate Karpfen fischt

– ... vielleicht die Zimová!

In der Klasse säuselte eine leichte Brise, wie wenn im Zirkus der Löwe angekündigt wird; nur der Trommelwirbel fehlte. Die Zimová stand auf und trippelte aufs Podium, mit den Augen eines chinesischen Lämmleins.

Diesmal hielt der Mathematiklehrer ihrem Blick stand. Nur keine Verweichlichung, erhärtete es sich in ihm, dir werd ich's zeigen, drohte er ihr im Geiste, du sollst dein blaues Wunder erleben, du Hexe, dich werd ich austricksen, daß aus deinen Kulleraugen Krokodilstränen kullern!

– Greifen Sie zur Kreide,
sprach er laut,
– und schreiben Sie an die Tafel ... Schreiben Sie etwa folgendes!

Er diktierte ihr eine Gleichung, bei der es selbst Bašus auf den ersten Blick schwummrig wurde; für eben diesen hatte Brunát sie sich einmal ausgedacht, sie entsprach korrekt dem geforderten Wissensstand der Klasse, enthielt jedoch einen originellen Widerhaken. Er beaufsichtigte die Schülerin.

– Na sehen Sie,
hielt er seine Vormachtstellung aufrecht,
– schreiben können Sie anscheinend. Und jetzt rechnen Sie's also noch aus.

Um sie von Anfang an psychologisch einzuschüchtern, fügte er noch hinzu, als würde er vor dem Löwen mit der Peitsche knallen:

– Ich nehme an, Sie haben sich für heute vorbereitet.

– Bitte, nein,
sagte die Zimová höflich.

Die Klasse schluckte. Brož gestand sich ein, daß so einer Unverschämtheit nicht einmal er fähig wäre, und beschloß, vor diesem Mädchen auf der Hut zu sein, um kein zweitesmal, wie er sich sagte, von einem Weiberrock ins Abseits manövriert zu werden.

Brunát hatte sich im voraus gegen Ausflüchte, Ausreden, Bitten, Tränen, Ausbrüche von Hysterie und Ohnmachtsanfälle gewappnet; einzig mit dieser Möglichkeit hatte er nicht gerechnet. Er brachte nichts anderes zustande, als peinlicherweise zu wiederholen:

– Nein?

– Nein, bitte,
bestätigte die Zimová aufs freundlichste, als hätte er sie gefragt, ob sie nicht friere.

Er faßte sich allmählich.
– Und wie kommt es, daß Sie sich nicht vorbereitet haben?
– Bitte, mir ist eingefallen, Sie werden vielleicht nicht prüfen.
Die Klasse hielt den Atem an.
Brunát war wieder Herr der Lage; er sonnte sich im Gefühl des Heerführers, dessen Gegenspieler sich einen entscheidenden und noch dazu höchst kindischen Fehlgriff geleistet hat.
– Soso, Ihnen ist eingefallen,
sein Lachen klang wie Gebell, und Tikal gerann das Blut, denn genauso beschrieb Karl May die Stimme der Hyäne,
– ich werde nicht prüfen ... Also, Sachen gibt's! Also, da sieh mal einer an!
Und trotz der eindringlichen Belehrungen durch Direktor Plavec, auf keinen Fall – bedenken Sie, Kollege, mit wieviel Takt unsere Partei die manipulierten Prozesse der fünfziger Jahre stillschweigend übergeht, um keine alten Wunden aufzureißen – die kürzlichen Ereignisse zu berühren, begann er das Eisen zu schmieden, welches das Mädchen ihm so glühend zugeschoben hatte.
– Daraus läßt sich ersehen, Zimová, daß ehrliche Arbeit immer noch x-mal mehr –
der Mathematiklehrer ließ sich nicht verleugnen
– wert ist als Gott weiß was für Einfälle! Jawohl, meine liebe Zimová, die Varietévorstellung ist beendet, hier helfen Ihnen weder Kaninchen im Zylinder noch Asse im Ärmel!
Ebensowenig ließ die klassische Bildung sich verleugnen.
– Hic Rhodus, hic salta!
rief er aus, und als waschechter Pädagoge übersetzte und erläuterte er allsogleich:
– Hier ist Rhodos, hier springe, meine liebe Zimová, welch trefflichen Rat die Athener jenem Prahlhans erteilten, der sich großmäulig seiner Sprünge auf der Insel Rhodos rühmte. Nun,
spornte er sie an,

– so wollen wir wenigstens sehen, was Ihnen an der Tafel einfällt. Frischauf ans Werk, Zimová!

Gehorsam wandte sie sich der Tafel zu und hob die Hand mit der Kreide.

Der aufgewühlte Tikal vermeinte mit dem Gedanken zu ringen, «Feuer!» schreien zu müssen, rang sich jedoch zur Einsicht durch, lieber gar nichts zu schreien; ihn lähmte die Vorstellung, seine überkippende Stimme, die nicht mal an eine Hyäne gemahnte, könnte ihm neben einer schlechten Note in Betragen auch noch eine Lachsalve der Mitschüler und auch Kláras einbringen.

Just in diesem Moment erschollen drei metallische Schläge, und aus dem Lautsprecher über der Tafel kam polternd eine Stimme, unerträglich verstärkt durch die unsachgemäß eingestellte Anlage.

– Hallo, hallo, hier spricht der Direktor unserer Anstalt!

Dies war seit Jahren Plavecens typische Kennphrase.

Die Klasse und der Mathematiklehrer erstarrten.

– Heute vormittag findet die Reihen-Lungendurchleuchtung der gesamten Schülerschaft statt. Die Klassen begeben sich auf den Schulhof zur fahrbaren Röntgenstation, und zwar in dieser Reihenfolge: Neunte und Achte sofort, Siebente und ...

Der Rest ging in Gebrüll und Getöse unter. Die Klasse wartete weiter nichts ab. Angeführt von Brož, stürzte sie aus den Bänken und wälzte sich zur Tür hinaus wie bei einer Atomalarmübung; der konditionierte Reflex schwemmte mit allen anderen auch Tikal davon.

Nach ein paar Sekunden waren nur noch Professor Brunát, Klára Zimová und die Stimme von Direktor Plavec zurückgeblieben, der die Reihenfolge der Klassen durchgab und die Schülerschaft aufforderte, sich auf dem Hof nach Geschlecht und Alphabet aufzustellen, nicht zu lärmen und keinesfalls die gesundheitsdienstlichen Gerätschaften zu beschädigen.

Brunáts Augen, auf das Mädchen gerichtet, kündeten von gelinder Geistestrübung.

– Zimová ...

– Ja, bitte ...

Er hatte nicht die mindeste Ahnung, was er eigentlich zu ihr sagen wollte. Dann hörte er sich fragen:

– Fällt Ihnen etwa auch ein, was mich erwartet, Krankenhaus oder gleich Klapsmühle?

– Bitte nein ...

Er sprang auf, wobei er fast den Stuhl umriß, und ragte vor ihr auf wie ein zürnender Gott, weil es ihm zu allem anderen auch um seine superraffinierte Gleichung leid tat, die Bašus ihr mittlerweile sicherlich ausrechnete, wohingegen er sich möglicherweise, und das entsetzte ihn vollends, zu keiner anderen mehr aufraffte.

– Nein?? Also, was denn? Werde ich kündigen? Oder in die Wälder fliehen? Oder erschlägt mich der Blitz?? Was von alledem? Allmächtiger Gott, so sagen Sie mir's doch!!

– Bitte,

sagte sie, als wollte sie sich gleichzeitig dafür entschuldigen,

– Sie werden sich höchstwahrscheinlich prügeln.

Der Mathematiklehrer glotzte sie an. Im gleichen Maße, wie er sich zur Vernunft bekannte, lehnte er körperliche Gewalt ab. Er hatte nicht einmal seinen Bruder verhauen, der ihm vor fünfundzwanzig Jahren die Taschengeldkasse ausgeraubt, das erste Mädchen ausgespannt und sogar den Rechenschieber besudelt hatte.

– Prügeln??

wiederholte er dümmlich.

– Ich mich? Etwa mit Ihnen??

– Bitte, das nicht,

beruhigte ihn die Zimová.

Allmählich stahl sich ihm der gräßliche Verdacht ins Hirn,

die Kleine könnte ihn zum Narren halten, und er merkte es nicht einmal.

– Also mit wem?

schnauzte er sie an.

– Los! Heraus damit!!

– Bitte,

sagte sie vorsichtig, da er es nicht anders wollte,

– mit einem Herrn.

– Mit was für einem Herrn??

– Bitte, ich weiß nicht.

Jetzt war er seiner Sache sicher.

– Wieso wissen Sie das nicht??

– Bitte, ich kenne ihn nicht.

– Und ich kenne ihn?

– Auch nicht, bitte.

– Zimová! Ich warne Sie! Sie spielen mit dem Feuer! Wenn Sie nicht unverzüglich aufhören, sich Sachen auszudenken, ziehe ich daraus die strengsten Konsequenzen! Sie erdreisten sich, Ihren Lehrer zu verhohnepipeln??

– Bitte, nein,

sagte die Zimová.

Sein geistiger Horizont verengte sich zu ein paar verworrenen Erwägungen, die überdies im Kreis herumjagten wie ein Eichhörnchen in der Tretmühle. Allmächtiger Gott, wie lange lasse ich mir das noch gefallen? Klebe ich ihr endlich eine oder nicht? Dafür muß mich doch jedes Gericht freisprechen! Und warum schaut sie mich immerfort so ergeben an, hat die denn überhaupt keine Angst vor mir?

– Nein?? Also, mit was für einem Herrn soll ich mich prügeln?

– Bitte,

hauchte die Zimová verschämt,

– mit dem, der in ihrem Bett liegt ...

Die Geistestrübung wich einer Röte vor den Augen.

– Schluß jetzt!!

brüllte Brunát los und stopfte gleichzeitig die Hände in die Taschen, denn im kritischen Moment ging ihm auf, daß er zu eben dieser Ohrfeige provoziert werden sollte, die ihm ein für allemal das Genick gebrochen hätte.

– Zimová, mein Ehrenwort, ich sorge dafür, daß Sie einen Dreier aus Betragen kriegen, mindestens!!

Er zuckte vom Tisch zurück, machte einen Bogen um die Schülerin und fegte zum Klassenzimmer hinaus auf den Korridor, nach Luft japsend vor gerechtem Zorn, aber auch vor Glück, weil er einer so quälenden Versuchung widerstanden hatte. Er eilte die Treppe hinab in den ersten Stock und legte die Hand auf die Klinke des Direktorzimmers.

Gleichwohl drückte er sie nicht nieder.

Im Gehirn, gewöhnt, komplizierte logische Operationen mit der Leichtigkeit eines Computers durchzuführen, schlossen sich plötzlich Kontakte, von deren Existenz er bislang nichts geahnt hatte. Er sah seine Frau im spitzenbesetzten Boulevardnegligee vor sich, wie sie sich in der Diele von ihm verabschiedete, hörte ihre Frage und seine Antwort: Am Montag hab ich bis vier Unterricht ...

Wozu trug eigentlich eine anständige, verheiratete Frau einen Schlafrock in Gestalt eines Hemds? Und warum trug sie ein Hemd in Gestalt eines Taschentuchs? Warum fragte sie ihn, was sie längst wußte? Und wieso fragte sie überhaupt, da sie doch sonst nie etwas fragte?

Er stierte ins Leere, und auch der verspätete Schüler blieb Luft für ihn, der mitten im Ansturm innehielt, ihn verängstigt grüßte und gehorsam wartete, daß der streng dreinblickende Professor ihn maßregelte. Der Gehirnrechner tickte und warf ein vorläufiges Ergebnis aus.

Der Mathematiklehrer Jan Brunát ließ die Klinke des Direktorzimmers los und marschierte hautnah um den zitternden Schüler herum zur Treppe. Dort angelangt, schoß er, als hätte er den nächsthöheren Gang eingelegt und jäh die Kupplung losgelassen, treppab.

Genau um diese Zeit stand der Vorsitzende des Nationalausschusses der Stadt S., Karas, vor dem Waschbecken in der Nische des Arbeitszimmers des Vorsitzenden des Nationalausschusses der Stadt S., trocknete sich die längst trockenen Hände und schaute Hauptmann Urban so an, als wüchsen auf dem Polizistenhaupt Stiefmütterchen. Dann hängte er endlich das Handtuch weg, durchquerte den Raum, öffnete den Sekretär und stellte vor Urban eine angefangene Literflasche Jägerschnaps hin.

– Da hast du,

sagte er besorgt,

– trink was, das tut dir gut.

Urban warf nicht mal einen Blick auf die Flasche.

– Genosse Vorsitzender,

sagte er dringlich,

– ich weiß, was ich rede! Ich hab zuerst auch gedacht, die spinnen alle, aber auch wenn es aussieht wie kompletter Blödsinn, es ist so, und es kann uns Amt und Würden kosten.

Karas entging noch immer der Sinn von Urbans Mission.

– Was willst du eigentlich von mir?

– Ruf den Genossen Fuchs an, er soll sofort antreten!

– Urban! Du hast schon getrunken!

Karas, dem Stadtvater und Mitglied der städtischen Parteileitung, brummten wieder mal zwei Schädel auf einmal. Um drei sollte er Fuchs im Parteipräsidium über die Tätigkeit der Parteimitglieder im Nationalausschuß referieren, am Abend sollte er Fuchs hier in der Stadtratsversammlung über die Tätigkeit des Nationalausschusses im allgemeinen referieren. Eben verfertigte er vermittels der üblichen Methode aus einem

Referat zwei, indem er das Wort «Kommunisten» durch das Wort «Staatsbürger» ersetzte; seine Sekretärin sortierte die Initiativen der Werktätigen, die Selbstverpflichtungen steckte sie in Ledermappen mit dem neuen Stadtwappen – worin der Pferdefuß des Teufels gegen ein Ballonglas ausgetauscht worden war –, die Beschwerden schob sie hinter den Schrank, damit sie ein andermal behandelt werden konnten. Die Vorstellung, Fuchs könnte früher anreisen, als er sollte, hätte Karas eine Gänsehaut verursacht, wenn er nicht gewußt hätte, daß Fuchs all dies auch wußte und weder die Leute hier noch sich selbst jemals so blamieren würde.

– Schau, Karel,

bediente er sich der üblichen Methode, eine Beleidigung nicht gleich in eine Entschuldigung ausarten zu lassen,

– wenn ich dich recht verstehe, handelt es sich entweder um eine Lausbüberei, und ein paar Fratzen gehören verdroschen, oder um eine Lumperei, und jemand gehört eingesperrt, oder schlicht und ergreifend um einen Zufall!

– Lausbüberei und Betrug schließe ich ganz und gar aus,

erklärte der Hauptmann fest,

– und was deinen Zufall angeht, hast du schon mal gehört, daß in ein und derselben Stadt zweihundertzweiundsechzig Gewinner im ersten Rang vorkommen?

Karas warf die Arme auseinander.

– Du warst halt nicht der einzige, der sie gefragt hat!

– Aber warum? Warum fragt sie ein jeder? Das Mädel hat seit Mittwoch, soviel wir wissen, zwei Schulaufgaben vorhergewußt, die Lottozahlen, den Schulbrand und einen Sturz von der Treppe!

– Sturz von der Treppe!

Dieser Unsinn brachte den Vorsitzenden erst recht auf.

– Du wirst doch von mir nicht verlangen, ich soll auf einmal an Wunder glauben?

– Von dir nicht!

schnarrte der Hauptmann. Es verdroß ihn allmählich, daß Karas die Sache andauernd auf die leichte Schulter nahm.

– Von wem sonst also?

fragte der Vorsitzende, kehrte zum Waschbecken zurück, wo er vergessen hatte, das Wasser abzustellen, drehte sorgfältig den Hahn zu und wollte sich abermals die Hände abtrocknen. Ich bin überlastet, bedauerte er sich und setzte sich mitsamt dem Handtuch zu seinen beiden Referaten, wodurch er zu erkennen gab, der Fall sei für ihn erledigt.

Aber der Hauptmann wich nicht von der Stelle.

– Ich persönlich verlange es von keinem,

meinte er gereizt,

– aber jemand könnte ja auch von selbst draufkommen. Soviel ich weiß, geht sogar dein Vater noch in die Kirche.

Dem Vorsitzenden kam die Galle hoch, weil Urban ihm aufs einzige politische Hühnerauge getreten war.

– Hör zu, Karel,

bediente er sich der einfachen Methode, eine Entschuldigung zu einer Beleidigung umzuwandeln,

– meinen Vater laß gefälligst aus dem Spiel, mein Vater ist fünfundsiebzig, sein Leben lang hat er geschuftet, und ich werde ihn jetzt nicht am Sonntag in den Keller einsperren. Falls du's nicht weißt, Glaubensfreiheit ist bei uns von der Verfassung garantiert!

– Ich weiß schon. Und wenn's in diesem Fall irgendwelche Leute ernst nehmen?

– Sollen sie! Vielleicht,

bemühte sich Karas, dem finster dreinblickenden Urban mit Humor beizukommen,

– brennt's dann nicht mehr so oft bei uns!

Der Hauptmann war für Humor ausnahmsweise total unempfänglich.

– Und falls,
konterte er,
– dem Mädel noch Schlimmeres einfällt?
– Zum Beispiel was?
– Zum Beispiel,
improvisierte Urban rachsüchtig,
– daß im Falle deiner Wiederwahl eine Dürre kommt.
Der Vorsitzende wurde unsicher.
– Warum sollte ihr so ein Mist einfallen?
– Und warum nicht??
Der Vorsitzende wurde ernst.
– Das wäre dann aber etwas völlig anderes, oder? Das wäre Aufwiegelei!
– Und falls,
trumpfte Urban auf,
– falls die Dürre tatsächlich kommt?
Der Vorsitzende schaute ihn schweigend an.
– Solltest du nicht,
fragte Urban warnend,
– doch lieber diesen Fuchs alarmieren? Damit du's nachher nicht allein auslöffeln mußt...
Der Vorsitzende kam zu sich.
– Also, das kommt überhaupt nicht in die Tüte, Genosse Urban, mich wirst du nicht verrückt machen! Ich hole mir bei Fuchs nicht gleich beim Anpfiff –
Karas war nämlich noch immer leidenschaftlicher Fußballfan
– einen Anpfiff. Unsere Leute sind nicht auf den Kopf gefallen! Wenn wir dafür sorgen –
dabei fiel sein Blick auf die beiden gleichseitig aufgeschlagenen Referate
– daß es genug Verdienstmöglichkeiten, Wohnungen und Konsumgüter gibt, und wenn vor allem du dafür sorgst –

dies fügte er schon aus eigenem hinzu
– daß hier nicht randaliert und geklaut wird, dann wählen die uns bei Regen wie bei Dürre! Und jetzt entschuldige, bei mir geht's heute ein bißchen drunter und drüber.

Er stand auf, nahm den Jägerschnaps und ging damit zum Sekretär zurück. Verdammt noch mal, dachte er, kapiert der Kerl endlich, daß die Audienz beendet ist, oder ist er gewöhnt, zu hören: Das Ganze weggetreten? Mit dem Handtuch näherte er sich wieder dem Waschbecken und drehte das Wasser auf. Urban rührte sich nicht.

– Hast du schon,

wollte Karas ihn wenigstens entnerven,

– deine Referate fertig?

Hauptmann Urban stand brüsk auf und entgegnete barsch:

– Ja. Das hab ich im Kopf.

Er setzte sich noch im Zimmer die Mütze auf und marschierte zur Tür. Dort drehte er sich noch einmal um.

– Ich hab dich gewarnt!

sagte er knapp, aber es klang wie eine Prophezeiung. Dann schloß er hinter sich die Tür, weitaus geräuschvoller, als es in diesem Raum der Brauch war.

Der Vorsitzende war zwar eine Reinlichkeitsfanatiker, aber dann kam ihm doch rechtzeitig zu Bewußtsein, daß er sich erst vor ein paar Minuten gewaschen hatte. Statt der Seife nahm er also auch jetzt nur das Handtuch und schritt, wobei er sich äußerst sorgfältig die trockenen Hände abrieb, in Gedanken zur Vorzimmertür. Natürlich ist das ausgemachter Mist, wiederholte er im Geiste sein Lieblingswort, und doch ... Urban war, das wußte er wie jedermann in S., als Vater ein Tyrann, als Gatte ein Pantoffelheld, aber als Polizeibeamter Spitze, erste Liga. Klouza hatte natürlich alles gründlich versch ... Karas dachte nicht einmal zu Ende, denn daheim mußte er den Enkelkindern für jedes schlimme Wort eine

Krone entrichten. Klouza hätte man nicht mal eine Briefträgertasche anvertraut, wenn er nicht in der Partei gewesen wäre, aber die Postverwaltung kriegte leider kein Parteimitglied nach S., da half nichts ... Urban hatte, das wußte er ebensogut, einen Riecher für Fouls, also warum erst riskieren, daß man gelegt wird, und nicht drumherumdribbeln? Er würde Fuchs gute Fahrt wünschen und scherzhaft bemerken, seine Ära habe für S. mit einem wahren Goldregen begonnen.

Da er nun schon an der Tür stand, öffnete er sie einen Spalt breit.

– Maruška,

forderte er die üppige Sekretärin auf,

– probier mal den Fuchs an die Strippe zu kriegen!

– Den Reineke!

erinnerte sie ihn.

– Die Nováková muß was riechen, die macht dauernd Dienst in der Vermittlung!

– Das ist jetzt auch schon wurscht!

Er winkte ab:

– Sobald es der Stadtrat weiß, ist es ein offenes Geheimnis.

Er hörte es rauschen und ging mit flatterndem Handtuch das Wasser abdrehen.

Genau um diese Zeit traf Professor Brunát vor der Mietvilla ein. Untrainiert, wie er war, wechselte er zwischen Laufen und Gehen ab, nicht wissend, daß er sich eines klassischen Stils, genannt Indianermarsch, bediente. Seine so ungewohnt hastige Fortbewegung durch die Stadt zu so ungewohnter Zeit blieb nur deshalb unbeachtet, weil S. völlig im Bann der Schlappe der Staatlichen Wettbehörde und ihrer Begleiterscheinungen stand.

Der Mathematiklehrer riß die Gartenpforte auf, rannte zum Eingang, öffnete die Haustür und geriet auf den wenigen

Stufen, die zur Wohnungstür führten, endgültig außer Atem. Noch während des Laufens zückte er den Patentschlüssel und steckte ihn dann mit zitternder Hand ins Schloß.

Der Schlüssel ging nicht hinein.

Brunát tat etwas, worüber er nur gelesen hatte, bevor aus seinem Leben Belletristik und Trivialliteratur von Formelsammlungen verdrängt worden waren, die ihn ähnlich erregten wie seinen Bruder Schweinigeleien: Mühsam zwang er seinen schweren Körper auf die Knie und spähte ins Schlüsselloch.

Von der anderen Seite steckte ein Schlüssel.

Er riß die Hand zum Klingelknopf hoch, hielt jedoch mitten in der Bewegung inne. Er drehte sich um, lief hinunter zur Haustür, öffnete sie und stieß eine Verwünschung aus, als er über Nachbars Schäferhund stolperte. Hektor schnappte nach ihm, glücklicherweise erfolglos, Brunát hatte rechtzeitig zum Spurt nach links ums Haus angesetzt. Längs der Mauer auf dem Rasen dahintrabend, musterte er getrübten Blicks die Fenster des Hochparterres.

Das gartenseitige Küchenfenster stand halb offen.

Der Mathematiklehrer nahm einen Anlauf und sprang hoch, um den Sims zu erreichen. Beim dritten Versuch erinnerte er sich an das Schulfenster, und er wußte, daß er keine Chance hatte – ohne Zima. Bevor er sich sein weiteres Vorgehen überlegen konnte, war der knurrende Hektor da. Brunát stieß sich ab, spürte den Sims unter den Händen, strampelte eine Zeitlang in der Luft herum, bis er sich erstaunlicherweise hochzog und mit der Brust auf dem Fensterbrett lag.

Hektor bellte seine Enttäuschung heraus.

Du Bestie, zischte es in Brunáts Gehirn, ich bring dich um ... Und er verlagerte den Entschluß mitsamt seinen langen Beinen in die Wohnung, machte auf Zehenspitzen zwei, drei schwankende Schritte auf dem Küchenlinoleum und öffnete lautlos wie ein professioneller Killer die Tür zur Diele. Was er sah, übertraf seine schlimmsten Erwartungen.

Mit dem Rücken zu ihm stand da ein splitternackter Mann, spähte durchs Guckloch in den Hausflur und flüsterte in Richtung der offenen Schlafzimmertür:

– Das haben Sie sich eingebildet ...

– Was machen Sie hier???

tobte Brunát los, kicksend wie Tikal.

Der Nackte fuhr blitzschnell herum und bedeckte sich mit dem uralten Instinkt des denkenden Wesens den erigierten Penis. Brunát erblickte das völlig unbekannte Gesicht eines Menschen mittleren Alters und mittlerer Größe, der stumm den Mund aufklappte wie ein Fisch.

Aus dem Schlafzimmer ertönte der Aufschrei einer Frauenstimme und das panische Knarren des Betts.

Der Kehle des Nackten entrang sich schließlich ein Laut.

– Ein Irrtum ...

würgte er hervor.

– Ein Irrtum, Genosse ...

– Von wegen Irrtum!!

brüllte der Mathematiklehrer Jan Brunát, der sich noch nie im Leben geprügelt hatte; die Demütigung durchbrach in ihm den Schutzwall der Grundsätze, Eifersucht schaltete das exakte Denken, Wut radierte die humanistische Bildung aus: Er hörte auf, ein denkendes Wesen zu sein, und stürzte sich auf den Rivalen wie ein Waldmensch.

– Von wegen Genosse!!

Er traktierte ihn mit einer Reihe von Fußtritten, Hieben und Ohrfeigen, die jedweder Kirmesrauferei alle Ehre gemacht hätten, handelte es sich doch um mehr als freien Stil, aber auch um mehr als effektvollen.

– Du Mistkerl!!

stieß er unartikuliert hervor.

– Du Drecksau, du Schweinehund, ich schlag dich nieder, ich schlag dich tot, du wirst mir –

endlich gelang es ihm, in Worte zu kleiden, was er seit des Nackedeis anfänglichem Flüstern als die monströseste Unverfrorenheit von allem erachtet hatte

– meine Frau zur Hure machen und sie dabei noch siezen?

Der Rivale war zwar kein Athlet, aber, obwohl kleiner, auch kein Schwächling und wehrte sich verbissen. Gegen Brunát hatte er unter diesen Umständen jedoch die gleiche Chance wie eine Garbe in der Dreschmaschine: Der Mathematiklehrer führte seine robuste Ungeschicklichkeit für eine gerechte Sache ins Treffen.

O Moral, so rar du auch bist, weil du nicht viel Nutzen versprichst, so wirst du doch nie die letzte der Tugenden sein, denn du hast schon so manche Schlacht allein gewonnen, und in der Not frißt der Teufel Fliegen. Hast du es doch vermocht, bei Domažlice die Kreuzritter mit einem Lied zu vertreiben, und solltest dir mit einem ehemaligen Schuster keinen Rat wissen?

Der Eindringling erkannte bald, daß er eine einzige Möglichkeit hatte, und nützte sie bei erster Gelegenheit aus: Da er gerade herumgedreht und in den Hintern getreten wurde, drehte er selbst den Schlüssel im Schloß herum und floh ins Treppenhaus. Mit zwei Sätzen bewältigte er alle neun Stufen und gedachte über den Zaun eines der Nachbargärten zu klettern, um sich im Schutz der Büsche von seinem Schreck zu erholen und sein weiteres Vorgehen zu überlegen.

Er öffnete die Haustür und fiel über den Schäferhund, der treu und brav auf die Fußmatte zurückgekehrt war, wo gestern eine läufige Hündin ihre betäubende Duftmarke verspritzt hatte.

Schon zweimal hatte Hektor heute Ablenkung vom lästigen Trieb gesucht, aber Brunáts sorgfältig gepflegter, nach chemischer Reinigung riechender Anzug hatte ihn beide Male frustiert. Der nackte Mann, vor Angst und körperlicher Anstrengung schwitzend, hatte endlich eine Ausdünstung, die es mit derjenigen der Hündin aufnehmen konnte. Hektor erkor ihn zu seinem Favoriten und beschloß, mit ihm zu spielen. Um seine Sympathie zu beweisen, bellte er freundlich und gähnte.

Der nackte Mann wählte angesichts der zwei zähnestarrenden Hufeisen, denen er nur seine flaumige Haut entgegenzusetzen hatte, den einzig möglichen Ausweg: die Pforte zur mäßig vom Vormittagsverkehr belebten Straße. Hektor eilte ihm fröhlich nach.

Ein nackter Mann, den ein rasendes Tier verfolgt, verfügt nur über eine begrenzte Entscheidungsfreiheit; auch ein ehemaliger Schuster konnte da lediglich die Flucht ergreifen. Der Verstand eines Wesens, das nicht deshalb denken gelernt hat, um blöder Instinkte wegen an die Werkbank zurückzukehren, bewog ihn immerhin, sich diesmal mit gutem Grund lieber das Gesicht zu bedecken.

Als er, spurtend wie noch nie im Leben, zur Straßenbiegung gelangte, wo er schon die einladend geöffneten Arme des Stadtparks erblickte, von der Mutter des Gründers der Glashütte gegründet und mit dem Namen des Gründers der Partei beehrt, näherte sich vom Clarinusberg der sportliche Renault von Milena Martinicová, der die Sekretärin ihres Mannes übers Telefon gesagt hatte, der Genosse Direktor sei in die Stadt zur Post gegangen. Die Unsinnigkeit dieser Behauptung hatte auf ein ungewöhnliches Ereignis hingewiesen, und Frau Martinicová war losgefahren, um sich zu überzeugen, ob Martinic nicht etwa seiner Funktion enthoben worden war.

Plötzlich hatte sie eine Vision: Ihre Bahn wurde von einem splitternackten Mann gekreuzt, der sich statt der Stelle, für die sich jeder schämt, eine Stelle bedeckte, welche die meisten gern herzeigen. Obwohl die Erscheinung schon im Park verschwunden war, tat sie, was zu Fuß gehende Frauen tun, wenn sie aus dem Augenwinkel im Schaufenster etwas Betrachtenswertes erblicken: Sie blieb auf der Stelle stehen.

Auf den Renault von Frau Martinicová prallte als erster der Fiat der dritten Frau des Schriftstellers Vaněk auf, der in S. im Hause seiner zweiten Frau sein erstes Theaterstück schrieb. Frau Vaňková-Mašková hatte sich gerade mit ihrem Dackel unterhalten.

Auf den Fiat von Frau Vaňková-Mašková prallte das Wolga-Taxi von Frau Stoklasová auf, die nach dem Erblicken dreier glückverheißender Schornsteinfeger schon seit der Kreisstadt einen Knopf festhielt und, mit einer Hand schaltend und lenkend, dreißig Kilometer lang vergeblich nach einer Uniform ausgeschaut hatte, um ihr Glück abzusichern.

Am Wolga-Taxi von Frau Stoklasová kam der Škoda von Doktor Tikal zum Stehen; das Krachen des Blechs und das Klirren der Scheiben weckte Frau Tikalová, die hinter dem Steuer, von der Liebesnacht ermattet, leicht eingenickt war.

Nachdem die vier Frauen ausgestiegen waren, begannen sie alle auf einmal pausenlos zu reden. Die Unfallursache wurde daher nie aufgeklärt.

Auf dem Gehsteig saß enttäuscht der große Schäferhund.

Zur selben Zeit schloß Brunát, dem sofort bewußt wurde, daß dem Nackedei auf der Straße spürbarere Qualen bevorstanden, als er ihm durch Verfolgung hätte bereiten können, die Wohnungstür zu und drang ins Schlafzimmer ein, um die zu bestrafen, die es mehr verdiente.

– So, und jetzt zu dir!!

rief er mit Rächerstimme.

Die schuldbewußte Frau, der die Tortur ihres Geliebten nicht entgangen war, hatte sich inzwischen hermetisch in die

Bettdecke gewickelt und leistete dem Mathematiklehrer verzweifelt Widerstand. Das erste, was zu enthüllen ihm nach längerem Ringen gelang, war eben jene Körperpartie, die der gerechte Gott zum Zweck der Bestrafung erschaffen hat.

Er nutzte die Gelegenheit mit all seinem berechtigten Grimm.

– Au, au, au, au!

schrie der Kopf unter der Bettdecke.

Da nahte schon das unbarmherzige Ende. Der Rächer gekränkter Ehre bemächtigte sich eines Zipfels der Decke und riß sie in gewaltigem Schwung herunter.

Dann hatte er das Gefühl, tatsächlich übergeschnappt zu sein: Er sah eine nackte, verheulte Goldblondine, die von allen Frauen der Welt am wenigsten seiner Gattin ähnelte.

– Allmächtiger,

flüsterte er entsetzt.

– Ihre ... Ihre Frau ...

schluchzte die Gattin des Direktors,

– Ihre Frau hat uns die Wohnung überlassen ...

Am selben Tag zur Mittagszeit, als S. Siesta hielt, spähte der nackte Mann wieder einmal vorsichtig hinter dem Denkmal des siegreichen Befreiers in Panzerfahrergestalt hervor, der vor zehn Jahren auf den Sockel des nachrevolutionären Denkmals des kämpfenden Partisans zugestiegen war, der die Kriegszeitstatue des nährenden Bauern ersetzt hatte, der die Vorkriegsstatue des sterbenden Legionärs abgelöst hatte, an dessen Stelle hier früher eine Pestsäule gestanden war.

Von den zahllosen Bürgern, die in den verstrichenen Stunden an seinem Busch vorbeigekommen waren, erschien ihm als vertrauenswürdigste Person nun die Oma Fialková, die ihr Ersatzenkelkind spazieren führte. Zu seinem neuerlichen Entsetzen wurde seine eindringlich geflüsterte Bitte, ihm doch irgendein Kleidungsstück zu beschaffen, von einem Gekreisch begleitet, das er sich nie hätte träumen lassen. Die Fialka-Oma, wie man die angejahrte Tante zu deren Freude nannte, war eine alte Jungfer, seit ihrer Mädchenzeit von der Furcht vor Männern besessen; jetzt verging sie vor Angst, auf ihre alten Tage noch vergewaltigt zu werden.

Der nackte Mann wartete nicht, und bevor Urbans Leute eintrafen, rannte er in gewaltigen Sätzen quer durch den Park; an dessen Ende mobilisierte er sein Gehirn und brach ein paar dichtbelaubte Zweige ab: Von diesen verhüllt, gelangte er durch die Gassen glücklich zum Fluß, für einen städtischen Gärtner gehalten.

Am Kai rutschte er im Futteral der Zweige hurtig unter den Bogen der Eisenbrücke. Über ihm dröhnten die Deckplatten unter den Reifen der Wagen und den Sohlen der Bürger, die nach dem Mittagessen abermals munter die Stadt S. belebten.

Der nackte Mann starrte auf den gleichnamigen Fluß, der nicht besonders einladend aussah; trotzdem konnte er sich aber nur noch ihm anvertrauen und hoffen, er werde ihn so rasch wie möglich so weit wie möglich davontragen.

Hauptmann Urban, der zur selben Zeit sorgenvoll aus dem Fenster seines Büros schaute, erblickte den treibenden Mann und dachte sich etwas von dämlichen Freiluftfanatikern, die in jeder Brühe baden: An dieser Stelle mündeten die städtische Kanalisation und die Abwässer der Glashütte in den Fluß.

Der nackte Mann, der zur selben Zeit in einem Haufen verfaulter Äpfel dahintrieb, hatte auch Muße, über die Schrammen an Leib und Seele nachzudenken. Als die Ufer der Stadt an ihm vorüberglitten – Scheiße! korrigierte er sich erbittert, weil er gerade an welcher vorbeikam, ich gleite an ihnen vorüber! –, malte er sich aus, wie hier mit allen Kräften an seinem Empfang gebastelt wurde. Er entsann sich seines Spitznamens, der ihm natürlich nicht verborgen geblieben war und ihn mit dem Stolz erfüllte, bis zur Nomenklatur der Chiffren vorgedrungen zu sein. Über der Pförtnerloge des Sekretariats prangte gewiß schon das Transparent: S. GRÜSST DEN GEN. FUCHS! Er hob eine Hand aus den Fäkalien hoch und winkte resigniert dem letzten Häuschen.

– Reineke,

rief er mit Galgenhumor,

– grüßt den Hühnerstall!

X

Was schön, schöner, am schönsten ist. – Die Katze als Pförtner. – Liebe aus der Perspektive eines Kastanienbaums. – Kann ein frommer Wunsch Tuberkulose herbeiführen? – Neun goldene Ringe in einem Elsternnest und zwei Schultaschen wegen des Gleichgewichts. – Wie unterhält man sich mit dem geliebten Wesen, wenn es auf einem Bein hüpft? – Weltrekord im Karussellfahren. – Klára fällt ein, daß Tikals ausziehen werden. – O heilige Klara!

Wie schön ist es, geliebt zu werden! Wieviel schöner ist es, zu lieben! Und am schönsten ist es, zum erstenmal zu lieben!!

Selbst der Autor, dessen oberstes Gesetz lautet, unerbittlich das Knäuel der Geschichte abzuwickeln, ist nicht vor Versuchung gefeit, wenn er erste Liebe aufkeimen sieht: Er möchte das Knäuel am liebsten in Ruhe lassen, das Weinen des

Verlegers und die Knute des Lesers vergessen und mit den Augen des privilegierten Voyeurs den magischen Moment verschlingen, wenn aus dem Kokon des Körpers der Schmetterling der Seele ausschlüpft.

Jedoch die Zeit, mit Kanonen kokettierend, ist den Musen abhold, und es ist nicht leicht, selbst eine von Grausamkeiten und Leidenschaft strotzende Geschichte unterzubringen, geschweige denn ein so harmloses Geschichtchen wie das von der kleinen Zimová aus der Stadt S., das, im sanft bestrahlten Jahr 1966 verankert, nicht einmal das gegenwärtige Regime schmäht; es bleibt nichts anderes übrig, als das Knäuel wieder in Schwung zu bringen und den Faden weiter abzuspulen.

Wir weben, wir beben, wir leben.

Während Kollege Brunát, blind wie Justitia persönlich, eine fremde Sünde bestrafte, machte die Katze Líza sich wieder papierdünn, um durch den Türspalt in die kommunale Autoreparaturwerkstatt zu gelangen: Sie setzte sich am alten Praga neben die herausragenden Schuhe und miaute zweimal.

– Jetzt kann ich nicht!

tönte es unter dem Wagen hervor.

– Soll herkommen!

Líza zwängte sich träge zurück auf den sonnigen Hof, setzte sich und miaute lange den alten Mann an, der eine Kuh am Strick führte.

– Er kann nicht?

fragte der alte Mann.

Die Katze miaute noch einmal.

– Na schön,

sagte der Alte,

– dann gehen wir zu ihm.

Er zog am Riegel, die Tür öffnete sich knarrend, und alle drei betraten die Werkstatt. Líza ließ sich wieder neben den Schuhen nieder.

– Bist du das, Josef?
fragte der alte Mann.
– Ja,
sagten die Schuhe mit Vater Zimas Stimme,
– ist das Onkel Alois?
– Jawohl,
entgegnete Onkel Alois erfreut,
– sollst leben, Josef.
– Gleichfalls,
sagten die Schuhe und bewegten sich zur Begrüßung.
– Ich kann jetzt nicht, sonst fällt mir die Kardanwelle heraus.
– Macht nichts,
sagte Onkel Alois,
– ich will zu eurer Klárka.
– Aha!
kapierten die Schuhe,
– aber die neuen Zahlen sind noch nicht da!
– Was für Zahlen?
– Ich hab gedacht, Ihr kommt wegen der Zahlen, Onkel.
– Nein, nein, ich hab meine eigenen Zahlen.
– Aha. Was macht Euch denn Kummer?
– Hier die Bohuna halt,
antwortete der alte Mann.
– Willkommen, Schwägerin!
grüßten die Schuhe.
– Ich meine die alte Bohuna,
erläuterte Onkel Alois.
Die Kuh muhte.
– Aha!
begriffen die Schuhe,
– was hat sie denn?
– Sie gibt keine Milch mehr!
sagte Onkel Alois.

– Und der Fettlinär weiß sich keinen Rat mit ihr, und so haben wir gedacht, ob nicht euer Mädel...

– Die ist in der Schule.

– Das ist aber schade.

– Sie kommt ja wieder,

trösteten die Schuhe,

– bindet die Bohuna ruhig im Hof an, Onkel, und geht einstweilen ein Bier trinken.

– Das ist ein Wort!

sagte der alte Mann vergnügt.

– Also bis dann, Josef!

– Wir sehen uns noch, Onkel!

Der alte Mann ging mit der Kuh hinaus und zog die Tür am Riegel zu. Die Katze führte beide um die Ecke. Im Schatten des Apfelbaums standen, an demselben angebunden, schon ein ausgemergeltes Pferd und eine räudige Ziege; in eine Decke eingemummt, schlief im Rollstuhl irgend jemandes Großmutter. Während Onkel Alois sorgsam die Kuh festband, erkannte er in der Alten Buriáns Mařenka, der er anno 1911 eine Papierrose geschossen und ein Marzipanherz gekauft hatte.

Wenig später, als Onkel Alois im Wirtshaus «An der Brücke» schon das erste beschlagene Glas mit Benešover Zehnprozentigem aufs Wohl der Burschen hob, die ihm auf der Kirmes anno 1911 wegen Buriáns Mařenka das linke Ohr halb abgerissen und zum erstenmal die Nase gebrochen hatten, drückte der Laborant hinter dem Schutzschirm auf den Auslöser und zählte «einundzwanzig, zweiundzwanzig«. Im verdunkelten Bus leuchteten unsichtbare Strahlen auf und prägten der empfindlichen Emulsion ein geheimnisvolles Bild ein: das weiße Netzwerk der Lungen, im Käfig schmächtiger Knochen gefangen; links von der Mitte pulsierte eifrig ein Maschinchen: das Herz der Klára Zimová.

An dieses dachte nun Jiří Tikal junior, verborgen in der Krone eines Kastanienbaums der Allee, die von der Schule zur Brücke führte. Die Männer der 8a waren als erste abgefertigt worden, und als Professor Brunát selbst im Lehrerzimmer nicht zu finden war, hatte Brož den Unterricht für beendet erklärt; sie hatten es den Mädchen ausrichten lassen und waren zum Fluß entflohen.

Tikal hatte allerdings nicht gewartet, bis die ehemaligen Schildknappen ihn schmachvoll aus der neuen Gemeinschaft ausstießen. Auf der Toilette eingesperrt, hatte er durch das Periskop des Taschenspiegels, mit dem, nebst einem Kamm, seine achtsame Mutter stets seinen Sonntagsanzug versah, beobachtet, wie sie hinter den letzten Kastanien seiner harrten, bis die Befürchtung, womöglich von Brunát ertappt zu werden, sie, die Enttäuschten, nach einer Weile vertrieb. Dann hatte Tikal die Toilette und die Schule verlassen, war durch eine beträchtliche Strecke der Allee gesprintet und hatte den besonders dicken Stamm erklommen, der ihn als Häuptling schon oft empfangen hatte.

Er hatte keine klare Vorstellung von den eigenen Absichten. Seine Schritte lenkte ein sehr unbestimmtes Gefühl, das viel zu schwach war, als daß er es hätte benennen können, aber immerhin so stark, daß es ihn von den Nachforschungen nach der verlorenen Mutter und den verschwundenen Jeans abhielt. Er war hier, weil er wußte, daß er hier sein mußte, ohne zu ahnen, warum. Doch nicht etwa, verdammt, um heimlich ein Mädchen erspähen zu dürfen, dem er noch vor einer Woche bei jeder Gelegenheit ein Bein gestellt hatte?? Die Lächerlichkeit solcher Absicht empfand sogar er selbst!

Er saß also auf dem Kastanienbaum, mit dessen harten Früchten er Klára Zimová in so vielen Herbsten bombardiert hatte, und spürte rückwirkend jeden einzelnen Treffer auf der eigenen Haut. Zum erstenmal im Leben, in seinem Leben als gehätscheltes Einzelkind und gefürchteter Häuptling, bemühte er sich angestrengt, jemanden zu verstehen, und dieser Jemand war zudem er selbst. Was war denn los mit ihm? Hatte etwa der unverhoffte Ruhm der Mitschülerin bewirkt, daß er sich in dessen Abglanz sonnen wollte? Ach nein, tausendmal nein! Er sah wieder die Dutzende von Knabenhänden nach ihren zarten Knöcheln und Armen greifen: Im Gegenteil, der Ruhm entrückte sie ihm.

Er sah sie vor sich, wie er sie seit acht langen Jahren kannte: zuerst als mageres, stilles Kind und dann als schlankes, schweigsames Mädchen, das durch nichts das Interesse frisch ausgeschlüpfter Männer reizte, in Jeans, welche die letzten Unterscheidungsmerkmale verwischten und es zum willkommenen Objekt maskuliner Späße machten. Wie gern hätte er jetzt den Bengel verdroschen, der sie mit einer Kastanie oder einem gestellten Bein bedrohte! Aber wo sollte der wohl herkommen, da selbst der schurkische Brož – Tikals romantische Lektüre machte sich bemerkbar – ihr Banner an seine Lanze geheftet hatte?

Ja, tausendmal ja, der Ruhm trennte sie von ihm um so abgrundtiefer, als er verabsäumt hatte, dafür zu sorgen, daß Klára noch vor dessen Aufleuchten in aller Augen ihm gehörte. Wie hatte er es zulassen können, daß sie all die Jahre unbeachtet und wehrlos in der dritten Bank am Fenster saß, daß sie all die Winter in der Dunkelheit schutzlos bis in die Straße «In der Vorstadt» ging, da doch alles bezeugte, daß sie beide – jawohl, warum es sich nicht eingestehen? – füreinander bestimmt waren!

Konnte er das jetzt noch einrenken, da der Name Klára Zimová von Mund zu Mund flog und zweifellos alsbald über die Grenzen der Stadt, des Bezirks und höchstwahrscheinlich auch des Landes dringen würde? Hatte er, der gewöhnliche, unbekannte Jiří Tikal, Schüler der neunjährigen Grundschule in S., eine Chance, derjenige zu sein, den sie Millionen anderer Bewunderer vorziehen würde? Er drückte das Gesicht an die Baumrinde. Sie war so rauh wie die Wirklichkeit.

Unter dem Kastanienbaum zog eine Schar von Mitschülerinnen vorbei. Alle kreischten gleichzeitig irgendwelche Albernheiten heraus. Worin lag der Sinn ihrer Mitteilung, wem galt sie? Von der Batková bis zur Slámová war keine zu sehen, die zugehört hätte. Wie blöd sie sind! – er schüttelte sich –, wie häßlich, geschwätzig, eingebildet und dabei alle gleich! Welche von ihnen kann der klugen, lieben, schönen, bescheidenen und dabei so unvergleichlichen Klára Zimová das Wasser reichen?

Unter dem Kastanienbaum trampelte Věra Urbanová dahin. Heute, von keinem Kainszeichen belastet, schwebte sie heimwärts, beflügelt von der Vorstellung, daß ihrer diesmal keine Ohrfeige, sondern das ersehnte Rad harrte. Dann wurde es still in der Allee, und an Tikal begann die Angst zu nagen. Hatte Klára einen anderen Weg genommen? Aber da hätte sie den Fluß durchschwimmen müssen! Hatte er sie gar übersehen? Aber da hätte er mit Blindheit geschlagen sein müssen! Oder aber, um Gottes willen: War seiner Klára vielleicht etwas zugestoßen?

Aber auch das wäre eine Lösung ...

Tikal stellte sich vor: Klára Zimová tritt vor den Schirm des fahrbaren Labors. Der Laborant drückt auf den Auslöser; ein Alarmsignal ertönt: Die Röntgenstrahlen haben auf dem weißen Netzwerk einen dunklen Fleck entdeckt. Ein junger Arzt eilt herbei ... Stop! Die Eifersucht trat Tikal mit aller Kraft in die Leiste, wodurch sie jedoch die diensthabende Phantasie zum Eingreifen aufrüttelte. Der junge Arzt, der sich fast schon erkühnt hat, mit dem Ohr – aus Tikal sprach die «Vollkommene Ehe» – des Mädchens jungfräuliche Keuschheit zu schänden, wird vom herbeieilenden Chefarzt fristlos entlassen. Der Chefarzt ist ein gütiger Opa mit Vollbart, vertrauenswürdig wie der liebe Gott. Er legt die kalte Ohrmuschel auf die heiße Haut: Sofortige Einweisung ins Krankenhaus erforderlich!

Die Blinklichter und Martinshörner der Sanitätswagen – in Tikal begann ein Fernsehfilm zu flimmern – markieren Klárkas Kreuzweg mit den Stationen der Operationstische; das Martyrium endet vorläufig in einem kleinen Gebirgssanatorium. Das Mädchen liegt in einem schlichten weißen Zimmer, vergessen von Gott und den Menschen, das Gesicht fast durchsichtig, das Haar hat den Kastanienschimmer verloren, die ehemals mandelförmigen Augen erinnern eher an ...

Tikals Phantasie, die ein erschütterndes Bild suchte, wurde vom schlechten Gewissen aufs Haupt geschlagen:

Warum kommt sie denn noch immer nicht?? Angenommen, in diesem Moment rast wirklich ein Sanitätswagen mit Vaters Kollegen von der Lungenabteilung des Gemeindekrankenhauses zur Schule? Kann man in jemandem durch einen frommen Wunsch Tuberkulose auslösen?

Tikal spürte ein entsetzliches Verantwortungsgefühl in sich aufwallen. Alle Scheu fahrenlassend, beugt er sich über Klára und bedeckt ihr vom Fieber verwüstetes Gesicht mit Küssen, ungeachtet der Ansteckungsgefahr. Das Motorgeräusch eines starken Sportwagens nähert sich. Letzterem – und dem Roman «Der Himmel kennt keine Günstlinge», dessen Autor seine Mutter immer mit Rembrandt verwechselt – entsteigt ein berühmter Journalist, um hier für seine Leser einen Fall von Einsamkeit und Zugrundegehen einzufangen. Doch was muß er sehen? Das Gesicht der Kranken strahlt von innen heraus, und in der Tiefe der Augen keimt ein Lächeln. Sie – Sie sind – Sie sind glücklich? stottert der hartgesottene Reporter. Klára Zimová nickt bewegt und wendet den Kopf dem Winkel des Zimmers zu, wo im Dämmerlicht, fast unsichtbar, im dunklen, gestreiften Anzug von dezenter Eleganz – aus italienischen Filmen – der bescheidene, ergebene, treue, liebende und überdies geliebte Jiří Tikal sitzt.

– Was machst du da?

fragte sie ihn.

Sie stand auf dem einen Storchenbein unter dem Kastanienbaum, das andere, geknickte, hielt sie am Rist fest und schien darauf zu sitzen. Sie schaute den Mitschüler ehrlich interessiert an.

Tikal schluckte rasch die Träne, die das Bild ihres Elends und seiner entsagungsvollen Liebe gelockert hatte.

– Ich seh nach, ob's hier ein Elsternnest gibt,

log er, ohne mit der Wimper zu zucken,

– voriges Jahr hab ich in einem Elsternnest neun goldene Ringe gefunden.

Gleich darauf übergoß ihn Scham, daß er sich in der Not an Ammenmärchen klammerte. Prost Mahlzeit, dachte er erschrocken, wenn sie echt allwissend ist, wofür hält sie mich dann?

Weil er aber nicht fragte, fiel Klára Zimová nichts ein.

– So?

interessierte sie sich voll Bewunderung.

– Und was hast du damit gemacht?

Sie kann also nur voraussagen, dachte er aufatmend, hielt sich jedoch vorsichtshalber zurück.

– Mein Vater hat sie bei der Polizei abgegeben. In Prag!

fügte er sofort hinzu, um eine etwaige Aussage der Urbanová auszuschließen.

Beim letzten Wort versagte ihm wieder einmal kläglich die Stimme. Eilends warf er seine Schultasche auf den Gehsteig und folgte ihr, behend von Ast zu Ast springend, nach. Die Muskeln hatten ihm den Dienst glücklicherweise noch nicht aufgekündigt.

– Gehst du heim?

erkundigte er sich vorsichtig; die Stimme war wieder in Ordnung.

– Mhm.

Seine Courage kehrte zurück.

– Ich komme ein Stück mit, ja?

– Gehst du denn nicht heim?

fragte sie überrascht, da er doch auf der entgegengesetzten Seite wohnte.

– Ich möchte einen Blick in den Wald werfen, weißt du. Wie weit die Pilze sind und so.

– Die Pilze wachsen noch nicht. Wir haben gestern nachgeschaut.

– Macht nichts,

sagte er, schon wieder selbstsicher,

– ich war ewig nicht mehr im Wald, weißt du.

Er war entsetzt, als er das letzte Wort geradezu herausblökte, und tarnte dies durch ein Hüsteln.

– Wo hast du dich so erkältet?

wunderte sie sich aufrichtig.

– Letzte Nacht hab ich –

log er weiter, wobei er geheimnisvoll herumschaute, um sein Flüstern zu begründen

– auf dem Friedhof übernachtet.

Sie riß die Augen auf.

– Warum denn?

– Um den Biber des Mutes zu jagen, weißt du?

Noch einmal halfen ihm die aus der Vorkriegszeit stammenden Groschenromane aus, die er als Fünftkläßler von einem Neuntkläßler für Großvaters lateinisches Wörterbuch eingetauscht hatte, das sein Vater noch nicht vermißte, die er aber schon letztes Jahr einem Viertkläßler für einen original finnischen Puko-Dolch verhökert hatte, der von seiner Mutter noch nicht entdeckt worden war. Der Viertkläßler hieß Lebeda und hatte den Dolch seinem Vater entwendet, dem bisherigen Parteisekretär der Stadt S., der ihn von den linksgerichteten Funktionären der Stadt Ivalo geschenkt bekommen hatte, als er und Karas mit dieser im Namen der Stadt S. Partnerschaftsbeziehungen anknüpften, was seit fünf Jahren zur Folge hatte, daß die Frauen von S. die beiden segneten und die Frauen von Ivalo sie verwünschten. Obgleich die Partnerstadt nur aus mehreren einstöckig gesäumten Straßen hoch über dem Polarkreis bestand – nähere und größere Partnerschaft mit dem kapitalistischen Ausland war durch Protektion Städten mit über fünftausend Einwohnern zuteil geworden –, kehrten die Glasmacher von S., nach Milch duftend und mit Strumpfhosen in allen Farbschattierungen beladen, heim, die Holzfäller von Ivalo hingegen mit geräucherten Hemden und einem schauderhaften Kater vom inländischen Rum.

– Und was hast du mit ihm gemacht?
fragte Klára Zimová streng.
– Nichts,
beruhigte er sie hastig,
– das ist kein echter Biber, das sagt man nur so, wenn ein Indianer die Männlichkeitsprüfung macht!
– Aha.

Plötzlich fand er es gemein, daß er ihr schon wieder etwas vorflunkerte. Aber kann ich denn dafür? verteidigte er sich gleich darauf vor sich selbst. Wenn die Eltern ihm den Zapfenstreich nicht so kategorisch spätestens nach dem Fernsehen bliesen, hätte er den Biber des Mutes schon längst gehabt! Hätte er gestern geahnt, daß die Mutter nicht zurückkommt ... Da entsann er sich dessen, was dieser Verräter Dušek für den Gipfel der Unmöglichkeit hielt, und erkannte, daß er seinen Mut gleich jetzt und hier beweisen konnte.

– Hör mal,
röhrte er wie ein Esel, ohne es vor lauter Aufregung zu bemerken,
– ich nehm dir die Tasche ab, soll ich?
– Was heißt «ab»?
– Na, ich trag sie dir!
– Warum denn?
Er hörte das von acht gemeinsamen Schuljahren in der Klasse, im Turnsaal und auf dem Pausenhof herangezüchtete Mißtrauen heraus.
– Keine Angst,
sagte er rasch,
– ich mach dir keinen Kassensturz, ehrlich!
Jetzt verstand sie freilich noch weniger.
– Warum willst du sie dann tragen?
Er ließ die eigene Phantasie zu Wort kommen.
– Ich hab eine Bandscheibe, weißt du?
– Was ist das?
– Ein eingeklemmter Nerv,
erläuterte er mit der Sicherheit des Sachkundigen.
– Mein Vater sagt, ich sollte eigentlich immer zwei Schultaschen tragen, wegen dem Gleichgewicht. Gib her!
Er nahm ihr die Tasche ab. Widerstand wurde nicht mehr geleistet. Und obwohl keine unmittelbare Gefahr eines Zusammentreffens mit den ehemaligen Kameraden drohte und eine Wanderung durch spärlich bevölkerte Gegend vor ihnen lag, empfand er richtigerweise, daß sein Verhalten in seinem Alter und unter der gegebenen Situation an Heldentum grenzte. Er war aufgeregt und gespannt, ob dies auch Klára Zimová erkennen würde.

Doch das Mädchen steckte die befreiten Hände in die Taschen des Jeans-Rocks und versuchte, auf einem Bein zu hüpfen.

Worüber unterhalten wir uns mit einem Mädchen, das wir heimlich lieben, wenn es auf einem Bein hüpft? Darüber schweigen auch wissenschaftliche Werke wie die «Vollkommene Ehe», die Dutzende irgendwelcher unnützer Positionen anführen – und kein Mensch da, mit dem man sich beraten könnte! Klára hüpfte und hüpfte. Da fiel ihm ein, daß es nur dann aus dem Wald schallt, wenn man hineinruft. Nach quälendem Überlegen schnitt er also ein aktuelles Thema an.

– Die sind alle stocksauer auf dich, oder?

äußerte er teilnahmsvoll.

– Mhm ...

erwiderte sie unbestimmt, doch dann, als hätte sie eben Zutrauen zu ihm gefaßt, hörte sie auf zu hüpfen und sah ihn fest mit diesen wundersamen Augen an, über deren Unvergleichlichkeit er aus unerklärlicher Dummheit jahrelang gespottet hatte.

– Warum fragen die mich immerzu aus? Wenn mich niemand fragt, fällt mir auch nichts ein.

– Die Menschen sind Rindviecher!

urteilte Tikal resolut. Dann erinnerte er sich, daß auch er sie gefragt hatte, und milderte seinen Spruch vorsichtshalber ab:

– Und hauptsächlich neugierig.

– Aber warum sind sie dann böse auf mich?

Wie wenig uns doch genügt, um uns alles einzureden! In einer zufälligen Geste erblicken wir eine Aufforderung zur Liebe, aus freundlichem Tonfall hören wir deren Schwur heraus. Dann brechen wir unter jemandes elendem Verrat zusammen, statt über die eigene Einfalt zu erstarren. Zum erstenmal im Leben von einem weiblichen Wesen um Rat gefragt, bildete Tikal junior sich ein, er sei zum Vertrauten des Mädchens geworden; er sehnte sich danach, ihr seine gesamte Lebenserfahrung zu schenken, und begann deshalb, große Töne zu spucken.

– Mach dir nichts draus,
hörte er sich reden und reden,
– ich für meine Person hatte mal einen Onkel, dem ist sein Leben lang nichts eingefallen, und das ist so weit gegangen, daß man ihn fragen konnte, was man wollte, und er hat auf alles nur «Weiß nicht» geantwortet, auch wenn man ihn gefragt hat, wie er heißt oder ob er Hunger hat, der ist in der Hilfsschule auch dann noch durchgefallen, als dort sein Mitschüler aus der ersten Volksschulklasse schon Sheriff war ...

Der albernen Story ging allmählich der Faden aus und den armen Stimmbändern die Kraft. Er bannte beide Gefahren, indem er Klára eindringlich zuflüsterte:

– Da bist du doch viel besser dran!

– Meinst du?

– Bombensicher!

Ihr dankbares Lächeln machte sie ihm noch mehr zu eigen.

Wie gewaltig verändert sich unser Leben, wenn ein geliebtes Wesen darin auftaucht! Alles, was unsere einsamen Sinne bisher nur träge zur Kenntnis genommen haben: Farben, Formen, Klänge, Düfte und Geschmack, die ganze Welt, erhält einen neuen, betörenden Wert bei dem Gedanken, all dies gewahre zugleich auch Sie. Wir wollen all dies von nun an bis in alle Ewigkeit nur noch mit Ihr wahrnehmen, ja, wir würden es begrüßen, wenn Sie sich herbeiließe, alles direkt durch uns wahrzunehmen, damit es für Sie keine andere Welt gibt als die unsere. Deshalb auch sind wir bestrebt, uns Ihre Vergangenheit auf einmal einzuverleiben wie ein rohes Ei, damit wir sie ganz in uns haben, da wir kein Teil von ihr waren, und vor allem: Wir bemühen uns, zunächst stundenweise, wie schleichende Okkupanten, und dann immer unersättlicher, uns Ihrer Zukunft zu bemächtigen, damit auch diese endlich ganz uns gehört!

Kaum hatte er sich in der allernächsten Zukunft von Klára

Zimová ein Plätzchen als Taschenträger gesichert, warf Jiří Tikal junior auf der Eisenbahnbrücke über den Fluß S. die Liebesangel gleich um zwei Monate weiter voraus. Seine Phantasie ließ vom Ufer her Papierpfeifchen gellen und Türkischen Honig duften.

– Kommst du auch zur Kirmes?

fragte er.

Und erschauerte sanft, als sie den Ball genau dorthin zurückwarf, wo er ihn haben wollte.

– Ich schon. Und du?

– Ich? Na klar! Hör mal...

Er war so aufgeregt, so auf sein unfaßbar tollkühnes Bestreben fixiert, daß ihn sogar der neueste blöde Witz seiner Stimmbänder kalt ließ, die zur Abwechslung einen Raben aus ihm machten.

– Hör mal, möchtest du nicht vielleicht mit mir gehen?

Doktor Tikal, der den Kopf schüttelte, wenn er sich gelegentlich erinnerte, daß er mit sechzehn gewagt hatte, im Kabinett seine Chemielehrerin zu küssen, als sie in jeder Hand ein Reagenzglas voll Säure hielt und ihn lebenslänglich hätte entstellen können, hätte gewiß anerkennend den Hut gezogen angesichts der Courage seines vierzehnjährigen Sprößlings, der sich sein erstes Rendevouz erkrächzte.

Tikal junior bekam im selben Moment jedoch einen argen Dämpfer aufgesetzt: Er entsann sich, daß die Kirmes ausgerechnet dieses Jahr ohne ihn vonstatten gehen würde, denn er mußte am 1. August mit den Eltern nach Jugoslawien.

Es war ein Spitzenereignis ihres Lebens gewesen, als nach zehn Jahren unablässiger Anträge auf Ausreise wohin auch immer, die stets mit der Begründung «Nicht im Interesse des Staates» zurückgekommen waren, wofür man auf Anfragen keinen Grund anzugeben wußte, im März dieses Jahres die knappe Mitteilung eintraf, dem Antrag auf Ausreise der ganzen Familie, diesmal nach Jugoslawien, werde stattgegeben. Die Eltern waren davon so erschüttert, daß sie im ersten Moment abermals eine Erklärung fordern wollten, bevor sie sich beruhigten und sich zu freuen begannen, im Gegensatz zu früher gleich doppelt. Vorangegangene Träumereien von einem Ausflug ins Ausland waren immer mit der Entschlossenheit kombiniert, bei erstbester Gelegenheit zu emigrieren, irgendwohin, wo, wie Doktor Tikal zynisch zu sagen pflegte, die Kommunisten noch auf den Bäumen lebten. Inzwischen hatte er jedoch auch noch andere kennengelernt als die Fanatiker von der Universität, die ihn in der Kaderbeurteilung fertiggemacht hatten, oder die Karrieremacher, die fachlich weit hinter ihm zurückstanden, ihm aber in puncto Position um ganze Haupteslängen voraus waren; und außerdem hatte er den Eindruck, das Regime habe sich ausgetobt und gelange allmählich zur Vernunft. Sie freuten sich also jetzt nicht nur auf die Reise in die erträumten Fernen, die ihnen ein Leben lang vorenthalten worden waren, sondern zudem auf die – auch dem Sohn gegenüber mit reinem Gewissen zu verantwortende – Rückkehr in die Heimat, zu der ihnen S. schon geworden war. An der Emigration hatte Doktor Tikal übrigens am meisten geschreckt, daß er sich in der fremden Umgebung womöglich nicht mit den Frauen auskannte und gezwungen sein würde, für den Rest seines Lebens mit der eigenen zu schlafen.

– Da könnte ich –

antwortete Klára auf seine Einladung, und Tikal schien es, als erstrahlte sie von innen, wie im Gebirgssanatorium

– vielleicht sogar Karussell fahren, oder?

– Aber warum denn nicht?

– Wo ich mich doch fürchte...

– Mach keine Witze!

staunte er aufrichtig.

– Wovor denn?
– Daß es sich losreißt.
– Aber warum soll sich's losreißen?
– Und warum nicht?
– Weil es sich gar nicht losreißen kann!
verkündete er wissend.
– Das ist so gebaut,
er bemühte sich, auch beim Schätzen seriös zu bleiben,
– daß es die dreißigfache Belastung aushält!
– Dann dreht sich mir der Kopf, und ich fliege hinunter.

Für seine vorangegangene Kühnheit wurde er reich belohnt durch das herrliche Gefühl des Experten, der mit seiner Erfahrung eine schwache Frau verblüfft.

– Das kommt nur auf die Gewohnheit an, weißt du? Einmal hab ich die Dreherei eine Stunde zwanzig Minuten ausgehalten. Ich hätte glatt den WR ableiern können, aber der Knilch vom Karusell hat's schon mit der Angst zu tun gekriegt.
– Was hättest du können?
– Na, einen Weltrekord aufstellen...
Die großen Augen blickten warm vor Bewunderung.
– Hier?
– Was? Nein... Das war in Brünn, weißt du? Ich hatte mit meinem Cousin gewettet. Aber ich werde eben –
floh er rasch vom dünnen Eis und holte gleichzeitig aus ihrem Angebot das Höchstmögliche heraus
– einfach mit dir kommen und dir den Sitz halten. Zu zweit reißt man sich schon gar nicht los!

Im Geiste sah er seine Finger millimeterweise an der eisernen Kette und der hölzernen Lehne entlangrutschen bis zur geschmeidigen Hand. Ohne Zögern umschloß er sie, ebenfalls im Geiste, und Wonne durchströmte seinen Körper.

– Was du nicht sagst,
hauchte sie,

– das wäre prima!

In diesem Augenblick sprang Jiří Tikal junior zum drittenmal im Verlauf eines einzigen Tages über seinen eigenen Schatten: Er wußte mit Sicherheit, daß er auch dieses Jahr an kein Meer fahren würde, und wenn er von zu Hause durchbrennen mußte.

Sie gingen am Kloster vorbei und kamen ins Viertel «In der Vorstadt». Wie launisch verhält sich die Zeit zu Verliebten! Endlos sind die Minuten des Wartens, aber die Stunden der Erfüllung enteilen wie ein Expreßzug. Was bleibt dem passionierten Reisenden, wenn das Ziel unaufhaltsam näherrückt? Schnell einen Zug herauszusuchen, der noch weiter fährt. Enthemmt hatte der Knabe es nunmehr auf Kláras ersten Abend abgesehen.

– Du,

krächzte er, schon ohne Verlegenheit,

– möchtest du heute vielleicht ins Kino gehen?

– Was spielen sie?

erkundigte sie sich interessiert.

Die Frage traf ihn unvorbereitet.

– Ich weiß nicht,

gab er zu, aber gleich hatte er die Lage wieder im Griff:

– Die Jungs haben gesagt, es haut einen um!

Er hielt es einfach für ausgeschlossen, daß an einem Tag wie diesem irgend etwas geringer als geradezu gigantisch ausfallen konnte. Er flehte, es möge ein Film laufen, der seine ganze ehemalige Bande anlockte. Plötzlich ging ihm auf, daß ihr Gelächter nichts anderes sein würde als der Neid der Besitzlosen. Bitte sehr, ihr könnt Brož behalten, ich hab ein Mädchen! Und damit ihr vor Wut zerspringt: die Klára Zimová!!

– Das wird prima!

freute sich die Zimová, und da ahnte sie noch nicht, daß Tikal ihr ein weitaus umfassenderes Glück zugedacht hatte, als ein Kinobesuch es darstellte. Dann stockte sie jedoch:

– Und wirst du auch Zeit haben?

– Na, logo!!

Dann stockte er seinerseits:

– Oder glaubst du, ich werd keine haben?

Die Antwort klang unsicher.

– Aber nein ...

Er wurde aufmerksam.

– Also Moment mal, sag schon! Warum sollte ich keine Zeit haben?

– Aber nein, das ist mir nur so eingefallen ...

– Und was ist dir eingefallen?

Er drängte so, daß sie antworten mußte. Sie tat es ungern.

– Ich hab gedacht, ihr werdet vielleicht ausziehen ...

Entgeistert wiederholte er:

– ... ausziehen?

Sie waren fast bei ihrer Straßenecke angekommen. Klára nahm ihre Tasche und verabschiedete sich eilig.

– D wie danke. Und wenn's klappt, dann zehn vor acht vorm Kino, ja? Ahoj.

Er lief ihr nach.

– Warte! Ich bitte dich, warum sollten wir ausziehen?

Da erblickten beide ein noch nie dagewesenes Bild.

Am Ende der Straße, vor dem Häuschen mit dem Spitzdach, sah es aus wie auf dem Markt. An den Zäunen waren Pferde, Kühe, Ziegen und Schafe angebunden, und dazwischen standen und saßen Frauen herum, Frauen und nochmals Frauen. Obwohl Montag war, trugen sie schwarze Kleider und Feiertagskopftücher, und in der Hand hielten sie Gebetbücher.

Dann erspähte eine von ihnen die Zimová, sank mitten auf der Straße in die Knie und heulte los.

– Die heilige Klara!

Die anderen schlossen sich im Nu an. Soweit es ihnen die alten Gelenke erlaubten, rutschten sie dem Mädchen auf den Knien entgegen, hoben die Hände zu ihr empor und riefen verzückt und flehentlich:
– O heilige Klara, bitte für uns arme Sünderinnen!!

XI

Die Lawine rollt. – Durch Händewaschen zur Weltrevolution. – Die Gläubigen läuten dem religiösen Obskurantismus den Tod ein. – Mohnbuchteln statt Hinrichtung. – Der Herrgott sollte ein Telefon haben. – S. bekommt Vierlinge. – Sind ungeküßte Mädchen mit Zauberkräften ausgestattet? – Ein Pullover für den Aprikosenbaum. – Wegen dem Vorsitzenden Karas kommt keine Dürre, sondern Überschwemmung und Erdbeben. – Diesem Kind wird man die sorgfältigste ärztliche Behandlung angedeihen lassen! – Ora pro nobis . . .

Im Moment, als die Lawine jene fiktive Linie passierte, wo es zwar nicht mehr möglich ist, sie aufzuhalten, doch immerhin «Vorsicht!» zu schreien und ihre Bahn zu räumen, stand der Vorsitzende des Nationalausschusses von S., Karas, am Waschbecken hinter seinem Schreibtisch und wusch sich die Hände. Indes, wäre die Lawine eine Stunde früher oder einen Tag später ins Rollen geraten, hätte sie ihn mit an Sicherheit grenzender Wahrscheinlichkeit bei der gleichen Tätigkeit angetroffen. Karas pflegte sich die Hände nicht nur vor und nach dem Essen zu waschen, sondern auch vor und nach jeder

Zigarette, vor und nach jeder Unterschrift, vor und nach jeder anderen daseinsbedingten Verrichtung.

Der Kommunist Karas – christlich auf den Namen Bedřich, das heißt: Friedrich, getauft, da der fromme Rebell Karas senior glaubte, Friedrich Engels sei als jüngerer Bruder Christi auf die Welt gekommen – war in einer elenden Kate unter dem Gipfel des Trutzberges geboren worden. Sein Vater, seine Brüder, seine Onkel und sein Großvater, alle Männer seiner Sippe hatten seit Menschengedenken in der Hütte Glas geblasen. In den sogenannten alten goldenen Zeiten blies der Hälfte von ihnen noch vor der Pubertät die alte goldene Krankheit der Glasbläser das Lebenslicht aus – die Tuberkulose. Die wirkungsvollste, weil preislich erschwinglichste Vorbeugung dagegen war das Händewaschen. Als der kleine Bedřich dank seines Vaters und dessen Genossen den großen Friedrich verstand und vermöge dessen das Gaukelspiel der Mächtigen durchschaute, wusch er sich die Hände noch eifriger, um zu überleben und somit seine Teilnahme an der Weltrevolution zu sichern. Nachdem ihm das zumindest in Böhmen gelungen war, wusch er sich die Hände einfach aus Tradition, vielleicht auch aus Dankbarkeit.

Karas gehörte nicht zu den Revolutionären, die mit dem Bade der besiegten Gesellschaft auch das Kind der allgemeinen Kulturerrungenschaften ausschütten, er gehörte auch nicht zu den Funktionären, welche die ausgewachsene Revolution künstlich im Zustand permanenter Geburt erhalten, um mit dem Feigenblatt außerordentlicher Maßnahmen die Impotenz ihrer Organe zu verdecken. Die Mehrzahl jener, deren einzige Fähigkeit der Ehrgeiz war, wechselte glücklicherweise schon in den verdienten Ruhestand oder in so unverdient hohe Funktionen über, daß sie fast keinen Schaden mehr anrichten konnten. Unten, vom gesunden, gärenden

Saft der neuen Verhältnisse geschoben, bestieg den Sattel eine Generation von Volksführern, deren Hauptehrgeiz die Fähigkeit war.

Nach anfänglichem Herumtasten – als auch er geglaubt hatte, seine lichte Zukunft werde von einem Korps edler Ritter der Revolution zuverlässig behütet, unter der Führung des Genossen Stalin, der sich ab und zu persönlich informierte, wie es dem Gen. Bedřich Karas in S. erging – entwickelte er sich dank einer jungen, reizenden Genossin, nunmehr seit fünfzehn Jahren seine Frau, (deren kommunistischer Vater nacheinander zum Tode, zu lebenslänglichem Kerker verurteilt, amnestiert und schließlich voll rehabilitiert worden war); dank dreier Kongresse in Moskau, auf denen der Genosse Stalin der Reihe nach für einen Heiligen, einen Verbrecher und schließlich für einen großen Staatsmann mit kleineren Übergriffen erklärt wurde; doch vor allem dank einem halben Dutzend Verweisen seitens des Jugendverbandes, der Gewerkschaft und der Partei, die er sich durch seinen Individualismus und Starrsinn eingehandelt hatte, zu einer ausgereiften, ausgeglichenen und ausgewogenen politischen Persönlichkeit, wie sie sich als Segen für jedwede Demokratie und Diktatur erweist.

Er erhielt sich nicht nur die Gewogenheit der übergeordneten Organe durch Einhaltung aller Rituale des Regimes, zu denen beispielsweise auch die beiden heutigen, fast gleichlautenden Referate gehörten, sondern behielt auch die Sympathie des untergeordneten Volkes, da er den Blödsinn, der von ihm verlangt wurde, nur auf dem Papier der Vollzugsmeldungen realisierte, während er in Wahrheit auf eigene Verantwortung wirklich erforderliche, wenn nicht gar dringend notwendige Aktionen vornahm. So hatte er etwa, ohne mit der Wimper zu zucken, nur mit der wortlosen Zustimmung des ehemaligen Parteisekretärs Lebeda, der dies notfalls natürlich erbarmungslos geleugnet hätte, die für den Fackelzug anläßlich der Maifeierlichkeiten bereitgestellten Zwanzigtausend für die Reparatur der kaputten Orgel von St. Klara zweckentfremdet, nicht ohne mit dem Pfarrer das geheime Gentlemen's Agreement getroffen zu haben, daß die Christen der Stadt S. bis hin zum letzten am Maiumzug teilnehmen würden. Dieser war dann durch ihr Verdienst zum gewaltigsten im ganzen Kreis geworden; dankbare, fromme Eltern hatten obendrein rings um die Stadt S. Reisigstapel errichtet, über deren Glut die übermütigen Kinder abends Speckwurst brieten und deren Schein, wie das Kreisblatt «Die Wahrheit» poetisch geschrieben hatte, «jauchzender als sonstwo in der Umgebung dem vormaligen religiösen Obskurantismus den Tod einläutete».

Als Hauptmann Urban ihm jetzt telefonisch mitteilte – wobei er sich eine gewisse schadenfrohe Genugtuung nicht verkneifen konnte –, daß in der Stadt religiöse Unruhen ausgebrochen waren, erschrak der Vorsitzende Karas heftiger, als wenn ein Kugelblitz in sein Büro hereingekullert wäre.

– Das ist doch nicht dein Ernst!

hauchte er.

Während er Urbans Meldung lauschte, den Hörer mit der einen eingeseiften Hand umklammernd, stützte er sich mit der anderen eingeseiften Hand auf das rasch durchweichende Referat Nr. 1, das er schon in einer Stunde halten sollte. Seine Augen gewahrten den scharfen Wasserstrahl, unter dem er sich die Hände spülen wollte, bevor das Telefon geklingelt hatte; sein blutleeres Gehirn sah jedoch ein anderes Bild: das Gesicht des neuen Städtischen Parteisekretärs, der in diesem Moment vielleicht schon die Klinke des Sekretariatsgebäudes niederdrückte. Er ließ Urban nicht ausreden.

– Bin schon unterwegs!

rief er. Er legte nicht, er warf den Hörer geradezu auf den Apparat und stürzte zur Vorzimmertür, die er nicht öffnete, sondern geradezu einrannte.

– Maruška!

Was er im Vorzimmer sah, gab ihm den Rest. Die üppige Maruška hängte ihren bunten Arbeitskittel auf den Kleiderständer; ihre Schreibmaschine war schon ordnungsliebenderweise verhüllt.

– Maruška,

wiederholte er erstickt,

– wo gehst du hin?

– Mit unserer Růža ist es soweit.

– Mit wem?

– Mit der Schwester in Prag.

– Was ist mir ihr soweit?

– Sie ist schon in der Geburtsklinik.

– Aber du, wohin gehst du?

Mechanisch schloß er die Tür hinter sich; dabei merkte er, daß er die Hände noch immer eingeseift hatte.

– Unsere Oma hat angerufen, sie fährt um drei nach Prag, ich soll mir bei ihr die Buben abholen.

– Maruška! Du bist übergeschnappt!!

– Genosse Karas!

Maruška war nie um ein scharfes Wort verlegen, deshalb hatte er sie ja kürzlich für das Abwimmeln motzender Besucher aus der Sparkasse herübergeholt, wo sie dafür zu schade gewesen war; jetzt kehrte sich ihre Waffe gegen ihn.

– Ich hab dir gleich bei Dienstantritt erklärt, daß ich dann frei haben muß, und du warst einverstanden!

– Hab ich ahnen können, daß es gerade heute sein wird?

– Glaubst du vielleicht, unsere Růža kommt nieder, nur damit du in die Luft gehst? Was machst du da? Das ist mein Kittel!

Der verstörte Karas wischte sich die Hände daran ab.

– Verzeih ... Jesusmaria, Maruška ... Jesusmaria, Genossin, erbarme dich meiner, der neue Sekretär im Genick, und jetzt rotten sich uns in der Vorstadt auch noch die Katholiken zusammen! Kannst du nicht deinen Mann drum bitten?

– Der hat heute Dienst an der Fluchtdraisine.

– Was ist das?

– So nennen sie bei der Bahn dieses Bereitschaftsfahrzeug; das für euch.

Er hatte weder Zeit noch Lust, sich darüber zu entrüsten.

– Und seine Schwester?

– Bereitschaftsdienst auf der Post.

– Seit wann gibt's auf der Post Bereitschaftsdienst??

– Die erwarten eine Revision wegen der Lottoscheine.

– Dafür ist doch wohl Klouza zuständig!

Seine unverhoffte Einfalt forderte ihr ein spöttisches Lächeln ab.

– Der ist doch längst im Krankenhaus.

Es war allgemein bekannt, daß der Postmeister sich in unübersichtlichen Situationen wegen undurchschaubarer Gebrechen stationär behandeln ließ. Warum leitet dieser Knilch nicht lieber eine Kantine? schäumte der Vorsitzende; er nahm sich vor, diesmal würde er ihn aus der Post hinausexpedieren, expreß und unfrankiert! In der Verzweiflung kam ihm eine Idee.

– Aber ihr habt doch noch einen Opa!!

– Ausgeschlossen! Der gibt den Buben Bier, damit sie wachsen. Ich will keine Idioten großziehen!

Einen Moment lang hatte sie den Eindruck, Karas würde in Tränen ausbrechen. Er tat ihr leid, aber helfen konnte sie ihm nur bedingt.

– Wenn ich sie irgendwo unterbringe, komme ich noch mal vorbei.

Er war schon dankbar für das Wenige.
– Dank! Ich danke dir! Bitte, versuch's, Maruška! Ich werd's dir mit den Prämien lohnen!

Er hörte, wie vor dem Ausschußgebäude der Linienbus nach Prag hielt, und ihm kam zu Bewußtsein, daß er den Wagen eben vorhin zum Kaufhaus um belegte Brötchen für den Abend geschickt hatte, noch dazu aus der eigenen Tasche, denn der Repräsentationsfonds war für das Bier für die Handwerker aus dem Kommunalbetrieb draufgegangen, die außerplanlich Karasens Büro repariert hatten, das durchnäßt war wie ein Schwamm, seit die neuen Traufen all den Mairegen nicht gefaßt hatten, weil andere Handwerker aus dem Kommunalbetrieb einen Haufen Werg darin vergessen hatten. Er rannte zum Fenster und bat Maruška über die Schulter:
– Sei so gut und ruf mir wenigstens das Sekretariat ...

Er stieß das Fenster auf und anschließend auf den Fingern einen Pfiff aus, daß es ihm in den Ohren gellte.
– Halt!

brüllte er dem unbekannten Fahrer zu.
– Warte, nimm mich mit hinter die Brücke!

Der Mann am Lenkrad, der auf dieser Strecke nur ersatzweise eingeteilt war, dachte sich ein Zitat mit Arsch und legte den Gang ein. Dann erinnerte er sich, daß er dort draußen ein Wochenendhaus suchte, schaltete zurück auf Leerlauf und zündete sich eine an.

Karas durchzuckte der erlösende Gedanke.
– Kommando zurück!

schrie er Maruška an, die schon die Nummer wählte.
– Ruf mir lieber den Pfarrer!

Pfarrer Havlíček – christlich erst mit vierzehn auf den Namen Jan Maria getauft, da der Atheist Havlíček senior nach der Geburt seines Sohnes so dem Bier zugesprochen hatte, daß er erst nach Ablauf einer Woche vor dem zuständigen Standesbeamten erschien, sich an den vorgesehenen Namen Urban nicht mehr erinnern konnte und lange auf Urquell bestand, bis der Beamte ihn endlich zu Ursus überredete – repräsentierte den Obskurantismus in S. schon seit fast einem Vierteljahrhundert, davon zehn Jahre allerdings in absentia. Eine Generation älter als der Vorsitzende Bedřich Karas und weltanschaulich selbstverständlich sein Antipode, hatte er nichtsdestoweniger einen nicht unähnlichen Entwicklungsprozeß durchlaufen, aus dem er ebenso geschliffen und ausgereift hervorgegangen war.

Havlíček war in einer armseligen Bude unter dem Gipfel des Clarinusberges geboren worden. Auch sein Vater, seine Brüder, seine Onkel und sein Großvater, alle Männer seiner Sippe bliesen seit Urzeiten Glas in der Hütte. Auch der Kleine hatte also von Kindesbeinen an die Lippen gespitzt und auf Weidenruten gepfiffen, um sich die richtige Puste für die Glasbläserpfeife anzueignen, aber Gott hatte anders entschieden. In seinem Zorn darüber, daß die Havlíčeks, statt in der Kirche, in der Kneipe herumsaßen, schlug er ihren Jüngsten schon im Alter von dreizehn Jahren mit Tuberkulose, doch als er während des großen Streiks gewahrte, daß sie weiterhin in Kneipen herumsaßen, statt auf Versammlungen, bewog er in seiner Gnade die Gattin des letzten Fabrikbesitzers – die es heftig nach einer guten Tat gelüstete, da sie ihren viel älteren Gatten mit dem jungen Schwarzenberg so leidenschaftlich betrog, daß sie sich aus Liebe zu ihm heimlich taufen ließ –, auch den kranken Jungen taufen zu lassen, ihm einen Sanatoriumsaufenthalt zu finanzieren und später sogar das Theologiestudium, gegen das Versprechen, lebenslang für sie zu beten. Als die immer noch attraktive Frau fünfzehn Jahre später, nur mit ihrem Haar bekleidet, mit einem Gefolge von dreihundert schicksalsverwandten Männern und Frauen die Schwelle eines sonderbaren, nach Mandeln duftenden Duschraums überschritt, dachte sie unablässig an den Vikar Havlíček in der Hoffnung, der Gott der Christen werde im Himmel wiedergutmachen, was der Gott der Juden auf Erden verpatzt hatte.

Als er im dritten Kriegsjahr in S. den Pfarrer Hakl ablöste, der von der Gestapo verhaftet worden war, weil er anläßlich der Kirmes die heilige Klara bat, wieder einmal für die tschechische Selbständigkeit einzutreten, erinnerte der Sprengel an ein Schiff, das steuerlos in einem tödlichen Strudel kreist. Den ortsgebürtigen Havlíček empfing das geradezu ekstatische Vertrauen der Gläubigen und die bebende Bangigkeit des bischöflichen Ordinariats, das ihm ausdrücklich all das verbot, was es nicht ausdrücklich erlaubte, und ausdrücklich erlaubte es nur einige der allernötigsten Zeremonien.

Der junge Pfarrer, das tiefe Vertrauen seiner Gemeinde genießend und in den vertraulichen Tiefen all ihrer Seelen bewandert, vollbrachte ein wahres Wunder. Das Pfarrhaus war sowohl bei den – vom deutschen Treuhänder der Glashütte hier eingeführten – Offizieren der Wehrmacht beliebt, welche die slawische Melodik von Havlíčeks Deutsch und die Mohnbuchteln seiner Köchin bewunderten, als auch bei allen drei hiesigen Partisanen, die ebenfalls Liebhaber der Pfarrhausküche und des Pfarrhauskellers waren, in dem sie zwei Jahre lang Wein probierten und die Befreiung der Stadt S. für den Tag X planten.

Am 5. Mai 1945 überfielen sie zur Mittagszeit tatsächlich die Wachstube des Werkschutzes der Glashütte, verteilten die erbeuteten Waffen an zwölf weitere kampfeslüsterne Landsleute und besetzten den Bahnhof, um die deutschen Divisionen, die am Mittellauf des Flusses S. ihr Schießübungsgelände hatten, am Vorrücken gegen das aufständische Prag zu hindern. Kurz darauf kam der gewohnte Arbeiterzug, dem zu ihrem Entsetzen jedoch statt der Nachmittagsschicht etwa dreihundert bis an die Zähne bewaffnete Wehrmachtssoldaten entstiegen, zwischen denen die Revolutionsgardisten sich buchstäblich verloren. Sie wurden im Nu gefunden, für eine Stunde im Wartesaal eingesperrt und dann sogar schon zur Seitenwand des Verkehrsbüros geführt, wo sie sich mit klopfenden Herzen und zitternden Gliedern bereitmachten, unter dem beträubend duftenden Flieder für die Freiheit des Vaterlandes zu fallen, und zwar zum dümmsten Zeitpunkt: als sie nämlich schon ohne sie erkämpft war. Doch da erschien auf dem Bahnsteig – der zur Hinrichtung bestimmte Bäcker Rousek schwor bis an sein Lebensende, er sei wie ein schwarzer Vogel mit weißer Halskrause geflogen gekommen – Pfarrer Havlíček. Wie richtig vermutet, fand er unter den Offizieren sofort einige Liebhaber seiner Mohnbuchteln, so daß es ihm gelang, ihnen nicht nur vernünftigerweise die Hinrichtung auszureden, sondern sie auch zu bewegen, ins Pfarrhaus mitzukommen, wo sie sich dann bei einem kleinen Imbiß zu den Klängen von Radio London den Geretteten ergaben.

Fünf Jahre danach, als diesmal, statt des Teufels, Clarinus selbst vertrieben wurde, um die Heiligen der Revolution nicht in den Schatten zu stellen, wurde der weitere Verbleib des beliebten Pfarrers politisch untragbar. Man erwog, ihn von den ehemaligen Partisanen der Kollaboration beschuldigen zu lassen; als die jedoch ablehnten – zwei aus Furcht vor der Rache ihrer Mitbürger, der dritte aus Anständigkeit –, entschied man sich für eine elegantere Lösung: Die Kirche wurde über verschiedene Kanäle aufgefordert, den Stein des Anstoßes selbst zu entfernen. Die Kirche verfrachtete ihren Diener unverzüglich ans andere Ende der Republik, als Kirchendiener.

O Furchtsamkeit, du bist nicht nur die triste Krankheit der Schwachen, sondern auch die peinliche Ausrede der Bequemen!

Vielleicht hätte er den Zigeunern ungarischer Volkszugehörigkeit den Feierabend bis zum heutigen Tag eingeläutet, wenn die ehemaligen Schäfchen aus S. nicht gewesen wären, die ihres beliebten Hirten treulicher gedachten als die Kirchenväter, mochten sie den Geboten Gottes inzwischen auch die Satzungen ihrer siegreichen Partei übergeordnet haben. Gerade die proletarische Herkunft und die revolutionäre Vergangenheit stammestreuer Katholiken vom Schlage des älteren Karas wurden zum Kran, der nach zehn Jahren ameisenhafter Wühlarbeit in dem günstigen Moment, als der Hradschin neuerlich mit dem Vatikan liebäugelte, den Pfarrer Havlíček aus den Donausümpfen zog und auf den heimatlichen Anger zurückversetzte. An letzter Stelle erklärte sich unwillig auch die Kirche damit einverstanden, die mehr an die erkannte Sicherheit schlechter Behandlung glaubte als an die verdächtige Unsicherheit anständiger Verhältnisse.

In den zehn Jahren des Glockenläutens hatte Havlíček die Weisheit jenes Rabbiners erlangt, der, nach jahrelanger Meditation in der Wüste zurückgekehrt und gefragt: Was ist also das Leben?, geantwortet hatte: Ein tiefer Brunnen ..., und auf den Einwand: Aber nicht doch ...!, zugab: Dann eben nicht. Sein Pfarrhaus war sowohl bei den – von Martinic, dem Direktor der Glashütte, mitgebrachten – Partei- und Staatsfunktionären beliebt, welche die Topfenkolatschen seiner neuen Köchin und die Zigeunerlieder bewunderten, die er ihnen zu Harmoniumklängen vorsang, als auch bei den beflissensten Christen, die immerzu auf den Tag warteten, an dem der Herrgott vermittels Funk und Fernsehen bekanntgeben würde, die Herrschaft der Kommunisten werde vom Reich Gottes abgelöst.

Erhielt er sich die Liebe der Gläubigen durch bekundete Tapferkeit, tiefe Religiosität und unermüdliche Freundlichkeit, so behielt er die Sympathie der Behörden dadurch, daß die außergewöhnliche Aktivität der Kirche in S. für die Uneingeweihten von oben herab ebenso unsichtbar blieb wie weiland das Schattendasein der ersten Christen. So wurde beispielsweise die Firmung von der väterlichen Empfehlung des Pfarrers an die Eltern begleitet, das Kind möge unverzüglich den Jungpionieren beitreten, deren literarischer Zirkel dann als Gegenleistung mit den Neulingen die biblische Geschichte durchnahm, denn auch die Glaubenslosen gönnten es ihren Sprößlingen, diese schönen Märchen kennenzulernen, um dann zu verstehen, was gemeint war, wenn es zu Hause hieß, bei Nachbars gehe es zu wie in Sodom und Kamera. «Sowie ferner verschiedene Texte», wie listig in der Meldung an den Kreisausschuß stand, «die in dialektischer Beziehung zu den örtlichen Volksbräuchen stehen und die Liebe der Kinder zu ihrer sozialistischen Heimatgemeinde festigen.» S. war die einzige Stadt im Kreis, deren sämtliche Kinder bei den Pionieren waren. Damit niemand nachforschte, wieso, wurden lieber stets einige Prozent verschwiegen. Auch das genügte dem Kreisblatt «Die Wahrheit», um emphatisch zu schreiben: «Die Pioniere von S. gehen mit leuchtendem Beispiel den letzten Eltern voran, die noch nicht aus dem Schatten der Bibel herausgetreten sind.»

Als der Vorsitzende Karas ihm jetzt telefonisch mitteilte – wobei er sich eines gewissen Anflugs von bitterem Vorwurf nicht erwehren konnte –, daß in der Stadt religiöse Tumulte ausgebrochen waren, erschrak Pfarrer Havlíček, als hätte er selbst eine Todsünde begangen.

– Das kann doch nicht sein!

flüsterte er.

Während er Karasens Klage lauschte, hielt er in der Hand

noch einen Ziegel Paprikaspeck, wie er ihm mit der Regelmäßigkeit von Sonnenwenden nach wie vor von den dankbaren Christen an der Donau zugeschickt wurde und den er gerade anschneiden wollte, als das Telefon geklingelt hatte. Mit den Augen sah er den Buntdruck des Porträts seiner heiligen Patronin Klara und die verblaßte Schwarz-weiß-Fotografie seiner weltlichen Patronin Esther Silbermann, der Frau des letzten Glashüttenbesitzers, die nebeneinander über seinem Bett hingen, weil er in der Abenddämmerung und beim Morgengrauen für die letztere zur ersteren betete, aber das verwirrte Gehirn ließ auf seiner Netzhaut ein anderes Bild entstehen: das Gesicht der Klárka Zimová, die er zwar als braves, anständiges Mädchen kannte, keinesfalls jedoch als beflissene Katholikin, die die höheren Weihen erhalten hätte, Wunder zu wirken.

– Aber Herr Vorsitzender,

versuchte er diesen zu beruhigen,

– in S. ist kein Wunder mehr bekanntgeworden, seit am 12. August 1633 hier von Mitternacht bis Mitternacht einhundertsiebenundsieb ...

Karas ließ ihn nicht ausreden.

– Ich erwarte Sie bei den Zimas!

gebot er mit einer ihm fremden Grobheit, die von seiner seelischen Zerrüttung zeugte.

– Machen Sie schnell!

– Ja, ja, ich ... Gleich bin ich ...

Havlíček stellte fest, daß der Hörer verstummt war, hielt ihn aber immer noch umklammert. Er spürte Schweiß unter dem Klerikerkragen, und unterm Brustlatz eine Gänsehaut. Er stand jäh auf, legte den Paprikaspeck auf die Telefongabel, machte dies rückgängig und eilte, so rasch die Soutane es erlaubte, zur Tür.

– Baruška!

In der Küche empfing ihn die gewohnte altväterliche Idylle, für Hausbewohner wie Gäste ein Born der Hoffnung auf die Erhaltung beständiger Lebenswerte. Eine hochgewachsene, magere Frau verlas Erbsen und unterhielt sich mit einem Wellensittich, der auf dem Topfrand saß. Neben dem Herd schliefen übereinander ein verstoßener Hund, den sein Herr am Pfarrhaus angebunden hatte, um den Himmel für ihn sorgen zu lassen, und ein angeschossener Fuchs, der von selbst hergefunden hatte; sie öffneten die Augen, regten sich aber nicht.

Havlíček ließ den Blick schweifen und bewegte lautlos die Lippen.

– Möchten Sie etwas, Hochwürden?

– Ja, ja ...

Beunruhigt legte die Köchin die Verlesebrille beiseite und setzte die Fernsehbrille auf.

– Hochwürden, fehlt Ihnen etwas?

– Nein, nein!

Sie stand auf.

– Hochwürden!

– Ja?

– Sie wollten etwas ...

– Ja ... Rufen Sie mir ...

Er wußte, daß er die Sache sofort der Diözese melden sollte, bevor es dort, gehörig gepfeffert vom Kreissekretär für Kirchenangelegenheiten serviert wurde. Er wußte aber auch, daß man eine Litanei einander widersprechender Verbote und Gebote gegen ihn losgelassen hätte, so daß er zu spät bei Karas eingetroffen wäre und obendrein die Möglichkeit eingebüßt hätte, sich mit zwei Mitteln zu helfen, auf die er in höchster Not immer baute: frommer Glaube und gesunder Menschenverstand. Sein Blick fiel auf das zermarterte Gesicht des Christus über der Tür zum Flur. Jawohl, im Gegensatz zu

Karas hatte er einen Allerhöchsten über sich, mit dem er durch ein Gebet jederzeit persönlich Kontakt aufnehmen konnte. Bei allem Glauben hatte er sich jedoch, anders als Karas, nie der jugendlichen Illusion hingegeben, der Allerhöchste hätte Zeit und Lust, dem kleinen Pfarrer einer Stadt unter fünftausend Einwohnern seinen Willen durch Zeichen des Himmels kundzutun. Plötzlich kam ihm der Gedanke, auch der Herrgott müßte für Notfälle einen heißen Draht haben.

Er bekreuzigte sich.

– Das Rad, Baruška! Ich brauche mein Rad!

Mutter Zimová schmeckte die Dillsauce ab. Sie fügte abwechselnd rasch einen Spritzer Sahne oder Essig hinzu und kostete zwischendurch gemächlich am Rührlöffel. Vater Zima hatte eben die letzte Schraube von ihrer Mutter getrennt; mit Einzelteilen, die das ganze Sofa bedeckten, gedachte er, das leere Gehäuse in ein verbessertes Fernsehgerät umzubauen. Die Großmutter war schrecklich aufgeregt. Der Opa hatte endlich geschrieben, daß man ihn nicht eingesperrt hatte, sondern schlimmer: daß er vom Arbeitsplatz gefeuert worden war. Da er sie nicht ernähren könne, wie ernsthaft beabsichtigt, was er ihr wegen anderer schwerwiegender Themata nicht habe mitteilen können, gebreche es ihm fürderhin an der Berechtigung, ihr Schicksal zu ruinieren, er werde sich jedoch gestatten, sie folgenden Tags um sieben Uhr am Denkmal des hl. Wenzel zu erwarten, um von ihr Abschied zu nehmen, vor der Reise über den großen Teich. Die Großmutter hörte auf zu stricken und lief im Geiste zum Tor, um nachzusehen, ob nicht schon der Rat des Herrn Pfarrers von St. Klara da war. Er war nicht da.

Die alte Kulhánková aus Samoty hinterm Trutzberg, die Klára Zimová am Eßtisch gegenübersaß, war die letzte aus der fünften Fünfergruppe, zu denen die Frauen sich draußen formiert hatten. Die paar Männer, von ihnen ans Ende verdrängt, begannen im Gasthaus «An der Brücke» das Bier zu spüren. Onkel Alois schlief, den anderen entschwand allmählich der Anlaß zu dieser Sauferei; sie gerieten in Streit über Mädchen, von denen die meisten schon unterm Rasen lagen.

– Ich möcht also gern wissen,

schnatterte die alte Kulhánková,

– ob ich's ihr in rosa oder blau herrichten soll, damit's keine unnützen Ausgaben gibt.

– In blau,

sagte die Zimová.

Sie streichelte nicht einmal mehr die Katze auf dem Schoß, weil ihr schon die Hand wehtat, und mußte blinzeln, damit ihr die Augen nicht zufielen.

– Ich hab's gewußt!

strahlte die Alte.

– Da wird sich der Pepi aber freuen!

– Und auch in rosa,

sagte die Zimová.

Die Alte schwelgte in Seligkeit.

– Na so was! Sie kriegen Zwillinge? Da wird der Pepi glatt überschnappen!

– Und in blau,

fügte die Zimová hinzu.

– Was?

– Und in rosa,

ergänzte die Zimová und gähnte.

Die alte Kulhánková öffnete den zahnlosen Mund, und Mutter Zimová sagte gönnerhaft vom Herd her:

– Den Seinen gibt's der Herr im Schlaf.

Die alte Kulhánková schloß den Mund und flüsterte entsetzt:

– Da wird der Pepi glatt überschnappen...

Von draußen drang ein Gewoge von Stimmen herein. Gebieterisch begann die Klingel zu schrillen. Nach dem respektvollen Klingelzirpen der Christen waren sie so etwas nicht mehr gewöhnt.

– Aber, aber,

sagte Vater Zima überrascht,

– brennt's denn schon wieder?

– Es brennt nicht, Papa,

sprach die Zimová schläfrig,

– das ist nur der Genosse Vorsitzende.

– Hurra,

sagte Vater Zima, legte aus der Hand, was er gerade darin hielt, und wartete, bis die Knie der alten Kulhánková zu schlottern aufhören würden, um die Besucherin beim Öffnen der Tür gleich hinauszulassen.

Daß Karas bis dicht an die Gartenpforte der Zimas gelangte, hatte er nur dem Bus zu verdanken, dessen Ankunft die Frauen anfangs verwirrte, denn sie vermuteten in ihm die ersten frommen Pilger aus dem umliegenden Böhmen; Urbans Wagen hatten sie zuvor nicht vorfahren lassen, und den Hauptmann hatten sie aufgebracht zwischen das angebundene Vieh gedrängt. Als dem Bus lediglich der Vorsitzende entstieg, während der Fahrer mit den erschrockenen Passagieren im Rückwärtsgang enteilte, für ewige Zeiten von der Vorstellung geheilt, hier einmal ein Ferienobjekt zu besitzen, kam über die Frauen der Geist aller Streiterinnen für die Wahrheit Gottes, der so viele Jahre lang brachgelegen hatte. Die einen kreischten dem Vorsitzenden ein altes Wallfahrtslied über die heilige Klara in die Ohren, die anderen schlugen beschwörend das Kreuz über ihn, wie es der Sage nach Clarinus mit dem Teufel gemacht hatte. Karas kam sich vor wie in einem der schwachsinnigen nachrevolutionären Filme über das Grauen der vorrevolutionären Zeiten, das die Filmschaffenden nie gesehen hatten und die Augenzeugen nicht zu verfilmen verstanden.

Sein politischer Instinkt depeschierte ihm, die gesamte gewaltige Staatsmacht nütze ihm jetzt einen Dreck, da die Weiber deren unmittelbarem Repräsentanten soeben die Hauptmannsmütze vom Kopf gerissen und einer Ziege über die Hörner gestülpt hatten. Er war aber auch nicht gewillt, vor ihnen zurückzuweichen, deshalb hatte er sich nicht sein Leben lang die Hände gewaschen. Sein politisches Talent bot ihm sofort eine genial einfache Lösung an: Er holte Luft und pfiff wie eine Lokomotive. In die augenblicklich eintretende Stille brüllte er los wie ein Auerochs:

– Seid ihr verrückt? Ich bin in einer amtlichen Sache hier!

Zugleich ertastete er die Klingel.

Sie kreischten los, aber nicht mehr als Streiterinnen Gottes, sondern wie normale Hausfrauen, wenn sich beim Schlangestehen jemand vordrängt.

– Das kann jeder sagen!

– Wir waren zuerst da!

– Vor Gott sind alle Menschen gleich!

– Amtliches erledigt man im Amt in den Amtsstunden!

Er drückte die Klingel wie besessen und bemühte sich dabei weiterhin, das ausgeuferte Volksempfinden in schiffbare Kanäle zu lenken.

– Es sind auch jetzt noch Amtsstunden!

Er hielt ihnen das vom Großvater hinterlassene Taschen-Chronometer vor, das er von klein auf als Symbol des Menschenverstandes vergöttert und nach seiner Wahl zum Vorsitzenden vom Vater erhalten hatte, nebst einem Segen, der ihm damals lachhaft vorgekommen war, an den er sich jetzt aber erinnerte und sogar ein bißchen klammerte.

– Und ist es vielleicht nicht nett, wenn das Amt ins Haus kommt?

Die listige Rede kam nicht an. Aus den dunklen Tiefen des Unterbewußtseins rangen sich abermals die allzu lange unterdrückten Leidenschaften empor, derentwegen dieses gottesfürchtige Volk im Mittelalter so wacker gegen sich selbst gewütet hatte, daß es für immer eine kleine Nation blieb.

O Glaube, dein Name ist Auswechselbarkeit! Ihr Götter der Menschheit, die ihr zu Liebe, Demut und ewigem Leben erzieht, niedrige Sterbliche haben euch, die höchsten Wesen, zu Göttern des Hasses, des Hochmuts und des zeitlichen Niedergangs gemacht, damit sie euch die Schuld an ihrem eigenen Machthunger, Blutdurst und Raubgelüste geben können. Zu Dutzendfeldmarschällen degradiert, die einen Schlachthof leiten, werdet ihr oft auch bis zur Schizophrenie des Schachspielers getrieben, der zu beiden Seiten des Bretts zieht; den Unterschied im Glauben der schwarzen und der weißen Bauern kennzeichnen die Vorzeichen Plus und Minus, die gewitzte Rechner den eingeklammerten Zahlenkolonnen so zuweisen, wie der Markt es gebietet.

Die Frauen der Stadt S. machten Front gegen jenen Karas, mit dem viele von ihnen auf dem Trutzberg Gänse gehütet und in der Kastanienallee geschnäbelt hatten, genauso haßerfüllt wie vor einem halben Jahrtausend ihre Urahninnen, als der Abt des Klosters ihnen den Kelch bei der Abendmahlfeier vorenthielt, demzufolge genauso haßerfüllt wie damals ein paar Dörfer weiter die Frauen der Prager, als ihnen der hussitische Hauptmann den Kelch aufzwang. Das Kloster wurde von den hussitischen Frauen dafür, daß es ihnen verweigerte, die Hostie mit Christi Blut zu netzen, im Namen Gottes sofort verwüstet; folglich wird S. bis zum heutigen Tag von Touristen gemieden, die nicht begreifen wollen, um wie vieles interessanter doch eine Glashütte ist. Die frommen

Prager Edeldamen hingegen brauchten fünfzehn Jahre, um ihre Eheherren zu veranlassen, deren kalixtinische Verbündete dafür, daß sie ihnen den Leib des Herrn mit Blut besudelten, im Namen Gottes niederzumachen und zu verbrennen; folglich wurden, auf sich allein gestellt, nunmehr sie selbst spielend von den lauernden Habsburgern niedergemacht und enthauptet, die den verwaisten Gott aus dem verwitweten Böhmen nach Wien mitnahmen.

Nur die dünne Schale der Zivilisation, wie sie in schäbigen fünfhundert Jahren die animalischen Triebe überzieht, hinderte die Frauen von S. noch daran, die Forken aus den Heuhaufen auf der benachbarten Wiese zu ziehen. Karas spürte das und klingelte, er wollte gern drin sein, bevor diese Schale platzte. Er fürchtete sich nicht vor Schlägen, er fürchtete sich nicht einmal vor dem Tod; er fürchtete, wahrheitsgemäß aussagen und dann zuschauen zu müssen, wie diese abgerackerten alten Weiblein rechtmäßig zu Gefängnis verurteilt wurden.

– Geh heim, Vorsitzender!

– Karas, verzieh dich!

Und dann ein Aufschrei, der zu erwarten gewesen war, Aufschrei des Steins, mit dem der Damm bricht.

– Die Felder hast du uns gestohlen, aber den Glauben geben wir nicht her! Die heilige Klara kriegst du nicht!

Die hinteren schoben die vorderen, die vorderen bedrängten Karas, rochen seinen Schweiß und gerieten darob in Hitze.

Und Zima kam nicht.

Und dann erlebte er genau das, worüber er von Jugend an mit seinem Vater aneinandergeraten war, dem er vorwarf, daß der als Revolutionär außer seinen Idealen noch eine andere geistige Stärkung brauchte, und zwar wohlgemerkt jene, die ihm der älteste Diener der Konterrevolution anbot. Ihn durchströmte das gleiche warme Gefühl der Sicherheit wie damals, als er, hoffnungslos verloren im höllischen Brennnesseldschungel, wohin er auf der Suche nach flaumigen Gänslein geraten war, über den beißenden Tatzen der Blätter das Gesicht seiner Mutter auftauchen sah: Über den Köpfen der Menge erschien, wie auf dem Wasser schreitend, Pfarrer Havlíček. Einen Moment lang dachte Karas an die Behauptung des seligen Bäckers Rousek, Havlíček könne fliegen, bevor ihm klar wurde, daß dieser auf dem Rad fuhr.

– Der Herr Pfarrer!

hörte er sich schreien.

– Der Herr Pfarrer kommt!

Er sah sich mit ausgestrecktem Finger hinzeigen, als meldete er den Spitzenreiter eines klassischen Radrennens.

Auch der Pfarrer öffnete den Mund und rief etwas. Karas sah erleichtert, daß die hinteren Frauen schon den Kopf herumdrehten wie Hühner, wenn sie die Hausfrau hören. Im selben Moment quietschte hinter ihm die Gartenpforte. Vater Zima, der die ungewohnt stille alte Kulhánková herausließ, lächelte ihm freundlich zu:

– Kommen Sie herein. Das Mädel wartet schon auf Sie.

– Schwestern in Christo!

vernahm er da Havlíček und fand, daß des Pfarrers Stimme den Tumult ebenso glättete wie Öl die Wogen. Er beschloß, den andern seiner Pflicht zu überlassen und schleunigst der eigenen nachzugehen.

Obwohl er noch nie bei Zimas gewesen war – wir sind nicht in Amerika, pflegte er zu sagen, daß ich die Bälger der Wähler in den Schlaf singe, für mich agitieren Kaufhaus, Kulturhaus, Kindergarten und Tankstelle! (Errungenschaften, von allen vorangegangenen Vorsitzenden versprochen, tatsächlich aber erst von ihm erstritten) –, brauchte er sich nicht mit Milieustudien aufzuhalten, da es hier ähnlich aussah wie in den meisten Wohnungen von S., einschließlich seiner eigenen. Er gewahrte die gleichen, von den Großmüttern geerbten soliden Schränke, angefertigt von ortsansässigen Schreinermeistern, sowie die gleichen gebrechlichen Stühle, angefertigt von deren Enkeln, die im holzverarbeitenden Genossenschaftsbetrieb zusammengefaßt waren, die gleichen schadhaften Teller zweiter Wahl, von der Kirmes herangeschleppt, auf Dachböden gefunden, und auch die funkelnagelneuen Qualitätsgläser, von der Glashütte als Abfall bezogen. Karas konnte sich ganz wie zu Hause fühlen.

– Um Jesu Christi willen, Leute!

rief er aufgeregt, denn noch brodelte in ihm die vorausgegangene Spannung.

– Was macht ihr da für Sachen?

Vater Zima kniete schon wieder vor dem Sofa.

– Ach, der Kontrast war defekt,

erklärte er bereitwillig,

– da hab ich gleich alles in einem Aufwaschen erledigt.

– Ich spreche nicht vom Kontrast,

ereiferte sich der Vorsitzende,

– sondern von dem Tollhaus da draußen! Begreift ihr denn nicht, daß das fast schon eine Demonstration ist?

– Uns stört's nicht,

meinte Zima gutmütig,

– aber vielleicht könnten Sie ihnen sagen, sie sollen morgen wiederkommen. Das Mädel ist schon ein bißchen müde.

Die Zimová gähnte abermals.

– Möchten Sie nicht einen Teller Dillsauce mitessen?

fragte Mutter Zimová.

– Wir sind in dem Durcheinander noch gar nicht zum Essen gekommen.

Die politische Routine legte Karas die Einsicht nahe, daß er mit ihnen seine Zeit vertat; diese Leute von hinterm Mond, wie er sie bei sich nannte, genossen zwar sämtliche Wohltaten einer hochentwickelten Technik, wie sie ihnen nur eine hochfortschrittliche Gesellschaft zur Verfügung stellen konnte, aber in puncto Bewußtsein waren sie noch beim Kaiser und Herrn. Er probierte es, wie manchmal auch daheim, über die Großmutter. Wie sie da so versonnen den angefangenen braunen Strickärmel anschaute, schien sie ihm am ehesten den Ernst der Lage zu begreifen. Er sprach dringlich auf sie ein:

– Großmutter, um Gottes willen, reden Sie ihnen zu!

Die Großmutter gab keine Antwort.

– Die Oma –

sagte Mutter Zimová entschuldigend

– ist taub.

Die politische Notwendigkeit vermittelte Karas die Überzeugung, daß er das Unmögliche versuchen mußte: durch die Nilpferdhaut der Eltern bis zu ihrem Spatzenhirn vordringen.

– Schaut doch mal richtig hin, was sich da draußen tut! Euch stört es nicht, aber Urban –

falls er sie überhaupt aufscheuchen wollte, mußte er ein bißchen übertreiben

– haben sie seine Dienstmütze zertrampelt, und mir haben sie zugebrüllt «Verzieh dich»! Das sind nicht mehr nur Tätlichkeiten gegenüber Amtspersonen, das ist schiere Aufwiegelei, und allmählich stinkt es nach Aufruhr! Und das alles nur, weil eure Tochter mirnixdirnix mit ihrer Weissagerei anfängt!

– Aber sie tut doch gar nicht weissagen,

wandte Vater Zima ein.

Der Situation zum Trotz mußte Karas fasziniert beobachten, wie Zima mit beiden Händen blind und untrüglich die verschiedensten Arbeiten verrichtete: Mit der linken feilte er, mit der rechten zog er eine Schraubenmutter an. Er pfiff den Handwerker in sich selbst zurück, er solle den Politiker nicht aufhalten.

– Nein?? Und was tut sie dann??
– Was sie tut? Wenn sie immerzu gefragt wird, dann antwortet sie eben...
– Aber unglücklicherweise hat sie ein paarmal den Nagel auf den Kopf getroffen!
– Dafür kann sie doch nichts...
– Egal. Jetzt wird man ihr alles glauben, was sie sagt.
– Dann sollte man sie –

schlug Mutter Zimová vom Herd aus arglos vor

– lieber nichts mehr fragen.

Die politische Findigkeit nötigte Karas nunmehr, es mit dem Kind direkt zu versuchen. Er wandte sich ihr freundlich genug zu, um sie nicht zu verängstigen, aber auch streng genug, um jeglichen Firlefanz von vornherein auszuschließen.

– Klára! Könntest du mir gefälligst erklären, wo du das alles eigentlich hernimmst?
– Bitte,

piepste die Zimová,

– ich weiß nicht.

Sie ließ den Kopf sinken wie eine Taube.

– Wieso, «du weißt nicht»?!
– Bitte, ich sage nur, was mir einfällt...
– Aber wie, um Himmels willen, kann dir einfallen, was erst geschehen soll??

Da ließ sich die Oma vernehmen.

– Sie ist noch ungeküßt.

Sie nahm ihre Strickerei wieder auf, schaute indes dabei den Vorsitzenden mit einem so lieben Lächeln an, als erklärte sie einem Kind, warum eine Ziege nicht fliegen kann.

Er hatte den Eindruck, er hätte sich verhört.

– Waaas?
– Wenn ein Mädchen zur Frau erblüht,

verkündete die Großmutter derart überzeugend, daß er es förmlich vor sich sah,

– und sie ist noch ungeküßt, dann hat sie manchmal Zauberkräfte.

Dann neigte sie den Kopf und schickte sich an, Maschen zu zählen.

Als allererstes durchzuckte Karas die Idee, der Zimová augenblicklich einen Kuß zu verabreichen. Dann stellte er es sich bildlich vor und geriet in Wut: So haben wir nicht gewettet, Freunde, einen Hanswurst macht ihr nicht aus mir, das könnte wem so passen, mich abzuschießen, weil ich angeblich auf kleine Mädchen fliege, für einen so ranzigen Speck müßt ihr euch eine blödere Maus suchen, ihr Herzchen, mitsamt eurem durchtriebenen Großmütterlein! Letzteres fuhr er an:

– Und wieso hören Sie mich jetzt?

Sie gab keine Antwort.

– Die Oma –

erklärte Mutter Zimová

– hört nur, wenn sie einen anschaut.

In Rage, wie er war, hockte sich Karas der Oma direkt vor die Nase, zupfte am angefangenen Strickärmel, um sie auf sich aufmerksam zu machen, und artikulierte dermaßen übertrieben, daß sie jeden einzelnen Vokal ablesen konnte:

– Sie soll-ten öf-ter Ih-re En-ke-lin an-schau-en! Sie soll-ten ihr lie-ber das Strik-ken bei-brin-gen ...

Als er zwecks besserer Anschaulichkeit den Ärmel anlüpfte, verschlug es ihm auf einmal die Rede, wie der Strom gestrickter Reihen immer höher wallte, er stand auf, hob das Gestrick zur Brust, zum Kinn, hielt es über den Kopf, aber am Boden verblieb noch immer ein Wollehäufchen. Die Unsinnigkeit dieses Gebildes brachte alle übrigen Gedanken zum Verstummen.

– Was stricken Sie da bloß?
Omas Lächeln erlosch.
– Einen Pullover für den Aprikosenbaum,
sagte sie besorgt,
– die Hummeln summen, daß es zum Advent Frost gibt.

Karas sank schwer auf den Stuhl, den vor ihm die frommen und neugierigen Weiber sich nacheinander untergeschoben hatten. Die Katze Líza schrumpfte in Kláras Armen wie eine zusammengequetschte Harmonika, verlängte sich dann jäh und setzte hurtig über den Tisch hinweg auf des Vorsitzenden Schoß. Mechanisch streichelte er sie und hörte, wie allsogleich in ihr der Motor katzengemäßer Zufriedenheit ansprang. Er schwelgte in der Vorstellung, sie jetzt weiterzustreicheln und überhaupt nie mehr den Mund aufzumachen. Er war felsenfest überzeugt, daß alle sich nach einer Weile an ihn gewöhnen und bis zum seligen Ende mit ihm hier weiterleben würden, als hätte er seit Urzeiten dazugehört. Er war so müde und geistig ausgelaugt, daß ihn all dies eher lockte als entsetzte...

Er raffte sich auf. Er untersagte sich sogar, die Katze zu streicheln. Seine sprichwörtliche politische Ausdauer, die ihn, so glaubten andere und auch er selbst, demnächst auf noch höhere Umlaufbahnen emportragen würde, brachte ihn dazu, es noch einmal im guten zu versuchen.

– Klára!

Er erschrak, wie klagend das klang, behielt den Tonfall jedoch bei, er spiegelte seine Gemütsverfassung wider und mochte wohl auch am ehesten Wirkung zeitigen.

– Deine Einfälle müssen aufhören! Sofort! Da könnte dir ja auch einfallen –

er gestikulierte, da ihm selbst gerade nichts einfiel, aber gleich entsann er sich Urbans

– daß zum Beispiel wegen mir eine Dürre kommt!

– Bitte, nein ...

die Zimová öffnete zwischendurch die zufallenden Augen

– wegen Ihnen kommt eine Überschwemmung ...

– Wie? Was?

– Und dann ein Erdbeben ...

Einen Moment lang starrte er sie offenen Mundes an. Dann stand er so heftig auf, daß Líza alle viere voll zu tun hatte, um mit einem Salto auf denselben zu landen. Jäh war ihm ein Licht aufgegangen: Er dachte wie ein Politiker, wo er wie ein Vater denken sollte; ihn entschuldigte bloß, daß seine Töchter noch nicht mal zehn waren. Deshalb flehten ihn Gattin und Mutter immer an, wenn er sich zuviel zumutete: Schon dich, Fritzl, damit du noch Dampf drauf hast, wenn's die Mädchen einmal erwischt! Zauberkräfte, von wegen! Nein, das war kein Fall für einen Politiker, sondern für einen Arzt!

– Also, jetzt hört mir mal gut zu!

Er deutete mit je einer Hand auf je einen Elternteil und erreichte tatsächlich, daß man von Reparatur- und Kochtätigkeit abließ.

– Erst eßt ihr was, dann macht ihr hier alles dicht und geht allesamt schlafen. Ich verbiete, verstanden?, ich verbiete jegliche weitere Wahrsagerei. Morgen früh schicke ich euch meinen Wagen, und ihr fahrt mit dem Mädel ins Krankenhaus! Zur Untersuchung! Wenn's nur irgendwelche Mädchengeschichten sind, kriegt sie Tabletten und fertig. Wenn's die Nerven sind, kommt sie in Behandlung. Und wenn sie einfach so vor sich hin faselt, dann könnt ihr's euch aussuchen: Entweder ihr paßt selbst auf sie auf, oder ihr überlaßt es uns!

Pfarrer Havlíček hatte schon erreicht, daß Hauptmann Urban sich wieder im Besitz seiner persönlichen Freiheit und seiner Dienstmütze befand, hielt es jedoch weiterhin für erforderlich, die nur langsam abkühlenden Gemüter seiner ergrimmten Schäfchen in einen Zustand umzuschmieden, den er mit seinem Wissen und Gewissen verantworten konnte.

– Bei all unserem frommen Glauben –

sprach er, von der Gartenpforte aus, wie bei all seinen Predigten jedes Wort wohl abwägend, damit er auf keinen Fall Gott weniger gab als dem Kaiser und dem Kaiser nicht mehr als eben unbedingt nötig, wobei er jedoch ganz genau wußte, daß es heutzutage unbedingt nötig war, diesem mehr zu geben als jemals

– müssen wir uns darüber im klaren sein, teure Schwestern in Christo, daß die Zeit der Wunder endgültig vorbei ist und in beträchtlichem Ausmaß von der Zeit der Wissenschaft und Technik abgelöst wurde, deren Erkenntnisse wir keinesfalls einfach abtun dürfen, denn wie alles auf dieser Welt, so kommen auch sie von Gott. Übrigens war es ja die Heilige Kirche selbst, die stets streng und kompromißlos die echten, unleugbaren Wunder von Zufällen oder gar Scharlatanerien zu scheiden wußte, und dies noch strenger und noch kompromißloser auch heute tut, da sie sich voll christlicher Demut bemüht, gehorsam im Einklang mit der Staatsmacht zu leben ...

Er verstummte, denn im selben Moment trat die Staatsmacht in Gestalt des Vorsitzenden des Nationalausschusses durch die Gartenpforte. Karas bedeutete Zima mit einer Kopfbewegung, er möge zuschließen, mit einer weiteren Gebärde schickte er ihn ins Haus zurück, richtete indes sogleich das Wort an die schweigende Menge, wie um den sich entfernenden Vater noch als Zeugen einzubeziehen:

– Genossinnen!

apostrophierte er sie kühn, erreichte jedoch seinen Zweck, denn dieses Wort holte sie wirksamer als Havlíčeks Winkelzüge aus verzückter Träumerei in die nüchterne Wirklichkeit zurück.

– Alles ist klar! Alles ist klar wie Kloßbrühe! Dieses Kind befindet sich in der Pubertät und hat einfach eine lebhafte Phantasie. Morgen wird man ihr in Gegenwart der Eltern die sorgfältigste ärztliche Betreuung angedeihen lassen!

Dann spielte er seinen Trumpf aus:

– Eben hat sie behauptet, uns droht eine Überschwemmung! Hier bei uns, wo wir manchmal das Wasser im Fluß mit der Lupe suchen müssen!

Über diesen Witz lachte er als einziger. Mit dem sechsten Sinn des Politikers wußte er jedoch, daß er die Situation völlig unter Kontrolle hatte. Die Zeit des Zuckerbrots war vorbei, jetzt galt es die Peitsche zu schwingen!

– Bürgerinnen!

rief er, der Erfahrung eingedenk, daß dieses Wort kein Reizwort war und überdies eine magische Wirkung ausübte, denn es leitete in der Regel keine hohlen Phrasen ein, sondern praktische Maßnahmen.

– Jetzt fordere ich euch auf, die öffentliche Ordnung wiederherzustellen und in Ruhe nach Hause zu gehen. Urban,

befahl er, sozusagen als i-Tüpfelchen,

– pfeifen Sie den Wagen her, den Herrn Pfarrer nehmen wir mit!

Er war seiner Sache schon so sicher, daß er sich zum guten Schluß einen Kardinalfehler leistete.

Die Menge, eben zur Gehorsamkeit herabgestimmt, wie sie Weiberröcken ziemt, wurde abermals zur aufsässigen Bestie. In ihrer Erinnerung flackerte ein Erlebnis auf, dem auch nach Jahren noch Bitterkeit anhaftete: Pfarrer Hakl, von den Totenköpfen weggeschleppt, und auch Havlíček selbst, schon einmal seinem gläubigen Volk entrissen und per Schub zu irgendwelchen Heiden verfrachtet. Bevor Urban dazukam, seine Trillerpfeife zu betätigen, stimmten die Frauen um die Wette ein Pfeifkonzert an, eine Kunst, die sie schon als

Hirtenmädchen erlernt hatten. Havlíček, der den Irrtum sofort durchschaute, stand inmitten dieses Tumults mit den traurigen Augen eines Märtyrers für eine Sache, die nicht seine eigene war.

Gleich darauf merkte Karas seinen Lapsus, und als ihm zu Bewußtsein kam, wie seine reine Absicht aufgefaßt worden war, errötete er, wodurch er den irrigen Eindruck noch verstärkte. Auch das merkte er, und dann blieb ihm nichts anderes übrig, als sich reinzuwaschen und die Menge mittels eines Vorschlags zu überzeugen, der ihm andernfalls nicht einmal im Traum in den Sinn gekommen wäre.

– Leute!

gelang es ihm, sie zu überschreien und überdies mit einer Anrede zu verblüffen, wie die Frauenkongregation sie noch nie gehört hatte.

– Nehmt doch Vernunft an! Ich lade den Herrn Pfarrer zu einer wichtigen Sitzung!

Als dann das Polizeifahrzeug sie an dem Spalier entlangsteuerte, das zum Segen niedergekniet war, den Havlíček vom Nebensitz aus beklommen erteilte, während Urban vorn unsicher salutierte, sann Karas fieberhaft über einen Ausweg aus dieser Bredouille nach. Sich zu Fuchsens Empfang in Begleitung des Pfarrers einzufinden, das war ebenso absurd, als hätte er Havlíček ministrieren wollen. Er gedachte einerseits sein Gesicht zu wahren, war jedoch anderseits überzeugt, der christlichen Frauenschaft ohne Pfarrer nicht Herr zu werden; bei beiden Überlegungen dachte er zudem ständig an seinen Vater.

Wieder einmal zog er die Uhr hervor; er war zu spät dran, aber die Ereignisse entschuldigten ihn. Der Fall erreichte zusehends die Ambivalenz großer Schlachten: Der Sieg drückt den Fehlern den Stempel des Genies auf, wohingegen die Niederlage aus ihnen den Strick des Hochverräters dreht.

Er wußte, schon morgen konnte er eine politische Leiche sein – jener Karas, der den ersten Kirchenaufstand im verwirklichten Sozialismus verschuldet hat! – oder aber emporgeschleudert werden zum politischen Olymp – dieser Karas, der das wildgewordene Pfaffengesindel so elegant pazifiziert hat! Rasch fand er die optimale Lösung.

– Fahr beim Ausschuß vorbei, Véna!

sagte er zum Wachtmeister am Steuer.

Er mußte sich sein Referat Nr. 1 abholen, und Havlíček gedachte er dort mit der schriftlichen Erfassung des Materials für die abendliche Ratsversammlung zu betrauen, zu welcher er ihn gefahrlos als Experten hinzuziehen konnte. Außerdem war er im Ausschuß besser aufgehoben als in der Pfarrei, falls ihn etwa jemand zu einer Prozession animieren wollte!

Also forderte er ihn noch während der Fahrt auf, klipp und klar die Geschichte des Klarakultes in S. zu Papier zu bringen, einen Bericht über seinen heutigen Auftritt und den Vorschlag einer Resolution, er verbesserte sich: den Vorschlag einer Gegenaktion, er verbesserte sich abermals: den Vorschlag eines Fazits, das er dem Kreiskirchenvorstand zu unterbreiten gedachte, nein, Kommando zurück, dem Kreissekre …

– Kruzitürken,

schloß er nervös,

– Sie wissen schon, wen ich meine, Herr Pfarrer!

Dann beauftragte er Urban, augenblicklich Maruška ins Ausschußbüro zu bringen, notfalls mitsamt den Gören, mochten die in seinem Waschbecken Schiffchen schwimmen lassen! Und er solle dem Herrn Pfarrer einstweilen den Wachtmeister zur Verfügung stellen, was alle einschließlich Havlíček richtigerweise dahin gehend verstanden, daß der Wachtmeister ihn bewachen sollte.

Als alle vier, bevor sie sich trennten, erst noch zur Kanzlei hinaufstiegen, in der Hoffnung, daß Maruška dort vielleicht schon thronte, war Karas bereits leiblich und seelisch wiederaufgerüstet.

– Wenn man schon am Samstag einen Arzt zu Rate gezogen hätte,

dozierte er,

– dann wäre uns das alles erspart geblieben. Jetzt werden wir darüber zentnerweise Protokolle abfassen, und Fuchs wäscht uns den Kopf, weil hier zu seinem Amtsantritt gleich die Kontrollen angereist kommen!

Als älterer Mann schaute einzig der Pfarrer beim Treppensteigen, wo er hintrat. Seine Aufmerksamkeit wurde von einem Rinnsal geweckt, das neben ihnen an der Wand entlangrieselte.

– Aber wenn doch das Mädel...

hub Urban zu seiner Verteidigung an.

– Weil nämlich –

unterbrach Karas brüsk, der es prinzipiell nicht vertrug, wenn einmal gelöste Probleme endlos wiedergekäut wurden

– keiner von euch eine gescheitere Idee hatte, als sie nach den Lottozahlen zu fragen. Hättet ihr sie ausgefragt, wie sich's gehört, dann hättet ihr gleich erkennen müssen, daß sie spinnt. Überschwemmung!!

Nun schüttelte er gar den Kopf über die Kleine und die Großen, wobei er den Schlüssel aus der Tasche zog und die Tür mit der Aufschrift VORSITZENDER DES STÄDTISCHEN NATIONALAUSSCHUSSES aufsperrte. Mit ganz anderer Stimme entfuhr es ihm sodann:

– Jesusmar...

Mehr brachte er nicht zustande.

Die Tür flog ihm entgegen, und die Beine wurden ihm fast von einer Wasserwoge weggerissen, die ihn im ersten Moment fast bis an die Schenkel umspülte. Auf der Oberfläche der Flutwelle trieben Bleistifte, Lineale und eine Unmenge aufgequollener Akten mit amtlichem Briefkopf an ihm vorbei. Hinter Karas brandete sie in Sekundenbruchteilen gegen das Geländer, glücklicherweise von jugendstilhafter Unverwüstlichkeit, sowie der Reihe nach gegen Urban, Havlíček und den Wachtmeister. Dann ergoß sie sich sturzbachartig ins Erdgeschoß, wo sie zunächst auf den Steinfußboden klatschte, bevor sie schmatzend kellerwärts treppab schwappte. Aus der Tür sprudelte weiterhin ein ergiebiger Quell.

Als erster fand Havlíček die Sprache wieder. All das in Jahrzehnten kunstvoll gefügte Gleichgewicht zwischen dem Gebot festen Glaubens, ihm auferlegt vom Heiland, und den Geboten taktischen Lavierens, ihm aufgetragen von der Kirche, ein Gleichgewicht, das den Stürmen weltweiten Völkerkrieges und den Windböen heimischen Klassenkampfes standgehalten hatte, war von ein paar Hektolitern Wasser hinweggeschwemmt worden. Seine Seele war erfüllt von Gottesfrieden, und die Zunge formulierte ungehindert das tiefinnerste Empfinden des Christen: Demut und Ehrfurcht vor dem Allmächtigen.

– Sancta Clara, ora pro nobis ...

Mehr hörten Karas und Urban nicht mehr, nicht einmal das nahmen sie wahr, sondern stürzten, kaum vom Schrecken erholt, dicht hintereinanderweg ins Vorzimmer und weiter durch die Tür, deren Schnäpper den Druck nicht ausgehalten hatte, in Karasens Büro. Die Ursache war von weitem sichtbar: Ins von einem nassen Handtuch verstopfte Waschbecken strömte das Wasser aus dem Hahn, den Karas nach der Hiobsbotschaft abzudrehen vergessen hatte. Er tat es jetzt und betrachtete stumm das Werk der Verwüstung.

Hatte er im Mai erklärt, sein Büro gleiche einem Schwamm, so war er jetzt um einen Vergleich verlegen: Das Wasser hatte das Werk bis zur Höhe der Fenster vollendet. Es war in Tisch und Schrank gedrungen, er hoffte nur, es möge den Tresor verschont haben, wo er die geheimen Richtlinien für den Fall eines Aufstandes oder Krieges aufbewahrte. Wie durch ein Wunder hatte es indes vor der Schreibtischplatte haltgemacht, und auf der lagen, Extrakt allen menschlichen Gedankenguts, der Sintflut entronnen, seine Referate Nr. 1 und Nr. 2.

Aber nicht einmal das verschaffte seinem gemarterten Geist Erleichterung. Wie irre glotzte er den Hauptmann an und fragte mit erstickter Stimme:

– Was hat sie da gesagt von ... ???

XII

Um zehn Uhr bebt die Erde. – Laßt sie endlich in Ruhe, damit sie bis dahin ein bißchen schlafen kann! – «Esplanade.» – Der Vorteil einer Beichte gegenüber einem Verhör. – Mich bringst du nicht ins Schwimmen, Reineke! – Betrunkene Schicksalsgöttinnen. – Die Abenteuer des Parteisekretärs der Stadt S. im Fluß S. – Ich bin Ihr Dummkopf! – Kann man nichts machen, wir müssen was machen! – Offene Augen beneiden den blinden Glauben. – Vier zu vier. – Besser Angst als Schrecken. – Ja!

Als sie sich aus dem Schlimmsten herausgewunden hatten – für mehr blieb keine Zeit –, rief Karas zunächst einmal im Parteisekretariat an. Als er hörte, man warte auf Fuchs noch immer, wurde ihm wohler. Er bat, ihn beim Genossen zu entschuldigen, er müsse aus hochwichtigen Gründen – der

Svozilová, die sämtlichen bisherigen Parteisekretären als Sekretärin gedient hatte, konnte er kurz und bündig anvertrauen, worum es ging – noch einmal zu den Zimas, werde aber im Handumdrehen eintreffen.

Vor der Abfahrt durfte er noch aufatmen, als er den Inhalt des Tresors unversehrt vorfand; dann eilte er in den Keller, wo er zuerst zum zweitenmal aufatmete, bevor er gleich darauf feststellte, daß das Wasser durch den im Rahmen der Alarmbereitschaft geöffneten Notausgang in den benachbarten Keller abgeflossen war, den der Zivilschutz heimlich zur Einlagerung von ABC-Material benützte; er selbst hatte früher angenommen, es handle sich um irgendwelche Propagandaheftchen, jetzt wußte er indes nur zu gut, daß hier unter dem Wasser, das nicht mehr weiterkonnte, Mittel zum vorbeugenden und nachträglichen Schutz gegen atomare, biologische und chemische Angriffe lagerten, einschließlich des Chlors zum Bestreuen der Opfer. Gewöhnt, augenblicklich eine Liste möglicher Kalamitäten zusammenzustellen, um zu wissen, was nun und was dann, fand er es tröstlich, daß ihm diese keine Kopfschmerzen zu bereiten brauchten, bis ihn der Gedanke erschauern ließ, daß ihm ausgerechnet dieses Chlor bald fehlen könnte. Er gebot dem Wachtmeister, die Zivilschützler und die Feuerwehr zu rufen, vor allem aber den Mund zu halten. Er überließ es ihm, mit diesem Dilemma fertigzuwerden, nahm seine Referate und brach mit seinem Gefolge zu den Zimas auf.

Urban, der nun statt des Wachtmeisters hinterm Steuer saß, konnte den Blick nicht vom Rückspiegel losreißen. Den Pfarrer hatte Karas unter diesen Umständen begreiflicherweise wieder mitgenommen, und dem Hauptmann war zumute, als fahre er mit dem Dienstwagen nach dem Vorbild verschiedener utopischer Bücher in eine falsche Zeitsphäre, in der Patres die Rolle heutiger Politruks spielten. Oder aber, überlegte er verwirrt, vor Augen immer noch seine größte Demütigung, als er seine Dienstmütze über einem Ziegenbart erblickt hatte, knistert es vielleicht doch im Gebälk? Seit er vor einer Stunde miterlebt hatte, wie Havlíček mit einer Geste seiner weichen Hand den Haß erdete, mit dem weder er noch Karas fertiggeworden waren, verspürte er zum erstenmal eine sonderbare Unsicherheit, die er vorläufig nicht zu benennen vermochte. Er zweifelte nicht an den Werten, die ihm sein Vater, zwar kränklich, aber auch hellsichtig, vermacht hatte und derentwegen er selbst zu dem Entschluß gelangt war, dem verachteten Beruf des Polizisten zu neuen Ehren zu verhelfen; nachdem er aber an einem Tag zwei Volksaufstände erlebt hatte, deren ersten er sogar gutheißen mußte und deren zweiten nicht etwa der Schlagstock in der bewaffneten Faust des Sozialismus entschärft hatte, sondern das Zureden seines ideologischen Feindes, mußte er sich als Ehrenmann fragen, ob seine Weltsicht nicht noch einer anderen Korrektur bedurfte als derjenigen, die ihm der Militäroptiker am vergangenen Freitag verschrieben hatte.

Karas und Havlíček dachten beide an dasselbe: Ersterer wünschte inständig und letzterer betete inbrünstig, die Befürchtung des Vorsitzenden möge einem Hörfehler entsprungen sein. Noch mehr als Urban deprimierte Karas die Vorstellung, nach all den Jahren, in denen er sich vom dummen Glasbläserbuben und naiven politischen Schwärmer zu einem Mann gemausert hatte, der seine Mitbürger zu vernünftigen und verständlichen Zielen zu führen vermochte, könnte er nun, fast auf seine alten Tage, genauso hilflos dastehen wie ein kleines Kind. Havlíček hingegen machte sich Vorwürfe, er habe sich vom Hochmut des einzig Sehenden hinreißen lassen, statt seinen Nächsten das Joch der Blindheit tragen zu helfen, um so eher, als er sich eingestehen mußte, daß der Mann neben ihm, so merklich unter der

Last der ihm eben offenbarten ewigen Wahrheit leidend, die seine irdischen Illusionen hinweggefegt hatte, die Interessen der Gläubigen in diesem letzten Winkel des Planeten oft viel besser vertrat als die ganze hochlöbliche Diözese.

Die Prozedur des Herausklingelns der Zimas erlebte Urban nun zum drittenmal, und sie ging ihm desto mehr auf die Nerven, je dringender man die Zimas aufsuchen mußte. Das Nachsinnen wich der nüchternen Überlegung des Polizisten: Er schlug im Gedächtnis die Ausführungsbestimmungen auf und suchte einen Paragraphen, nach dem man ohne Einwilligung befugter Personen auf ein fremdes Grundstück hinüberklettern oder eventuell durchs Fenster in ein fremdes Haus einsteigen konnte. Er entschied sich für «Betreten im Notfall», wonach der Feuerwehr und den Ordnungshütern das Vordringen zu bedrohten Personen möglich war. Er zog sich an der Pforte hoch und stieß sich eben ab, als die Haustür geöffnet wurde und Vater Zima auf der Schwelle erschien; die herabhängenden Träger verrieten die Eile, mit der die Hose übergestreift worden war.

– Herr Zima,

sagte der Vorsitzende hastig und unter Verzicht auf die Anrede «Genosse», womit er unwillkürlich die Überparteilichkeit seiner Mission betonte und dem anwesenden Geistlichen Achtung zollte,

– wir müssen noch einmal dringend Ihre Tochter sprechen!

In der gewohnt entgegenkommenden Einwilligung des Riesen schwang ein höflicher Einwand mit.

– Aber ja... Aber nicht lange, das Mädel ist schon ganz abgekämpft...

– Sicher, sicher! Ein paar Worte hier draußen genügen!

– Kommen Sie nur herein...

– Nein, nein, rufen Sie sie her!

– Das geht nicht...

– Herr Zima,
forderte Urban,
– machen Sie keine Schwierigkeiten und verzög...
– Wir baden sie gerade,
erklärte Zima und sperrte die Pforte auf,
– und da wäre Zugluft...
– Gut, gut!

Der Vorsitzende gedachte keine Zeit zu vertun, stürmte allen voran ins Haus und machte erst im Flur ungeduldig halt.
– Also, wo ist das Bad?
– Vielleicht sollte man unseretwegen –
gab der Pfarrer zu bedenken
– das Mädchen erst mal vorbereiten...
– Wozu? Nein, nein, keinerlei Vorberei...
Dann kapierte Karas und schnauzte:
– Dann gebt ihr halt einen Schlafrock, das wird doch wohl kein solches Problem sein!

Während des Wartens in der Küche konnten sie es kaum erwarten. Die Untätigkeit ließ sie erst so richtig wahrnehmen, wie kalt und klebrig ihre durchnäßten Hosen und Schuhe waren, Havlíček belastete zudem seine vollgesogene Soutane. Zu allem Überfluß verbrachten sie die Wartezeit auch noch in Gesellschaft der Großmutter, die gerade nicht strickte und ihnen so lieb zulächelte, daß es Karas um so betroffener machte, als sie auf seine Worte überhaupt nicht reagierte. Er konnte nicht ahnen, daß die Oma auch beim zweiten Nachschauen kein Schreiben der Pfarrei von S. im Briefkasten vorgefunden hatte, inzwischen jedoch selbst auf Abhilfe gekommen war; sie war schon gespannt, wie der Opa morgen unter dem Wenzelsdenkmal gucken würde.

Klára, in ein Badetuch gewickelt, wurde von Zima auf den Armen hereingetragen. Ihr Gesicht glühte nach dem Bad, das Haar hing schlaff herab, die Augen hatten ihre Mandelform eingebüßt und ähnelten Rosinen. Das Mädchen kam Karas vor wie ein erschöpftes Tierlein, aber was half's? Man mußte sie fragen. Trotzdem scheute er davor zurück.

– Besser, Sie fragen, Herr Pfarrer!

Der Pfarrer leistete dem Appell Folge.

– Klárka,

sagte er beschwichtigend und faltete aus Gewohnheit die Hände,

– es tut uns leid, daß wir dich schon wieder stören müssen, aber es geht um eine ernste Angelegenheit. Eine sehr ernste. Weißt du noch, was du dem Herrn Vorsitzenden gesagt hast, als er dich zuerst gefragt hat, was uns bevorsteht?

– Bitte, ja,

nickte die Zimová.

– Und kannst du's uns wiederholen?

– Bitte, eine Überschwemmung...

– Und noch etwas?

– Bitte, ja.

– Kannst du uns das auch sagen?

– Bitte, ein Erdbeben...

– Mein Gott!

hielt es der Vorsitzende nicht mehr aus.

– Und wie ist dir das...

Er hielt sich zurück.

– Besser, Sie fragen, Herr Pfarrer...

Havlíček war, seiner Biographie zum Trotz, ein schüchterner Mensch, sogar bei der Beichte genierte er sich, Fragen zu stellen, und schüchterne Gläubige hatten manchmal ihre liebe Not, die kniffligeren Sünden loszuwerden. Jetzt wußte er nicht recht, was er dem Kind abverlangen sollte.

– Und kannst du uns... Was kannst du uns noch sagen?

– Bitte, nichts.

Der ermittlungserfahrene Urban griff ein.
– Wann soll das sein?
– Bitte, um zehn...
Die Augen fielen ihr ganz zu, und das Köpfchen fiel ihr auf die väterliche Brust.
– Schlaf nicht!
vergaß sich Urban. Er hatte sie angeplärrt wie seine faule Věra, wenn die über ihren Aufgaben eindöste, und sich zu einer Geste hinreißen lassen, als wollte er den Rest aus ihr herausschütteln.

Im nächsten Moment befand seine Hand sich im Schraubstock von Zimas Linker. Jäh gab der Vater die Rolle des biblischen Geduldslammes auf, indem er seine Tochter mit der Rechten wie eine Feder hochhob, um sie auf seine Schulter zu betten, und mit unerwarteter Entschiedenheit sprach:
– Laßt sie endlich in Ruhe!
– Hören Sie, Herr Zima...
– Für heute reicht's ihr.
– Herrgott, haben Sie nicht gehört??
versuchte Urban es noch einmal.
– Sie sagt, bei uns gibt's ein Erdbeben!!
– Aber erst um zehn,
sagte der Riese,
– also laßt sie in Ruhe, damit sie bis dahin ein bißchen schlafen kann.

Er ließ Urbans erschlaffte Hand los und trug die schlafende Tochter hinaus auf den Flur. Die knarrenden Stufen meldeten seinen Aufstieg zum Mansardenschlafzimmer.

Als sie um halb fünf endlich im Parteisekretariat angewatet kamen – nach Abwägung sämtlichen Für und Widers hatte Karas den Pfarrer doch noch mitgenommen, im Pfarrhaus war er gefährlich, im Nationalausschuß hätte er sich erkältet, und im Polizeifahrzeug hätte er eine neuerliche Zusammenrottung der Bürger verursachen können –, war Fuchs noch immer nicht da. Was der Vorsitzende noch vor einer Stunde lobgepriesen hatte, drückte ihn jetzt wie ein Alp: Ohne den Parteisekretär trug die ganze Verantwortung er. Und die war selbst für zwei zuviel; blieb sie ihm allein überlassen, konnte er von vornherein mit einem gebrochenen Genick rechnen. Er besah die Parteibüromitglieder, die sich scheu mit dem einzigen Mitbürger bekanntmachten, den sie noch nie gesehen hatten, weil sie ihm weder am Arbeitsplatz noch bei Versammlungen begegnet waren; sie kannten Havlíček nur aus den Dossiers der Staatssicherheit, in denen er recht günstig beurteilt wurde. Der Pfarrer hatte ihnen, was ihn ein bißchen bedrückte, voraus, daß er sie ziemlich genau kannte, und zwar aus den Beichten ihrer Angestellten, Nachbarn und Freundinnen, in denen sie äußerst schwankend beurteilt wurden.

Theoretisch war der erste Mann in der Stadt der Vorsitzende des Parteibüros. Praktisch war diese Funktion der letzte Überrest aus den vorsintflutlichen Tagen, ehe die Partei begriffen hatte, daß die neue Zeit neue Männer erforderte, keine ewig sentimentalen Romantiker, sondern stets kühle Profis. Diese fand sie in ihren Sekretären, auf den Vorsitzendensessel wurden indes harmlose «Verdiente» gewählt und von einflußreichen «Ausgedienten» der Obrigkeit protegiert, die nicht begriffen, daß sich darin ihre Macht erschöpfte. Der Vorsitzende Rohlík, vor fünfundvierzig Jahren am Gründungskongreß der Partei als Saalordner anwesend, war nach dem Tod der meisten damaligen Delegierten den ausländischen Delegationen und den Teilnehmern aller möglichen Versammlungen republikweit so ausgiebig vorgeführt worden, daß er mitunter das Gefühl hatte, er habe die Partei ganz allein gegründet. Den Stolz auf ihre Erfolge überwog nach und nach leider die Verantwortung für ihre Mißerfolge, so daß man ihn nach einer gewissen Zeit nur noch vorzeigte, ohne ihn reden zu lassen, damit er sich nicht immer nur weinerlich entschuldigte; wegen seiner Rührseligkeit hatte er längst den Spitznamen Rührei.

Glashüttendirektor Martinic und Krankenhausdirektor Brabec blieben immer peinlich bei ihrem kommerziellen respektive gesundheitsdienstlichen Leisten. Schuldirektor Plavec war ein Schwätzer und Schwächling, der durch Handzeichen allem zustimmte, um bald wieder bei seiner jungen Frau zu sein, die ihn – dem sachverständigen Urteil von Frau Karasová zufolge – nur deshalb nicht betrog, weil sie eine bigotte Ziege war, was Plavec geschickt zu verbergen verstand, indem er sie zur Beichte nach Prag fuhr. Der Gewerkschaftssekretär Mokrý hatte das Pech gehabt, Martinic auf dem Weg vom Bus vor den Wagen zu laufen. Mokrý war mittags mit dem Flugzeug aus Ivalo heimgekehrt, und man merkte ihm an, daß er mit dem einen Teil seines Wesens noch hinterm Polarkreis weilte, während er mit dem anderen schon an Gattin, Töchter und Verwandtschaft Strumpfhosen austeilte, von denen er bestimmt den ganzen Koffer voll hatte. Die Jugendsekretärin Žáčková, ein vernünftiges, ernstes Mädchen, die Karas jetzt hochwillkommen gewesen wäre, hatte angeblich kurz zuvor aus Prag angerufen, sie habe Schwierigkeiten mit dem Genossen Savola, den sie begleitete. Genosse Savola, Sekretär der Jugendorganisation des Demokratischen Bundes in Ivalo, habe, wiewohl nach dem Genuß nur eines einzigen Aperitifs in der Snackbar «Zum Schwan», wohin sie ihn vor der Besichtigung der ständigen Ausstellung gotischer Kunst geführt habe, auf dem Weg durch den Park zum Hradschin den Stadtgärtnern die Säge weggenommen und sich ans Holzfällen gemacht, bevor er überwältigt und festgenommen worden sei; die

Polizei habe von ihr die persönliche Bürgschaft des Stadtsekretärs verlangt; das war bis zu Karasens Anruf der Hauptgrund gewesen, warum Fuchs so dringend benötigt wurde.

Das Fatale war nämlich, daß Fuchs noch keine Gelegenheit gefunden hatte, an die Svozilová eine «Esplanade» auszugeben, wie schon Ende der vierziger Jahre der witzige Sekretär Brož, Großvater des Häuptlings Brož aus der 8a, den «EinSatzPLAN Auffindung Des Ersten» genannt hatte. Er und jeder einzelne seiner Nachfolger hatten jeweils einen anderen ausgegeben, den kuriosesten Brož selbst, welcher der Svozilová auf der Generalkarte der Volksmiliz die entsprechenden Pilzplätze markierte, den kompliziertesten Lebeda, der beim Ebnen seines Wegs nach oben unerwartet zahlreiche Stationen absolvierte, was sie seiner Gattin und den Genossen jeweils anders klarmachen mußte. Auf der Rangliste der Bestinformierten Personen nahm sie in S. gleich hinter Havlíček und der Nováková den bronzenen dritten Platz ein; mit großem Abstand folgte der Sicherheitsreferent.

Nach der Meldung der Žáčková begann die Svozilová sich den Kopf zu zerbrechen, an wen man sich vorsichtig wenden sollte, da die Sekretärin des Kreissekretärs Kaprál eine dumme Trine war, die sich weigerte, ihre Kolleginnen in den unteren Rängen zu informieren, aus der, wie sie zu ihrer Entschuldigung anführte, ihr angeborenen Anständigkeit, wobei sie, auf der zur Zeit auch innerhalb der roten Elite modischen Welle reitend, endlich dem blauen Blut der Auerspergs Geltung verschaffte, von denen die Svozilová ungesäumt in Erfahrung gebracht hatte, daß sie im Laufe der Jahrhunderte jeden verraten hatten, den sie nur konnten. Durch den wunderbaren Zufall, der heute in S. so verschwenderisch sprudelte, wurde sie soeben auf einen Sprung von der Sekretärin des Kreisnationalausschusses besucht, die hergefahren war, um in der Glashütte die zwölf Dutzend der als Ausschuß deklarierten Einmachgläser bester Qualität abzuholen, ihre Entlohnung für jene diskrete Gefälligkeit, die sie der Svozilová haarklein schilderte. Nachdem beide übereingekommen waren, daß die Tikalová zwar Grips hatte, aber ihrem Schürzenjäger lieber Hörner aufsetzen sollte als Autos kaputtzufahren, kam Fuchs an die Reihe. Die Tratschgeschichten über ihn, von der kriecherischen Auersperg der Sekretärin des Kreissekretärs hinterbracht, die, glücklicherweise eine Frau aus dem Volk, skrupellos den Klatsch wie Radarstrahlen ins Kreisbüro zurücklenkte, warfen die Svozilová schier um. Sie folgerte, daß sie den neuen Chef am ehesten wohl im Bett des Genossen Direktor Plavec finden würde, und spielte kurz mit dem Gedanken, diesen anonym zu benachrichtigen, er möge wegen der Erdbebensache sofort heimgehen. Aber ihr fehlten nur noch zwei Jahre bis zur Rente, sie verfügte über ihre eigenen Begriffe von Anstand, die sie nicht zur Schau stellte, und außerdem hatte sie keine Lust, auf ihre alten Tage, zumal in einem dörflichen Rathaus, die Machtspiele junger Kurtisanen an Königshöfen zu spielen. Sie verabschiedete sich von der Freundin, legte die Information in der Gruft ihres Gedächtnisses zu den anderen Intimitäten und grübelte weiter.

Karas fand einen Ausweg. Er beschloß, Frau Fialková hinzuzuziehen, die Vorsitzende des Frauenrates, im Zivilleben Direktorin des Lehrlingsinternats der Glashütte, die ursprünglich erst am Abend kommen sollte, denn als einzige Parteilose verwandelte sie die Sitzungen des städtischen Parteibüros in Versammlungen des Stadtrats. Er vergaß völlig, wie sehr er seit aller Frühe über sie geschimpft hatte, da er eigentlich nur ihretwegen das Referat Nr. 2 erstellt hatte, und sehnte sich nach ihrem Mumm und Mundwerk, was beides sie als eine von wenigen befähigte, einer etwaigen neuerlichen

Zusammenrottung dieser Betschwestern entgegenzutreten.

Er begann schon Verrat zu wittern: Fuchs ist offenbar rechtzeitig informiert worden und hat die abscheuliche Methode Klouzas gewählt. Am Abend läßt er uns aus dem Parteihospital ausrichten, er bitte um Entschuldigung und freue sich auf ein baldiges Wiedersehen. Karas setzte erfahren seine einzige Verteidigungswaffe ein, die anläßlich eines ähnlichen Schlamassels die gegenwärtigen Parteigrößen erfunden und dann zum Glück, bei Schönwetter, in weiser Voraussicht in den Statuten verankert hatten: Er gedachte, auch Havlíček an der Verantwortung zu beteiligen, diesen Verein zum Krisenstab der Nationalen Front zu erklären und über seinem bedrohten Kopf den Schirm der Kollektivführung aufzuspannen.

Mich, drohte er im Geiste, bringst du nicht so leicht ins Schwimmen, Reineke!

Fuchs schwamm zu dieser Zeit schon drei Stunden im Fluß S. und hatte mit dessen träger Strömung gut fünfzehn Kilometer zurückgelegt, ohne an seiner Lage etwas wesentlich gebessert zu haben. Der Wasserlauf wand sich hier durch Naturschutzgebiet, wo es keine Ferienhäuser gab, vorbei an Hainen und Feldern, wo es keine Menschenseele gab. An diesem Junimontag waren die Urlauber schon in die Städte zurückgekehrt, um sich am staatlichen Arbeitsplatz von der aufreibenden Schinderei mit den eigenen Beeten zu erholen, und dorthin waren auch die Landbewohner gefahren, um landwirtschaftliche Erzeugnisse einzukaufen. Auf dem Trokkenen hatte Fuchs ohne Kleidung keine Chance, er mußte so lange weiterschwimmen, bis ihm direkt aus dem Wasser Rettung zuteil wurde.

Das Wasser war nicht kalt, es war aber auch nicht warm, es drohte mit keiner Erkältung und kühlte die geröteten Spuren der Ohrfeigen, aber er litt die ganze Zeit pausenlos unter dem Schamgefühl des unterlegenen Männchens, multipliziert mit der Niedergeschlagenheit des Sisyphos, dem der Felsblock des Schicksals in eben dem Moment entgleitet, wenn er endlich vermeint, ihn auf die erste geeignete Ebene wälzen zu können.

Die Schicksalsgöttinnen an der Wiege des Richard Fuchs waren wohl entweder zerstritten oder betrunken: Sein Leben wurde von gegensätzlichen Kräften gebeutelt, seine Chancen wurden im Keim zunichte gemacht, um aus der Asche noch verlockender aufzuerstehen. Richards Vater war auf dem besten Weg gewesen, das Schuh-Imperium des Fabrikanten Bata zu gefährden, als ihm zuerst der Weltkrieg die billigen Gummimärkte wegschnappte und dann der heimische Putsch zunächst alles über fünfzig Arbeiter und anschließend auch den Rest kassierte. Geblieben war ihm nur die vom Großvater hinterlassene, altehrwürdige Schusterbank und der junge Sohn, der als künftiger Konzernchef von der Pike auf sämtliche Berufszweige des Metiers erlernen sollte, vorab die Schusterei. Beim Schuster war es dann auch geblieben.

Die Schicksalsgöttinnen waren sich auch über das Verhältnis von Statur und Natur des Knaben nicht einig geworden. In dem schmächtigen Körper wurde ein expansiver Geist untergebracht, um den man offenbar einen Hünen geprellt hatte. Als er nach der Pubertät die Hoffnung verloren hatte, der Panzer des Leibes werde doch noch um einiges wachsen, versuchte er wenigstens dem Panzer beengter Verhältnisse zu entkommen. Er erkannte rasch, daß seine Deklassierung einen bizarren Vorteil bot: Er war bis auf den Grund geschleudert worden, doch statt in Panik hochzukrabbeln und zu fallen wie ein Käfer in der Flasche, drückte er sich so dicht wie möglich an den Boden, ahnend, daß der Mensch eben dort zum Humus wird, aus dem geschichtserschütternde

Kraft keimt. Ein Schuster, der an der Werkbank Schuhe benagelt, gleicht niemandem so sehr wie einem Schuster, der an der Werkbank Schuhe benagelt, doch sein Schemel bleibt wacklig, denn er kann aus zwei Blickwinkeln betrachtet werden: Von oben gesehen, verschmilzt er sozial mit der arbeitenden Masse; aus deren Sicht ist er jedoch der unmittelbarste und daher verabscheuungswürdigste aller «Herren». Richard hatte sich lieber direkt ans Fließband gesetzt. Ein Schuster am Fließband gleicht niemandem so sehr wie einem Proletarier, der nur seine Fesseln verlieren kann, und niemandem so wenig wie einem Ex-Juniorchef, der einen Schuhkonzern verloren hat.

Die Revolution beförderte, wie den Bedřich Karas von der Glasschmelzwanne, so nicht wenige Schuster vom Fließband ans Steuer von Gemeinden, Kreisen, Bezirken, ja sogar des Staates, wo sie sich die ersten Sporen und Stricke verdienten. Am Fließband blieb das Gros der Schuster, das wie ein Ei dem anderen jedem beliebigen Gros gleicht. Das Gros arbeitet, schimpft auf die Verhältnisse und freut sich an den einfachen Dingen des Lebens. Vom Fließband steht es nur auf, wenn es dazu von der Unfähigkeit der Regierung und der Wendigkeit der Opposition aufgepeitscht wird, um durch das Vorzeigen seiner Kraft das alte Regime zu verbessern oder durch ihre Anwendung hinwegzufegen. Dann tanzt das Gros erfolgstrunken auf den Straßen und jubelt den neuen Führern zu, bis diese ihm die Waffen abschwatzen und es zwingen, sich wieder ans Fließband zu setzen. Dort arbeitet das Gros dann, schimpft auf die Verhältnisse und freut sich an den einfachen Dingen des Lebens, solange andere Führer es nicht auf andere Barrikaden hinaustreiben.

Nicht so Richard Fuchs. Er arbeitete fleißig am Band, träumte weder von der alten goldenen noch von der künftigen besseren Ordnung; die Rückwendung zu jener und die Hinwendung zu dieser erschien ihm beim bloßen Anblick der Weltkarte als eine Fata Morgana. Die Revolution, die seine ursprünglichen Pläne vereitelt hatte, erschien ihm als die einzig solide Basis für einen Alternativplan. Das fleißige Studium politischer Literatur bereicherte ihn früh um den berühmten Satz von der Revolution, die ihre Kinder frißt. Die regelmäßige Lektüre der Parteizeitung lohnte sich bald durch die Feststellung, daß das Bankett bereits begonnen hatte. Da war er schon selbst imstande, die Unbekannte in der Gleichung auszurechnen: Wie ist die Revolution, die ihre Kinder frißt? Kinderlos. Was braucht eine kinderlose Revolution vor allem? Neue Kinder, dankbarer als die gefressenen. Doch wo sie hernehmen, ohne eine ganze Generation abzuwarten? Fuchs beschloß, sich adoptieren zu lassen.

Das eigene Kind kann schielen und stehlen, es wird deshalb nicht weniger geliebt. Ein Kind, das ein Adoptivelternteil finden möchte, muß so beschaffen sein, daß dieses sich in ihm wieder- und dadurch an ihm Gefallen findet.

Richard, darauf vorbereitet, sich dereinst von Kneif und Schusterpech in den Sessel seines Vaters hochzuhangeln, setzte jetzt, nicht faul, die gleiche Zähigkeit und Selbstdisziplin ein. Wenn die anderen Lehrlinge Fußball spielten, malte er für sie Einladungen zu Versammlungen und Transparente für Umzüge, damit sie auch ihn einluden. Wenn die anderen Arbeiter ein Bier trinken gingen, schilderte er den Pionieren die heldenhaften Klassenkämpfe der Schuster, um in den Jugendbund aufgenommen zu werden. Und als die anderen Jugendbündler ihre ersten Freundinnen küßten, erwies er ihren alternden Müttern den letzten Liebesdienst, um mit ihren Gatten, den Funktionären, Bekanntschaft zu schließen. Nach ein paar Jahren brauchten alle ihn so sehr, daß ihnen Klassengesichtspunkte im Hinblick auf ihn wie ein Luxus vorgekommen wären, den wir uns, Genossen, gerade im

Interesse der Arbeiterklasse nicht leisten können! Just im entscheidenden Moment durfte er in die Rubrik Vater «tot» eintragen; worauf man ihm gestattete, das letzte Rädchen im Apparat der Jugendorganisation zu werden, gerade gut genug, um liegengebliebene Arbeiten aufgebürdet zu bekommen. Nur er wußte, daß dies ein ebenso entscheidender Erfolg war wie die Aufnahme des Nobelsöhnchens Bonaparte in die Revolutionsarmee.

Sein Emporhangeln beschleunigte sich, als die Einwände der abnehmenden Zweifler von der Fürsprache der zunehmenden Gönner entkräftet wurden. Genosse Fuchs hat uns gezeigt, Genossen, wie die Schmiede der Revolution den alten Menschen zum neuen macht! Nach jahrelangen Prozessen, die enthüllten, wie viele der so beschlagenen Altrevolutionäre sich umgehend an die Bourgeoisie verkauft hatten, war eine entgegengesetzte Entwicklung ein bessere Zeiten ankündigendes Wetterleuchten. Er fuhr auch zu Schulungen, an denen keiner teilnehmen wollte, er tat sich in Kursen hervor, bei denen alle schliefen, er besaß das Aktivistenabzeichen der Aktion «Jugend baut». Mehr oder weniger auswendig lernte er den «Abriß der Parteigeschichte», die «Einführung in den dialektischen Materialismus» und das gerade populäre, lyrisch-revolutionäre Versdrama «Das gute Lied», was ihm sogar größten Spaß bereitete, da er den Dichter in Verdacht hatte, diesen Bockmist ernst zu meinen. Doch das Wichtigste: Er lernte die Muttersprache der Revolution.

Auch später noch, als er sie intensiver studierte, befreite er sich nicht vom unkultivierten Akzent der Elbslawen und machte immer wieder die entzückendsten Schnitzer, ein kleiner Schönheitsfehler seiner großen Talente; er hatte jedoch rechtzeitig begonnen und war einer der wenigen, die sich für die Delegierten von Kolchosen, Städten und natürlich auch von politischen Organen des Bruderlandes als Dolmetscher eigneten. Seine Aufnahme in die Partei ergab sich dann ganz von selbst aus der Vorschrift, daß mit der Betreuung dieser Genossen ausschließlich ein Genosse betraut werden dürfe. Wie sollte man sich nicht bezirksweit um ihn rangeln, da sich durch seine Vermittlung zwei slawische Kommunisten nicht gebrochen und obendrein unwürdig in der politisch untragbaren Sprache germanischer Faschisten zu verständigen brauchten? Den gutherzigen Gästen gefiel der an Gestalt kleine, doch an Klassenbewußtsein und Begabung große junge Mann; einige vergaßen auch nicht, ihn an zuständigen Stellen am Ort und daheim zu erwähnen.

Und so bekam er schon nach einem Jahr seinen ersten Paß, und zum erstenmal sprachen auch jene freundschaftlich mit ihm, die ihm bislang auf den Fersen gewesen waren: Unauffällige, joviale Zivilisten mit Offiziersausweis übermittelten ihm das Vertrauen höchster Organe, er werde in der Parteischule mithelfen, die Moral anderer tschechischer Studenten hochzuhalten, die, das mußt du verstehen, erinnerten sie ihn quasi unwillkürlich an seine Achillesferse, nicht deine Kinderstube haben!

Er half, so gut er konnte, aber es stand in niemandes Kräften, zu verhindern, daß so manche Arbeitersöhnchen über das Niveau der Unterbringung, den Geschmack des Essens und die Art des Unterrichts maulten, sowie über die Behandlung einheimischer Studenten seitens der Lehrer und Beamten, was sie rein gar nichts anging; die Meckerer fielen nach und nach bei den Prüfungen durch und wurden in die Heimat abberufen, oder sie verfielen dem Wodka, wohl wissend, daß dies günstiger beurteilt wurde, als wenn sie selbst um die Abberufung eingekommen wären. Die Verbliebenen reichten schließlich nicht mehr aus, den Bedarf der Heimat zu decken, die sich um jeden riß, der Pulsschlag, Atem und Vorlieben des großen Verbündeten unmittelbar kennengelernt hatte.

Wenn er sich entschlossen hätte, zur Erreichung seines Ziels das Sprungbrett des Staates zu benützen, wäre er heute garantiert Chef eines Schuh-Großkonzerns gewesen, von dem Bata und sein Vater nur hätten träumen können, hatte er doch sämtliche Schuster der Heimat verschlungen. Aber Fuchs hatte nicht umsonst studiert und trug keine Scheuklappen, die nur Ausblick auf den Weg zum ersten Trog gewähren; er konnte sich ausrechnen, daß das erste Stolpern seine frisch begrabene Herkunft exhumieren und ihn zu einem willkommenen Opferlamm machen würde. Daher wählte er den langsamen, aber sicheren Aufstieg über die Strickleiter der Partei; er wußte, daß ihn bei minimaler Vorsicht ein maximaler Gewinn in Positionen erwartete, wo über alles entschieden und für nichts garantiert wird.

Als Instruktor städtischer Organisationen erwarb er sich bei den führenden Funktionären einen fabelhaften Ruf, vor allem dank der Diskretion, mit der er ihr laues Verhältnis zu den gestellten Aufgaben und seine eigenen heißen Verhältnisse mit ihren Gattinnen für sich behielt. Endlich durfte er Frauen haben, die er haben wollte und nicht etwa haben mußte. Er versäumte aber ebensowenig wie früher, ihre Tamtams in Anspruch zu nehmen: Als er in irgendeinem Bett von Lebedas geplantem Hirschensprung ins Kreisbüro hörte, sicherte er sich rechtzeitig die Anwartschaft auf dieses Thrönchen, wo er sich im Sitzen auf den wichtigsten Thronen des Reiches üben wollte. Daß in S. die attraktive Dora Plavcová lebte, deren ablehnende Haltung ihn bis zu wahnwitzigen Gedanken an eine Ehe aufstachelte, hielt er für ein günstiges Omen.

Als er sich nun abwechselnd auf der Brust und auf dem Rücken im Tempo eines waagrechten Spaziergängers durch die Landschaft bewegte, die er bisher nur mit einem Dienstfahrzeug oder seinem Privatwagen durchquert hatte, begriff er, daß das Schicksal ihn wieder einmal tüchtig eingetunkt hatte; düster überlegte er, wer der Schlächter gewesen sein mochte, den Plavec seinetwegen gedungen hatte, und was der mit seinem Personal- und Parteiausweis machen würde, die am Ort der – obendrein alles andere als vollzogenen – Unzucht zurückgeblieben waren.

Er glitt durch eine weitere Biegung des Flusses und erblickte dicht vor sich einen Mann, der von einem morschen Kahn aus mit mehreren Ruten angelte. Der Bierbauch, die Muskelpakete an den Schultern und vor allem die Finger mit dem eingefressenen schwarzen Staub verrieten einen Häuer aus dem nahen Kleinbergwerk. Er döste röchelnd. Aufgeweckt vom schaukelnden Durchsacken, als der überglückliche Fuchs sich am Kahn festklammerte, erschrak er zunächst, weil er meinte, der Nackedei habe angebissen.

– Genosse!

begann Fuchs und schnatterte den einzigen Satz, den er mit seinem ausgelaugten Gehirn zu bilden vermochte,

– ich bin der Sekretär des Städtischen Parteiausschusses in S., und jemand hat mir den Anzug geklaut, könntest du so freundlich sein und mir helfen ...?

Der Mann war tatsächlich ein Bergmann, war aber erst in reifem Alter dazu geworden, nachdem man ihm seine Schuhgroßhandlung genommen hatte. Damals, außerhalb des Gesetzes stehend, hatte er sich brav der höheren Gewalt gebeugt, die ihn als Gegenleistung einer mit Spitzenlöhnen entgoltenen Berufstätigkeit zugeführt hatte. Jetzt, wiederum als geachtetes Mitglied der Gesellschaft, bekam er eine unbändige Lust, endlich einmal seine Meinung einem von denen zu sagen, die ihn seinerzeit aus ihr ausgeschlossen hatten.

– Scheiß dich aus, sollst erfrieren und verrecken, dreckiger Roter!

sagte er.

O Tapferkeit, dein Name ist Feigheit, kommst du mit dem Schwert fünfzehn Jahre nach der Schlacht!

Gleich darauf erschrak der Häuer und Ex-Großhändler über seinen unverhofften Mut, denn ihm wurde klar, daß die nackte Einsamkeit dieses Roten nur scheinbar war, die schwammen ja schon überall herum! Er entsann sich der bekannten Fotografie des Vorsitzenden Mao inmitten einer Flut von Schwimmern, ruderte flußaufwärts rasch davon und verbarg sich hinter der Biegung bis zur Dämmerung unter einer Trauerweide. Der Fabrikantensohn und Parteisekretär Fuchs entfernte sich von ihm flußabwärts kraulend, da er nach dieser Einleitung noch einen Schlag mit dem Ruder erwartet hatte. Den mißlichen Erfahrungen dieses Tages gesellte sich der Verdacht hinzu, die Arbeiterklasse reife infolge der übertriebenen Liberalisierung abermals einem Ausbruch entgegen, was der Partei entgangen sei.

Indes, das Gesetz selbst der längsten schwarzen Serie besagt, daß einmal Rot kommen muß.

Eine Seemeile weiter unten stand im Naturschutzgebiet ein Gebäude vom Typ Hotel, aufgrund einer staatlichen Sondergenehmigung errichtet; dort kümmerte sich viel Personal aufmerksam um die wenigen Gäste aus befreundeten Ländern.

Zwei davon erholten sich hier vom gestrigen, zu ihrer Begrüßung veranstalteten Bankett; sie saßen im Schlafanzug auf der kleinen Mole, wärmten sich an den letzten Strahlen der sinkenden Sonne, die destillierte, aus der Heimat mitgebrachte Medizin schluckend und wachsam das Land betrachtend, über das sie daheim ihr fachmännisches Urteil abgeben sollten. Seine Miniaturgröße, hier anschaulich vor Augen geführt vom Fluß S., den Libellen über und den Grundeln unter seiner spiegelnden Haut sowie den läppischen Blümchen an seinen Ufern, flößte den beiden mitleidsvolle Verachtung, aber auch unangenehme Verlegenheit ein. Sie fühlten sich als Gullivers im Reich der Zwerge, forschten aber mit dem Mißtrauen, wie es Missionare gegenüber den Wilden hegen, besorgt, ob die sich nicht zu Riesen mausern könnten.

Da sie dieses Problem hier erörterten und nicht etwa im Zimmer, wo sie von den Gastgebern und ihren eigenen Auftraggebern installierte Abhörgeräte vermuteten, bemerkten sie schon seit einiger Zeit ein längliches, weißes Objekt, das auf dem geraden Flußabschnitt langsam herantrieb.

– Anissim Iwanytsch,

unterbrach den zur Zeit flüsternden der zur Zeit lauschende Freund,

– was ist das?

– Wo, Genrich Fridrichowitsch?

– Dort drüben!

– Ein toter Fisch?

– So große gibt es hier nicht! Nein, schauen Sie, das ist ein Mensch! Warum schwimmt er denn nicht?

– Vielleicht hat man ihn umgebracht?

– So bringt man hier niemanden um. Nein, schauen Sie, Anissim Iwanytsch, er lebt!

Fuchs hatte sich eben auf die Brust herumgedreht.

– Gehen wir weg von hier, Genrich Fridrichowitsch, kann sein, das ist ein Spion ...

Im selben Moment beschloß das Schicksal, Richard Fuchs für sämtliche Unbill dieses Tages auf einen Schlag zu entschädigen. Als er direkt über sich das Gesicht dessen erblickte, dem er drei Jahre lang seinen Studienausweis, seine Anträge auf Passierscheine und seine Berichte über die Mitschüler vorgelegt hatte, hob er unter der Mole beide Arme und begann wassertretend in seines Lehrers Muttersprache zu rufen:

– Anissim Iwanowitsch, das bin ich!

Und als der Angeredete, nicht länger zweifelnd, daß er vor seinem Untergeordneten vom feindlichen, möglicherweise sogar vom eigenen – napljewatj na nich wsjech! – Geheimdienst kompromittiert werden sollte, das schon ausdruckslose Gesicht eines toten Mannes zum Wasser hinabwandte, brach der städtische Parteisekretär von S., sich des brudersprachlichen Ausdrucks für «Schüler» – pitomec – bedienend, in einen zweisprachigen Jubelruf aus, der muttersprachlich jedoch eindeutig so klang, als riefe er:
– Anissim Iwanowitsch, ich bin Ihr Dummkopf Fuchs!

Achtzehn Kilometer flußaufwärts schlug es achtzehn Uhr, als die Fialková Fuchsens künftiges Büro betrat. Karas legte eben den Hörer auf, nach dem letzten Versuch, den Schwarzen Peter der schweren Entscheidung einem anderen Spieltisch zuzuschieben. Wie befürchtet, befanden sich Kreissekretär und Kreisvorsitzender unterwegs, oder sie täuschten es jedenfalls vor. Er hatte nur Drak erwischt, den Sekretär für Ideologie; nachdem Drak ihn angehört hatte, sagte er:
– Leute, ich weiß, daß ihr heute Grund zum Feiern habt, aber wir schwitzen hier über der politischen Sicherstellung der Ernte. Sauft für uns mit und laßt uns gefälligst in Frieden!
– Genosse Drak,

hatte Karas rasch gesagt, sich bedrückt erinnernd, daß er selbst heute vormittag mit Urban ähnlich umgesprungen war,
– ich scherze nicht, wir brauchen eine politische Entscheidung hinsichtlich des Erdbebens ... Es ist so: Hier bei uns ...
– Hör mal,

hatte Drak ihn unterbrochen, zwischen Verständnis und Verdrossenheit schwankend,
– damit du nicht sagst, wir hätten dir keinen Rat gegeben: Laß die verheirateten Frauen evakuieren und ein Verzeichnis der ledigen machen, laß Bier auffahren und das Ius primae

noctis verkünden, und wenn euch die Erde verschluckt hat, werden wir in eure Gegend Studienfahrten veranstalten, um anderen zu zeigen, wie Trunkenbolde enden.

Daraufhin blieb Karas also nichts anderes übrig, als die vorgesehenen bürokratischen Maßnahmen zu ergreifen, die ihn politisch und juristisch absichern sollten. Er berief den Krisenstab ein und faßte für die Fialková kurz zusammen, was sie alle vorher lang und breit ausgewalzt hatten. Dabei diktierte er der Svozilová ein amtliches Protokoll, gekennzeichnet durch eine Überfülle unumstößlicher Tatsachen und einen völligen Mangel an wackligen Bewertungen.

– So daß uns,

knüpfte er ans Diktat an und beendete seine Rede,

– wenn wir das Mädel ernst nehmen wollen, bis zum Erdbeben, nennen wir's lieber Aktion E, damit wir uns hier nicht vorkommen wie die Narren, knapp vier Stunden verbleiben. Falls wir uns zur Durchführung von Sicherheitsmaßnahmen entschließen, ist es jetzt schon fast zu spät. Kann man nichts machen, wir müssen was machen! Aktion E oder nicht, das ist hier die Frage. Und die muß jeder von uns, Genossen, hier schnell und verantwortlich beantworten. Ich gehe der Reihe nach vor. Genosse Brabec.

– Könnten wir die Kleine nicht sofort untersuchen lassen?

fragte der dicke Krankenhausdirektor. Gänzlich unverdienterweise ähnelte er der riesigen Karikatur eines Hamsters, obwohl er ein bescheidener und braver Mann war, der vergangenen März sein Verbleiben in der bisherigen Funktion davon abhängig gemacht hatte, daß Doktor Tikal endlich ins Ausland reisen durfte.

– Wie lange würde das dauern?

Brabec breitete die fleischigen Hände aus und sprach mit wulstigen Lippen:

– Na ja ... Die Psychiater spinnen ja selbst alle ...

– Dann vergessen wir's. Deine Ansicht?
– Ich würde mich dem anschließen, was du ursprünglich gesagt hast ... Blühende Phantasie.
– Und die Evakuierung der Stadt?
– Bedřich,
fragte Brabec ernst,
– hast du eine Vorstellung davon, was so ein Spaß kostet?
– Nein,
entgegnete Karas,
– aber ich hab ebenfalls Phantasie. Ja oder nein?
– Nein.
– Genosse Martinic!
– Nein.
– Könntest du uns das erläutern?
– Ich könnte schon, aber ich möchte niemandem zu nahe treten.
– Versuch's!

Martinic, Nachkomme der echten Martinic von und zu Martinitz, hatte lange auch deshalb Kaderprobleme gehabt, weil er aussah wie ein Falschspieler. Er hatte sich indes als einziger getraut, die Glashütte von seinem Vorgänger zu übernehmen, der die gefragte, aber mühsame Produktion von maßgeblasenem Geräteglas eingestellt und statt dessen die Magazine mit Millionen unverkäuflicher Gebrauchsgläser überschwemmt hatte. Obwohl in der Glashütte nach wie vor gepfuscht und geklaut wurde, kehrten allmählich die ausländischen Kunden zurück, die während der letzten Jahre hier nur Bräute eingekauft hatten, nachdem sich im Westen herumgesprochen hatte, daß die ebenso gutgewachsenen wie gutgelaunten Mädchen von S. am Herd ebenso einfallsreich waren wie im Bett.

– Ich bin doch –
erläuterte er in gewohnter Marktbudenmanier, die ihm

seine Gattin Milena, durch erlesenes Auftreten die Schankwirtstochter kaschierend, seit der Hochzeit übelnahm
– kein Trottel. Jeder Hornochs weiß, daß es in Böhmen noch nie ein Erdbeben gegeben hat. Warum sollen wir irgend so eine Göre ernst nehmen?
– Genosse Martinic,
schoß Urban halb aufs Geratewohl aus der Hüfte,
– warum hast du dann die bewußten Zahlen getippt?
– Genossen, das ist der Gipfel! Werd ich vielleicht bespitzelt?
– Ich hab dich vor der Post bemerkt!
– Na und?
– Hattest du sechs Richtige?
– Also, Genossen, ich werde mich doch hier nicht rechtfer...
– Also doch! Ich auch! Warum nimmst du sie also jetzt nicht ernst?

Martinic zögerte, aber dann platzte ihm der Kragen. Zu Mittag fährt einem die Frau das Auto zu Schrott, weil sie einen telefonisch nicht erreicht, und am Abend soll man sich von einem fremden Fratzen die so mühsam herausgeschuftete Karriere versauen lassen?
– Vielleicht weil ich die Produktion unterbrechen müßte, darum. Und wenn nichts kommt, wer löffelt's dann aus? Ich!
– Und wenn's doch kommt?
fragte Karas.
– Und die Leute müssen's auslöffeln?
– Dann bleibt mir nur eine einzige Wahl,
verkündete Martinic, als spräche aus ihm plötzlich einer seiner adeligen Vorfahren,
– heute abend in ihren Reihen mitzumarschieren!
Karas machte weiter.
– Urban!
– Ich weiß Bescheid. Ja!
– Genosse Plavec!

Auch der Schuldirektor wußte Bescheid, er steckte, wie Urban, jetzt schon den fünften Tag in der Sache drin, und außerdem verfolgte ihn seit fünf Minuten ein Bild, das sich ihm aus irgendeinem Film aufdrängte: Zwischen wie Streichhölzer geknickten Balken schwankt noch Puppileins warme Hand... Und wenn's gar noch früher krachte?

– Ja!

sagte er, und flehentlich:

– Genosse, dürfte ich schnell meine Frau anrufen?

– Nein. Heute hat die Nováková Dienst.

– Ich sag ihr nur, sie soll mich hier abholen!

Karas entsann sich, daß er in Kürze das gleiche tun sollte, da konnte er's dem andern nicht gut verbieten.

– Genosse Plavec, von dieser Sache hier kein Wort!

Die Svozilová lauschte mit geübtem Ohr, wie der Direktor im Vorzimmer mit seiner Gattin Süßholz raspelte. Sie konnte allerdings nicht hören, wie diese sich beklagte, sie habe sich am Vormittag buchstäblich in die Nesseln gesetzt und sei mit Quaddeln übersät; sie sonderte die Fehlinformation aus ihrem überfüllten Gedächtnis kurzerhand aus und vergaß sie. Zum erstenmal kam ihr in den Sinn, Fuchs könnte etwas passiert sein.

– Genosse Mokrý!

drängte Karas.

Der Gewerkschaftler, den man nach dem Tod des alten Šefrna mit knapper Not und nur unter dem Versprechen zum Amtswalten geradezu geprügelt hatte, daß er zu jedwedem Anglerwettbewerb freigestellt werde, verspürte auf der Haut noch immer den Birkenhauch der Sauna, die Augen noch geblendet vom Schimmern der Seelachse unter der Mitternachtssonne, die Ohren noch betäubt von der kosmischen Stille der lichten Wälder Lapplands, einer Stille, die nicht einmal die Düsenmotoren hatten überdröhnen können. Seine

Landsleute hatten ihm die Heimkehr verdorben und erinnerten ihn zudem an eine Gruppe von Nordländern, die nach dem Genuß irgendeiner Droge nackt auf dem Flugplatz von Helsinki herumgetobt hatten. Er wollte nicht erleben, daß sich die Genossen hier auch noch zu entkleiden begannen; das traute er sich ihnen zwar nicht zu sagen, brachte es jedoch durch sein Veto zum Ausdruck.

Karas hatte ihn aus Zeitmangel noch nicht einmal ausgehorcht, sonst hätte er jetzt seine Begeisterungsausbrüche über sich ergehen lassen, denn das Lob von Ivalo bezog er auch auf sich.

– Genossin Fialková?

Ihre Ansicht interessierte ihn am meisten, denn die vermochte er nicht abzuschätzen. Sagt sie nein, kalkulierte er, überwiegt bereits jetzt mit Sicherheit der sogenannte gesunde Menschenverstand, und dann, lachte er im Geiste bitter auf: Gottes Wille geschehe!

– Ja!

äußerte sie klar und ohne Zögern.

Er war verwirrt und fragte auch sie:

– Und kannst du uns ...

– Kann ich. Besser Angst als Schrecken!

Er kannte das Sprichwort von seinem Vater. Es hatte ihn gelehrt, bei jedem Zweifel am Ausgang einer Sache mit den mißlichsten Möglichkeiten zu rechnen, so daß er im besseren Falle angenehm überrascht war, im schlechteren vorbereitet.

– Genosse Rohlík,

wandte er sich nun an den ehrwürdigen Greis,

– jetzt kommt es nur noch auf dich an ...

– Genossen,

sagte der Vorsitzende des Parteibüros mit ernstem und würdigem Blick, wie er seine Zuhörer anzuschauen gewöhnt war,

– als der Genosse Gottwald sich im Jahre neunzehnhunderteinundzwanzig mit uns über die Annahme der Bedingungen der Kommunistischen Internationale beriet...

– Genosse Rohlík,

sagte Karas respektlos, weil er wußte, daß er sonst mit Rührei nicht zu Rande kam,

– laß den Genossen Gottwald ruhn, der hat's schon hinter sich, aber uns entbindet heute niemand von unserer Pflicht. Erdbeben ja –

er sprach es, dem eigenen Vorschlag zum Trotz, sogar gleich zweimal aus, falls der Alte es vergessen hatte

– oder Erdbeben nein?

– Genossen,

sagte Rohlík erschüttert und voll Überzeugung,

– was ist das für eine Frage? Unsere Partei wird ein Erdbeben niemals zulassen!

Als die Anwesenden bedachten, wie schwer das Leben mit offenen Augen ist, empfanden sie eher Neid als Spott angesichts dieses blinden Glaubens. Und Havlíček, der zum erstenmal in seinem langen Leben an einer Versammlung von Kommunisten teilnahm, kam gerührt zur Einsicht, daß Gott in seinem barmherzigen Erfindungsreichtum in die allerunvermutetsten Gestalten schlüpfte.

Rohlíks derart entschiedenem Nein brauchte Karas jetzt nur noch in aller Ruhe das seinige hinzuzufügen, und er war vor jedem Tribunal aus dem Schneider. Das eigene Urteilsvermögen legte ihm jedoch die Erkenntnis ans Herz, daß ihm von allen die Ansicht der Fialková am nächsten stand.

– Sie –

sagte er noch, um eine Atempause zu gewinnen

– fragte ich lieber gar nicht erst, Herr Pfarrer, Ihre Ansicht wage ich selbst zu erraten.

Auf diese Weise bewog er den Pfarrer geschickt zu einer

Äußerung, ohne sich dem Vorwurf auszusetzen, er hätte ihn mit abstimmen lassen.

Der Pfarrer nickte.

– Sie haben's leicht,

bemühte sich Karas um einen Scherz,

– Sie erwartet nur das Jüngste Gericht ...

– Ich –

ließ Havlíček sich entschuldigend vernehmen

– maße mir zwar nicht das geringste Recht an, einem so erfahrenen Gremium Ratschläge zu erteilen, aber ... Just im Bewußtsein, daß es uns erwartet, sind wir lieber allezeit darauf gefaßt ...

Auch er hatte Karasens Saite angeschlagen. Und Karas atmete tief ein und brachte, indem er der Svozilová bedeutete, es unauslöschlich aufzuschreiben, mit einem einzigen Satz das ganze kunstvolle Gebäude, das er zu seinem Schutz errichtet hatte, zum Einsturz.

– Also vier zu vier,

bezog er, wenn schon, denn schon, zu allem Überfluß auch noch den Pfarrer mit ein,

– und ich gebe den Ausschlag: Ja!

XIII

Nun denn, es ist soweit! – Ein geordnetes Eheleben erweitert den englischen Wortschatz. – Wer seine Stimme nicht in Ordnung hat, muß saubere Ohren haben. – Staatliche Massenmedien versus Nováková. – Herr Doktor, um zehn Uhr gibt's

ein Erdbeben! – Die Gründe einer Vertrauensexplosion. – Das Schweigen des Professors Brunát. – Ein Vormittsommernachtstraum. – Die Sekunde Null des Vorsitzenden Karas. – Die Lawine hat ausgerollt. – Reineke kehrt zurück. – Wovon zeugt der rohe Überfall auf den Sohn des Brudervolkes?

Was kommen mußte, ist gekommen: das dreizehnte Kapitel!

Als in der Einleitung des ersten der Untergang der Stadt erwähnt wurde, waren wir von diesem so weit entfernt wie Touristen im Reisebüro, die vor den Fotos eines angebotenen Vulkans über den Werbespruch lächeln, er werde zu unserer Begrüßung Lava speien.

Nun denn, es ist soweit!

Der Geschichte, schon so lang und unablässig weitergestrickt wie der Pullover für den Aprikosenbaum, geht plötzlich der Atem aus. Exposition, Kollision und Krise sind bereits vorbei, und durch Peripetien läßt sich nicht ewig hinauszögern, was einmal geschehen muß; warum also nicht jetzt, im dreizehnten Kapitel, blutsverwandt mit den schwarzen Freitagen? Jedoch: Fraglich ist, ob der so verantwortungslos genährte Hunger auf das gute Ende vom dreizehnten Kapitel gestillt werden kann, das man ebensogut auslassen könnte wie die entsprechende Hoteletage, da in ihm nur eine Sprosse der Macht erbebt, die Erde aber erst im Kapitel ...

Jedoch: Wir wollen uns nicht wie der Wilde benehmen, der den Kaviar ausspuckt und uns Anständigeren verrät, der Mörder sei ...

Jedoch: Wer möchte noch einmal die schon so oft servierten Gedanken wiederkäuen; besaß der Autor die Courage, sich sein Brot durch den Verkauf lockender Versprechungen zu verdienen, die Leser erwarte in dieser Geschichte ein

Schmaus, der selbst den verwöhntesten Gaumen befriedigt, dann muß er das peinliche Strecken des Breis bleiben lassen und wie ein Mann auch für den letzten Gang einstehen.

Nun denn, bringen wir ihn auf den Tisch!

Bei Tikals herrschte der Friede des ersten Tags nach der Sintflut, wenn die ersten Umrisse bekannter Ufer schon aus dem Wasser steigen, die Tiger beim Anblick der Lämmer jedoch immer noch unter dem Eindruck stehen, mit ihnen im selben Boot zu sitzen.

Tikal junior fand seine Sachen vorbildlich weggeräumt und fragte seine Mutter nicht, wo sie mit ihnen gewesen war, da sie nicht fragte, wofür er die Taucheruhr erworben hatte, die noch immer in der Tasche des Parkas tickte. Doktor Tikal machte das Paradies durch eine Geste komplett, die einen Nerzmantel übertraf. Als ihm seine Frau unglücklich und unglaubwürdig schilderte, wie er wesentliche Teile seines geliebten, weil ersten Wagens ausschließlich durch Verschulden der Martinicová, der Stoklasová und der Frau dieses Prager Schreiberlings eingebüßt hatte, begann er nicht – was sie diesmal eingesehen hätte – zu toben, nein, er küßte sie auf den Mund, den er nach wie vor äußerst anziehend fand, und sagte:

– Hauptsache, du bist ganz.

– Aber –

wandte sie benommen ein, nützte zugleich jedoch geistesgegenwärtig den günstigen Moment, seine unweigerlich bevorstehende Frage selbst zu stellen und sie dadurch hinfällig zu machen

– in was fahren wir im August nach Jugo …

– Vielleicht ist das ein Wink des Schicksals!

sagte Doktor Tikal mit ironischem Pathos wie damals vor Jahren, als er die schöne Frau des Fußballers Lokvenc zum

Urlaub ins Hotel Pupp-Moskva einlud, nachdem seine eigene Frau in die Tatra gereist war und er dem Mann der Ersehnten das Knie zersäbelt hatte.

– Vielleicht hat's der Himmel so gewollt!

sagte Doktor Tikal mit pathetischer Ironie wie damals, als er die schöne Magisterin Fronová auf dem Veilchenball entdeckte, nachdem er ihr vorher selbst anonym eine Eintrittskarte geschickt hatte.

– Jirka, ich versteh dich nicht...

– Wenn ich schon mit einem neuen Knochen –

verkündete er im frivolen Argot der schönen Krankenschwestern, dessen er sich ihnen gegenüber bediente, um aufzuzeigen, wie jung er in jeder Hinsicht war

– zu neuen Horizonten aufbreche, ist es vielleicht auch Zeit für eine neue –

fügte er im Fachjargon hinzu, den er von der schönen Frau des Flachbahnfahrers Smutný aufgeschnappt hatte, als diese kürzlich im Ärztezimmer mit ihm geschlafen hatte, um ihrem zum siebentenmal zusammengeflickten Gatten nahe zu sein

– Mühle.

Dann schlürfte er den trockenen Martini mit dem Gin, den er von Smutnýs als Anbiederungsgeschenk erhalten hatte, und las in der Ärztezeitschrift, mit dem Bewußtsein, daß das geordnete Eheleben seinen englischen Wortschatz vollauf erneuert und vielleicht sogar erweitert hatte, während es aus der Küche nach dem Lieblingsgericht seines schlesischen Vaters duftete, Linsen mit Reis; die einfache Speise bedurfte derart umfassender Vorbereitungen, daß Frau Tikalová ihren Mann damit nur für außerordentliche Leistungen belohnte.

Der erste menschliche Mißton in diesem Paradies war das plötzliche Gebrumm ihres Sohnes, der sie mit lächerlich überkippender Stimme um Dispens von der geheiligten Mahlzeit bat, weilerdringendumachtinskinomußte!

– Warum?
erkundigte sie sich mehr aus Neugier, ob er schon genauso überzeugend zu lügen verstand wie sein Vater.
– Weilsangeblicheinsuperstreifenistdernichtmalinpragläuft!
Diese Lüge mußte sie gelten lassen, da sie mit Wahrheit getränkt war: Dank der Beziehungen des Kinoleiters Trejblík war S. in einen Verteilerkreis geraten, wo gegen gepfefferte Eintrittspreise die Angebotskopien verschiedener ausländischer Filmdelikatessen gezeigt wurden, die für den Staat unerschwinglich waren; so wurde der Wolfshunger nach Kultur gestillt, ohne die Devisenziege zu melken. Auf dem Parkplatz vor dem Kulturhaus herrschten oft die Prager Kennzeichen vor, wodurch S. sich den Ruf einer Kulturmetropole erworben hatte.
– Und mit wem gehst du hin?
fragte sie mit Unschuldsstimme.
– Namitdenjungs …
antwortete er mit Unschuldsmiene; dabei war ihm ein Anfängerfehler unterlaufen, unwürdig des Sohnes seines Vaters.
– Du lügst!
sagte sie leise, damit der Gatte es nicht hörte, denn sie wollte die Atmosphäre nicht verdünnen, die sich angesichts der bevorstehenden Abwesenheit des Sohnes erneut mit sexueller Schwüle zu sättigen versprach.
– Und betrachte dich –
machte sie sich die Großzügigkeit ihres Gatten zu eigen
– als geohrfeigt.
– Wieso?
quakte er wie ein Frosch, so daß sie kaum ernst bleiben konnte.
– Weil –
triumphierte sie über den Lehrling, wenn sie es schon nicht fertiggebracht hatte, den Meister zu überführen

– du dir die Ohren gewaschen hast. Verschwinde!

Er entwich aus der Wohnung wie Dampf, seit gestern schon zum drittenmal voll Bewunderung für seine Mutter, und schimpfte sich einen Blödmann; er beruhigte sich erst beim Gedanken, er habe ja sowieso nicht anders gekonnt: Wer fürs Rendezvous seine Stimme nicht in Ordnung hat, der muß wenigstens saubere Ohren haben.

Obwohl es noch kaum halb acht war, nahm er die Stufen paarweise, denn er beabsichtigte, bis zu den Zimas zu laufen. Das Nachmittagsbild vor dem Haus, das er den Eltern gegenüber verschwiegen hatte, damit die Familienidylle, die er zwar nicht verstand, aber genoß, nicht von irgendeinem Hanussík hinweggefegt wurde, ging ihm nicht aus dem Kopf; es ähnelte allzu sehr dem Kirchengemäldezyklus aus dem Leben der heiligen Klara, der mit dem Aufwickeln des heiligen Gedärms auf eine Winde endete. Er hatte aufrichtige Angst um das Mädchen und wollte ihr, zum Zeichen seiner Anteilnahme, sofort die Taucheruhr schenken.

Als er aus dem Haus lief und ausdrucksvoll den alten Rybák von der Blockwacht grüßte, der ihm darauf nicht erwiderte, wie grundsätzlich allen, die unverdienterweise jünger waren als er, ertönte vom Himmel das bekannte, jedem Amateurfunk eigene Rauschen. Gewohnheitsmäßig erwartete er die Stimme von Direktor Plavec, aber aus dem Lautsprecher gegenüber ihren Fenstern, den die Kinder aus dem Haus mit elterlicher Zustimmung, wenn auch vergeblich, aus Luftgewehren beschossen, ließ sich eine fremde Frau vernehmen. Karas hatte nämlich seine Maruška in den Nationalausschuß mitgebracht, damit – auf Anraten des Krankenhausdirektors und gelernten Psychologen Brabec – eine Frauenstimme diejenigen beruhigte, die in Panik geraten könnten, und anderseits diejenigen überzeugte, die das Ganze für einen albernen Scherz halten mochten.

– Hallo, hallo!

meldete sich die mit Gummistiefeln angetane Maruška, während ihre Söhne, in Regenumhänge verpackt, sie am Rock zupften und wechselweise «Mami!» riefen, was der Durchsage besondere Glaubwürdigkeit verlieh.

– Der Städtische Nationalausschuß von S. hat im Einvernehmen mit allen Organisationen der Nationalen Front in S., einschließlich der Kommunistischen Partei und der Kirche –

das war ein Angelhaken mit zwei Ködern, ausgeworfen für die beiden zahlreichsten Schwärme

– beschlossen, im Rahmen der allgemeinen Vorbereitung der Bürger auf Ausnahmesituationen jeder Art für heute abend einen Probealarm anzusetzen.

Das war ein Kompromiß, den der adelige Direktor der volkseigenen Glashütte vorgeschlagen hatte, um den menschlichen Adel des proletarischen Bürgermeisters dadurch zu belohnen, daß er ihn nicht im Stich ließ. Aus ähnlichen Beweggründen, nämlich um es dem Mann, der seinem Personal blutige Arbeit ersparen wollte, nicht mit blutigem Undank zu entgelten, hatte sich ihm auch Dr. bürokr. – wie er sich selbst spöttisch nannte, da er immer weniger Arzt und immer mehr Bürokrat wurde – Brabec angeschlossen. Der Gewerkschaftler Mokrý hatte gesagt, ihm sei alles gleich, Hauptsache, sie ließen ihn endlich heim, wohin sie Rührei von sich aus geschickt hatten, ohne ihn noch etwas zu fragen; seine Unschuld hatte sie erbarmt.

– Diese Ernstfallübung bedingt die Evakuierung sämtlicher Objekte wie im Fall eines Luftangriffs, einer Feuersbrunst oder eines Erdbebens. Bringt also kostbares Eigentum in Sicherheit und vor allem euer und eurer Angehörigen kostbares Leben, und zwar durch vorübergehende Unterbringung unter freiem Himmel!

las Maruška vor, die erst während des Lesens den Sinn

erfaßte, was der Mitteilung eine immer größere Dringlichkeit verlieh, da sich in ihr die Erkenntnis festigte, daß dieses Gewäsch nach Art des Regimes die Bürger auf eine wirkliche Katastrophe vorbereitete. Sie las immer hastiger, um von Karas baldmöglichst die volle Wahrheit zu erfahren und schlimmstenfalls die Buben samt dem Opa mit der Fluchtdraisine wegzuschicken; sie war jetzt bereit, sie lieber zu Bieridioten werden zu lassen als zu gesunden Leichen.

Die veränderte Einstellung der Sprecherin zur durchgegebenen Meldung entging auch jenen Zuhörern nicht, die dem Stadtfunk ansonsten ebensoviel Aufmerksamkeit widmeten wie fernem Donner; ein bißchen neugierig, welche Art von Gewitter da wieder heraufzog, wickelten sie ihre Seele in eine Pelerine aus Elefantenhaut, wie sie es seinerzeit fast über Nacht gelernt und bis jetzt trotz der milden Witterung in zehn Jahren nicht verlernt hatten, denn die Enttäuschung des Bürgers gleicht überall auf dem Planeten den Wunden gebrannter Kinder: Sie hinterläßt unnatürlich kahle Stellen, die nie wieder von arglosem Vertrauen behaart werden.

Statt den Tricks der längst durchschauten Maschinerie nachzuspüren, nahm Doktor Tikal jetzt mit allen Sinnen die Reize seiner neuentdeckten Frau wahr und klappte die englische Zeitschrift zu, um sich noch vor dem Abendessen schnell zu überzeugen, ob ihn diese Sinne in der Nacht nicht getrogen hatten, als die Gattin ihm jetzt mit dem Lächeln einer Fremden eröffnete – das kurze Haar hatte alle Eingefahrenheit in Unverbrauchtheit verwandelt –, sie habe den Sohn ins Kino gehen lassen.

Da klingelte das Telefon.

Er hob in der eisigen Gewißheit ab, daß irgendein Trottel wieder einmal die Kurve nicht gekriegt hatte und sich zum Exitus anschickte, gerade als er selbst sich voll zu leben anschickte.

– Das bin nur ich …

kam es aus dem Hörer, und an dieser Einleitung, mit der sie sich immer gemeldet hatte, als sie ihn um Gottes willen anflehte, ihrem Sohn kein künstliches Gelenk einzusetzen, erkannte er die Nováková. Sie hatte damals die Krankenschwestern so lange bekniet, bis im Saal die ganze Zeit über der Hörer abgehoben blieb, und dafür bekam Brabec seither schneller Verbindung mit Australien als Martinic mit Prag.

– Herr Doktor,

sagte sie zu Doktor Tikal, den sie seit dem Moment, als ihr Sohn wieder aufs Fahrrad gestiegen war, für den lieben Gott hielt,

– der Alarm, der da durchgegeben wird, ist kein Schwindel, der Karas hat mit dem Kreis gesprochen, um zehn Uhr gibt's ein Erdbeben!

Gleichwie er grundsätzlich keiner Behauptung der staatlichen Massenmedien glaubte, die aus der Befürchtung heraus, die Landeskinder würden nicht mehr fliegen und keine Kohle mehr abbauen, Flugzeug- und Grubenkatastrophen nur dann meldeten, wenn die Bauern auf den Feldern menschliche Gliedmaßen einsammelten und die Trauerzüge in den Revieren übereinander stolperten – was bewirkte, daß Gerüchte über Katastrophen die Wirklichkeit oft um ein Zehnfaches übertrafen –, so glaubte Doktor Tikal erfahrungsgemäß jeder Mitteilung der Nováková. Er legte den Hörer auf und eilte ans Fenster.

– Jirka!

posaunte er von der Höhe des siebenten Stockwerks.

– Nach Hause!

Als der Sohn zurückkam und das Gebot des Vaters hörte, beim Hinausschaffen der wenigen, von der Großmutter geerbten Antiquitäten auf die Wiese vor dem Neubau zu helfen und sich um seine Mutter zu kümmern, falls der Doktor im

Krankenhaus benötigt wurde, fügte er sich ohne Widerrede, denn er wußte besser als die Eltern, daß den Einfällen der Klára Zimová das Gewicht von Naturgesetzen zukam. Die Gene des Vaters flüsterten seinem beklommenen Herzen ein, es werde trotz aller Bemühungen offenbar nicht ein mutierender Mitschüler sein, der diese Zauberkraft erheiraten würde wie der Prinz das Reich seiner Erwählten. Er machte sich also ans Hinausschaffen, nicht ohne den schwachen Trost, das Erdbeben werde den Verlust von Mutters geerbtem Perlmutter-Opernglas, von Vaters lateinischem Wörterbuch und allen anderen Gegenständen wegretuschieren, die er jemals eingetauscht oder verkauft hatte.

Das Angebot, die möglichen Folgen eines möglichen Danebentretens dadurch zu mildern, daß er einen stets vertretbaren Probealarm ansetzte, hatte Karas zunächst gewissenhaft abgelehnt: Solche Kindereien, bei denen durchgespielt wurde, wie man sich mit einem aufgeschlagenen Exemplar des Parteiorgans «Rudé právo» über dem Kopf vor der Atombombe schützt, fanden die Bürger zum Lachen. Jetzt erlebte er eine der größten Überraschungen seiner politischen Karriere, als er in Fuchsens künftigem Büro – wo er sein Hauptquartier aufgeschlagen hatte, weil in seinem eigenen Büro noch der Teppich entwässert wurde, und wo er seit geraumer Zeit versuchte, das Postamt zu erreichen, um endlich mit seiner Frau verbunden zu werden, der er den Ernst der Lage andeuten wollte – den sorgenvollen Blick vom Telefon zum Fenster richtete. Auf dem grünen Rasen vor den nahen Neubauten, wo er knapp zuvor garantiert nur die «Zwanzigjährige» gesehen hatte – eine Plastik, voriges Jahr anläßlich des Jahrestags der Befreiung enthüllt und seither Gegenstand des Kulturstreits, ob das Modell des Nationalkünstlers stark fettleibig gewesen war oder sich kurz vor der

Niederkunft befunden hatte –, erblickte er plötzlich einige Kinderwagen: Es sah aus, als hätte das freudige Ereignis soeben seinen Anfang genommen. Doch da wurden schon weitere Wertsachen aus den Häusern getragen, in einer Reihenfolge gerettet, die von unterschiedlichsten Gesichtspunkten bestimmt wurde; malerisch füllten den freien Platz nach und nach Musiktruhen und Kühlschränke aller möglichen Marken, eine uralte Nähmaschine, ein Schlagzeug und eingelegte Pilze, originelle Kronleuchter und unangemeldete Destilliergeräte zur Selbsterzeugung von Zwetschgenwasser – beides auf hunderterlei Art aus den verschiedensten Produkten der Glashütte zusammengebastelt –, das Geweih eines Sechzehnenders, ein Bild des Hradschins, ein Aquarium; nach einiger Zeit erschien auch die erste Großmutter.

Der Anblick dieses bizarren Bildes einer Tätigkeit, die zwar weder schöpferisch noch nützlich, aber trotz allem – er dachte schon ein wenig in den Formulierungen seiner nächsten Meldung – positiv war, weil sie das tiefe Vertrauen der Bürger zum politischen System aufdeckte, versetzte Karas eine Zeitlang in Rührung, bis er sich an sein irrtümlicherweise unverschlüsseltes Ferngespräch mit Kreissekretär Drak erinnerte und ihm aufging, was die Nováková auf der Post vermutlich tat, da sie ihn nicht weiterverband.

Diese «Vertrauensexplosion», wie Dr. bürokr. Brabec dies in seiner wissenschaftlichen Arbeit nannte, als er drei Jahre später wieder zum normalen Dr. med. wurde, war allerdings nicht das Werk einer einzelnen Frau. Psychologisch entscheidend war, daß sich angesichts ein und derselben Begebenheit mehrere Einstellungen zu dieser überschnitten, die in ihrer Summe die gesamte Einwohnerschaft der Stadt umfaßten. Neben den Bürgern, die der Nováková glaubten, gab es zwei große Gruppen solcher, die der Kirche oder der Partei glaubten; einige – wie Karas senior – glaubten beiden ein wenig, und einige – wie Fialkas Großmutter-Tante, die seit der Abschaffung der Lebensmittelmarken allmonatlich ein Glas Butter einweckte, während ihre Nichte, die Direktorin des Lehrlingsinternats, heimlich die ältesten, ranzig gewordenen wegwarf – wußten gleich, daß endlich der große Krieg kam. Den Ausschlag gab jedoch erstaunlicherweise jene Mehrheit, die nichts glaubte: die junge Schicht von Bürgern der Stadt S., die sämtliche Varianten als Ausbruch aus der dreihundertdreiunddreißigjährigen Langeweile begrüßte. Gerade sie gaben der Aktion E das Ausmaß und die Wucht, die Karas bestürzte.

Es ist Brauch, den Ort zu lieben, wo wir geboren wurden. Doch um so größer die Lust, wenigstens ein einzigesmal seine Zwangsjacke abzustreifen, unseren Geburtsort mit der Unterseite nach oben zu drehen wie einen durchgelegenen Strohsack, ihn wie einen abgewetzten Mantel zu wenden, die Eingeweide herauszuholen, die er uns verheimlicht, und dadurch sein wahres Gesicht zu erkennen! Als unsere Geburtsorte das Dorfkorsett ablegten und die Masten der Punkthäuser zum Himmel hochtrieben, um sich auf der Höhe der Zeit zu wähnen, gingen uns auch für immer die Gucklöcher der Erdgeschoßfenster verloren, durch die wir ins Leben der Nachbarn hineinschauten, deren Geschichten frei waren vom Papiergeraschel der Drehbücher. Wie sollte uns in diesem freigebigen Moment des Öffnens der dreizehnten Kemenate nicht interessieren, inwieweit sich seit den Zeiten der gemeinsam verlorenen Unschuld Geschmack und Wertbegriffe geändert haben? Wie sollte es uns, wenn unsere eigene, intime Welt plötzlich mit den Augen anderer gesehen wird, nicht ähnlich erregen, wie wenn wir vor anderen unseren Körper entblößen? Und wie sollte es uns nicht freuen, daß endlich auch wir, auch wir endlich etwas erleben, was uns dereinst zu stolzen Augenzeugen, ja sogar Mitgestaltern machen wird, wenn wir ihm jetzt durch unsere Teilnahme Sinn und Form geben?

Dank alles dessen konnte Urban gegen neun Uhr abend Karas mitteilen, S. sei evakuiert, was im Klartext bedeute, daß sämtliche Bewohner sich im Freien befänden, außer den im Anhang angeführten Arbeitnehmern der Glashütte; Martinic habe jedoch angeordnet, der Zehn-Uhr-Schichtwechsel solle lieber auf dem Hof stattfinden. (Wie es so geht, hatte Urbans Meldung ein Loch: Als Frau Brunátová zur vereinbarten Zeit daheim statt der beglückten Freundin den schnarchenden Gatten vorfand, der sich nicht einmal im Bett des Anzugs entledigt hatte, packte sie das Entsetzen, ihm sei etwas zugestoßen, doch dann erblickte sie die halbgeleerte Rumflasche, die einzige im Hause, aus der sie zur Weihnachtszeit ganz wenig ins Zuckerwerk träufelte, und entsetzte sich noch mehr; da das Telefon bei Plavecens schwieg – Frau Dora versuchte im Bidet voller Kamille die Abdrücke von Brunáts Händen zum Weichen zu bringen –, war sie zu nervtötendem Warten verurteilt, und in ihrem Kopf wirbelten immer erschütterndere Kombinationen herum, bis hin zu solchen, der ganze berühmte Liebhaber Richard sei erfunden worden, damit die perfide Freundin ihren Jan verführen konnte; als sie kurz darauf im Bad eine komplette, aus Anzug und Wäsche bestehende Herrenausstattung nebst Papieren auf den Namen Fuchs fand, ging ihr auf, daß sie phantasierte, aber sie wurde von der um so ernstlicheren, da wahrscheinlicheren Befürchtung befallen, der Mathematikprofessor habe Knall und Fall seinen geliebten Beruf eingebüßt, als sein Vorgesetzter den Spuren der untreuen Frau gefolgt war und ihn der Kuppelei bezichtigt hatte; in der Verzweiflung betäubte sie ihr gequältes Gehirn, indem sie den Rest des Rums austrank und sich neben den Gatten legte, so daß der Haushalt der Brunáts zu den beiden in S. gehörte, die den schicksalhaften Abend der Stadt verschliefen.)

An Urbans Meldung elektrisierte die Anwesenden der

Bericht des Wachtmeisters Vorel, den falsch geparkten Moskwitsch, der den Transport von Möbeln in den Gottwald-Park behindert hatte und deshalb abgeschleppt worden war, habe die Kreisverkehrsinspektion per Fernschreiben als den Wagen von Richard Fuchs bezeichnet. Während Karas auf den Verdacht zurückkam, daß Reineke den Hühnerstall wohl doch heimlich ausbaldowerte, legte die Svozilová die ausgesonderte Intim-Information unter ihren Grabstein zurück.

Der Krisenstab ging für kurze Zeit auseinander, damit seine Mitglieder sich um ihr eigenes Heim kümmern und sich für den Rest der Nacht stärken konnten, die lang und schwer zu werden drohte; sie waren sehr überrascht, als sie überall einer Stimmung begegneten, wie sie mit Festlichkeiten einhergeht. Der laue Abend, über dem zugleich mit den Sternen auch die ersten Laternchen der Glühwürmchen aufglommen, die von der Nähe der Mittsommernacht kündeten, machte den Aufenthalt im Freien angenehm, und das Alkoholverbot, nur da und dort mit einem Schluck unter der Bettdecke übertreten, ließ die Angst, sofern sie irgendwo blühte, nicht zur Hysterie heranreifen.

S. genoß feiertäglich die alltägliche Wohltat südlicher Städte. Die Alten, im Gras auf neue, für Spartakiaden bestimmte Liegen und auf Messingbetten aus den Zeiten der ersten Sokol-Turnfeste gelagert, schilderten gemächlich ihre Leiden; Männer, auf Karasens Konto witzelnd, polierten gesellig ihre Wagen, die sie jedoch sicherheitshalber an anderer Stelle geparkt hatten, damit sie nicht von den einstürzenden Häusern getroffen wurden. Mütter strickten in Polstersesseln und sangen Loblieder auf ihre Kinder, von denen so manches in eben diesem Moment munter eigene zeugte: Die aufreizend günstige Verwirrung und die kitzlig ungewisse Zukunft beschleunigten in dieser Spätfrühlingsnacht so manchen Mädchens Fall, was erst die Schneeschmelze ans Licht bringen sollte.

Obwohl unter den Wertgegenständen auch viele Fernsehgeräte herausgeschleppt und Bücher daheimgelassen worden waren, wenngleich für den Fall eines besonders gut gelungenen Erdbebens das gerade Gegenteil angebracht gewesen wäre, kam niemand auf die Idee, durch den gespenstischen Schein der Bildschirme das so unvergleichlich bunte Programm zu verderben, das die Stadt heute für sich selbst ausstrahlte. Aus den Wohnungen gerettet waren auch neue Gitarren und alte Geigen, Akkordeons, Flügelhörner, Waldhörner, vor vielen Eigenheimen stand im Garten ein Klavier. So mancher Einwohner war überrascht, als er den griesgrämigen Nachbarn ein Musikinstrument beherrschen sah. Zwischen den zahlreichen Inselchen von Mariage-Spielern gruppierten sich Trios und Quartette. Auf allen Seiten der Stadt flatterten Fetzchen, Streifen und ganze Bänder von Melodien; einen Wanderer, der zu dieser Zeit den Hang des Galgenberges, des Trutzberges oder des Clarinusberges herabgestiegen wäre, hätte S. wie eine riesige Musikschule im Grünen anmuten müssen.

Doch selbst noch so schmetternde Musiken übertönen in unserem Gemüt nicht das leise Ticken der Zeit, falls wir wissen, daß sie auf unseren Nachteil hinausläuft. Jede Minute ist eine durchgebrannte Sicherung, um welche die Hochspannung des Geschehens dem zerbrechlichen Ziel näherrückt, und dieses Ziel sind wir.

Als die Mitglieder des Krisenstabs zwanzig Minuten vor zehn in den Garten des Sekretariats des Städtischen Parteibüros zurückkehrten, wohin man lediglich das rote Telefon als Direktverbindung zum abwesenden Kreissekretär geschafft hatte – da die einzige echte Kostbarkeit, das Kadermaterial, in den Tresoren belassen wurde, zwecks späterer Ergänzung durch den Vermerk über die Beziehung der darin Erfaßten zum heutigen Erdbeben –, stach der Unterschied in der

Atmosphäre schon in Augen und Ohren. Die Ungewöhnlichkeit der Ursache und das unerwartete Ausmaß der Aktion unterdrückten plötzlich auch das Gespöttel. Als die großen Zeiger der Uhren die kleinen überholten und unaufhaltsam der zehnten Stunde zustrebten, nahmen Geräusche und Stimmen ab, hörte die Bewegung auf. Gedämpfte Gespräche und Überlegungen drehten sich nur noch um das eine: Wie so ein Erdbeben aussieht und wie man sich dabei verhält.

O Unerfahrenheit, dein Name lautet beileibe nicht unbedingt Jugend! Ein Knabe, der seine Mutter zu Grabe trägt, wird um das Ausmaß dieses Todes älter als sein Vater, der noch Eltern hat. Im Angesicht des Unbekannten sind wir einander alle gleich, doch anderseits hätte ein Kind aus den Anden, wo die Erde so schwankt wie in Böhmen das Gras, nun zum Lehrer des Vorsitzenden Karas werden können, der für fünftausend Menschenleben die Verantwortung trug. Er hatte bereits alle, die in S. seinem Machtbereich angehörten, in den Zustand höchster Bereitschaft versetzt. Polizisten, Milizionäre, Feuerwehrleute, Sanitäter, Bahnhofspersonal, Postbeamte und Förster, das eine Auge auf ihre Familie gerichtet, richteten das andere auf die ihnen anvertrauten Objekte. Jetzt konnte er nur noch warten. Während er Havlíček beobachtete, der mit gefalteten Händen fast unmerklich die Lippen bewegte, um die Gefühle jener Ungläubigen nicht zu verletzen, die er persönlich schätzte, ertappte Karas sich dabei, daß er auf seine Art eigentlich auch betete, da er im Geiste unablässig zu irgendeinem unbestimmten Wesen sprach.

Verdammt, sagte er im Geiste, hoffentlich behält das Zima-Mädel nicht recht... Lieber eins aufs Dach als das Dach auf den Kopf... Wenn bloß Vater daheim mit all den Weibern fertig wird... Was hab ich da, Herrgott noch mal, irgendwo gelesen von Erdbeben und ihren Begleiterscheinungen...

Bedřich, Bedřich, wärst du doch bei der Glasbläserpfeife geblieben ... Plünderer! Die Polizei erschießt Plünderer von eingestürzten Häusern ... Urban wird doch wohl so gescheit sein, diesen Grünschnäbeln keine scharfe Munition ... Wenn das gut ausgeht, kauf ich dem Mädel eine Torte ... Wie es auch ausgeht, für mich geht's immer schlecht aus ... Halt ein, Karas, ist doch alles Quatsch!

Vom Kirchturm fiel auf S. der erste Bronzeschlag, rollte über die Stadt und versank in den Wäldern. Der zweite plumpste schon geradewegs ins Moos der Stille, desgleichen der dritte und vierte.

Dann begann die tiefe Glocke die volle Stunde zu schlagen, und Karas zählte rückläufig mit, wie ihm erinnerlich, seit er kürzlich den Start eines Raumschiffs ferngesehen hatte.

Zehn, neun, acht, sieben, sechs ... Was starte ich da? Meine Beförderung oder mein Begräbnis? Fünf, vier, drei, zwei ... Und was für ein Begräbnis? Ein bildliches oder ein echtes? Eins, jetzt!

Sekundenlang hatte er keinen einzigen Gedanken im Gehirn. Dann, noch bevor es wirklich laut wurde, ahnte er ein Geräusch voraus, an das er eigentlich schon den ganzen Tag unablässig dachte, das Geräusch, vor dem er sich am meisten fürchtete, weil es mit der eisernen Unerbittlichkeit der Wippe von Nacht und Tag kommen mußte, falls statt dessen nicht das andere kam, vor dem er sich ja noch viel mehr fürchtete, so sehr, daß er dieses Tohuwabohu entfesselt hatte, das, falls die Erde nun nicht bebte, unmittelbar darauf ihn erbeben lassen würde, das er aber entfesseln mußte und abermals entfesseln würde, um jenes andere nie zu hören: das vorwurfsvoll verzweifelte Weinen.

Was er jetzt hörte, war Gelächter. Zuerst ein einzelnes Aufblöken, da wollte jemand als erster beweisen, daß er das schon immer für die Ausgeburt eines kranken Gehirns gehalten hatte, derer nur ein blöder Bolschewik fähig ist. Nach wenigen Sekunden brüllte dann schon die ganze Stadt vor Lachen, und Karas spürte, wie eine weiße, eisige Masse ihn unter sich begrub.

S. lachte und lachte.

O Machtlosigkeit, deine leibliche Schwester ist Bosheit! Was bleibt den Gedemütigten, wenn sie nicht einmal der Großzügigkeit mächtig sind, den Nachttopf ihrer Demütigung über die Köpfe noch Machtloserer auszugießen?

Karas war auch nur ein Mensch, und sein Aufstieg von den eigenen Glasbläsersorgen zur Obsorge für die Glasbläser in S. war zu mühsam und zäh gewesen, als daß er den grausam jähen Absturz mit der steinernen Miene eines Spielers hingenommen hätte, der er nie gewesen war. Von Urban gefolgt, der das Schicksal des Dorftrottels mit ihm teilte, war er nur noch darauf aus, sie, die eine vor sich zu sehen, die ihnen den gesunden Menschenverstand weggehext hatte.

Mit der Klingel hielten sie sich erst gar nicht auf. Als sie die dunklen Fenster erblickten, kam ihnen die Idee, die Zimas könnten die Stadt für einige Zeit verlassen haben. Der Hauptmann zog sich an der Umfassung hoch und schwang sich über die Gartenpforte, die er dem Vorsitzenden von innen aufschloß. Das Haus war abgeschlossen, Fensterläden vor den Fenstern, mit Ausnahme des Giebelfensterchens, dessen klaffendem Spalt sie nicht widerstehen konnten. Statt eines Paragraphen fand Urban jetzt schnurstracks eine lange Leiter: Sie trugen sie gemeinsam vom Baum, dessen Knorpelkirschen halb abgeerntet waren, und lehnten sie an den Giebel; dann kletterten sie – Karas vorneweg – dicht aufgeschlossen hinauf wie die Eroberer einer mittelalterlichen Burg.

Das Gelächter der Stadt, das sie selbst hier noch hörten, trieb sie an.

Erst als sie sich in die Mansarde durchgezwängt hatten und sich an den Wänden entlangtasteten, vernahmen sie das leichte Atmen der Schläfer. Klick. Urban hatte den Schalter gefunden, und Licht durchflutete den Raum. Auf dem breiten Bett unter der schrägen Decke blinzelten aufgescheucht die Eheleute Zima. Die weiße Katze, die zu ihren Füßen lag, machte einen Buckel und begann mit der Morgentoilette. Das Leinenknäuel über ihr, das sich nicht bewegte, war Klára; aus dem Nachthemd lugten rührend die kastanienfarbene Haarkappe und der rosige, noch unschuldige Kinderpopo.

– So!

sagte Karas, als wollte er mit Rasiermesserstimme die widerwärtige Kitschpostkarte zerschneiden.

– Ihr liegt also einfach da!

– Was ist?

fragte Vater Zima verschlafen.

– Da liegt ihr also!!

– Und wo sonst sollen wir liegen?

fragte Vater Zima verständnislos.

– Auf der Straße!

schrie der Vorsitzende los.

– Auf der Straße sollt ihr liegen! Und sogar noch eher als alle anderen!!

Wie ein Mensch, der mit dem nackten Leben einem Schiffbruch entronnen ist, bei dem Familie und Habe auf dem Meeresgrund versanken, noch die Kraft aufbringt, das Ufer zu erreichen, bevor der Schock ihn lähmt, so war Karas imstande gewesen, es bis hierher zu schaffen, wo ihn dann die Selbstbeherrschung verließ. Was er zunächst für eine weiße, eisige Masse gehalten hatte, der eine gewisse tragische Erhabenheit nicht abzusprechen war, zerschmolz jetzt zum schmutzigen Matsch einer peinlichen Blamage. Er schrie, um ihr zu entkommen, und geriet nur um so tiefer hinein.

Zima erwachte soweit, daß er sich aufsetzen konnte.
– Sie haben doch gesagt, wir sollen dichtmachen und schlafen gehen...
– Aber das war vor der Überschwemmung!!
Jetzt setzte sich auch die Mutter auf.
– Es war eine Überschwemmung? Und unsere Oma schläft unten!

Karas verspürte den unbezähmbaren Drang, die Federbetten zu zerfetzen, in die sie sich sogar unter diesem Dach einwickelten, das noch die aufgespeicherte Hitze ausstrahlte, und diese vermaledeite Heilige Kleinfamilie unter einer Daunendüne zu begraben. Er hielt sich nur dank Urbans zurück sowie dank der Tatsache, daß Zima auf dem Bett sogar im Sitzen größer war als er selbst im Stehen.
– Jetzt werd ich euch aber was sagen,
fauchte er wenigstens, während die Katze Líza ihren Irrtum erkannte und sich schon wieder neben Klára zusammenrollte,
– wenn schon nichts anderes, das da hat sie sich –
er deutete hinter sich aus dem Fenster, durch das noch immer die letzten Lachsalven hereindrangen
– aus den Fingern gesogen! Und ich verspreche euch hiermit feierlich, dafür werde ich sorgen, und wenn's das letzte ist, was ich tu, daß dieser Einfall ihr letzter ist!

Zur selben Zeit, als S. vor Lachen herausplatzte, fuhr ein Wagen mit Prager Kennzeichen in die Stadt herein, den – nebst geborgter Kleidung – Anissim Iwanowitsch seinem Musterschüler besorgt hatte. Aus dem regierungseigenen Hotel hatte man in S. angerufen, der Genosse Sekretär sei bei einer Beratung mit Beratern aus dem Bruderland aufgehalten worden; das Schicksal konnte ihm kein besseres Alibi bescheren, das obendrein seine hervorragenden Verbindungen bestätigte. Das Ferngespräch war aber erst nach Abfahrt des Wagens zustande gekommen, so daß Fuchs in seine Stadt, die er heute mehrere Stunden lang aus dem Gebüsch als verschlafenes Nest wahrgenommen hatte, völlig unvorbereitet einzog.

Als er und sein Fahrer unter freiem Himmel, so weit das Auge reichte, Betten und andere Einrichtungsgegenstände erblickten, zwischen denen sich Scharen von Menschen vor Lachen wälzten, fuhren sie wortlos und mit schlotternden Gliedern durch die Stadt hindurch: Als einzige Erklärung kam ihnen in den Sinn, S. sei den Auswirkungen einer unbekannten Kampfdroge erlegen und in gefährliche Raserei verfallen. Fuchs überlegte fieberhaft, ob er zum Kreisbüro fahren oder zu den erfahrenen Ratgebern zurückkehren sollte, als er ein Bild erblickte, wie es jedem Mann der Macht das Herz höherschlagen läßt: Neben der Tafel, die das Ortsende anzeigte, stand ein Polizeifahrzeug. Somit war Wachtmeister Vorel der erste, der namens der Stadt S. den neuen Sekretär begrüßen und ihm zwar lückenhaft, aber ausreichend Auskunft erteilen durfte, so daß Fuchs darangehen konnte, der führenden Rolle der Partei Geltung zu verschaffen.

Er begann damit, daß er Karas suchen ließ sowie sein Auto, das ihm die Genossen vom Kreis herbeischaffen sollten, da er in aller Eile eine Aufgabe von Staatsinteresse übernehmen müsse; für die eingebrockte Suppe mit der Plavcová legte er sich unterwegs einen handlichen Löffel zurecht.

Zu dieser späten Nachtzeit verfaßten seine beiden Lehrer und Garanten einen Bericht, gespeist aus zuverlässigen Quellen der hiesigen Bruderpartei, welche die Zweifel an deren tatsächlichem ideologischen Zustand bestätigten. Der Sekretär einer großen städtischen Organisation, den Verfassern dieses Berichts von seinem Studium in unserem Lande her als treuer Sohn seines Volkes und als unser ergebener Freund persönlich bekannt, wurde heute von konterrevolutionären Elementen überfallen, gröblichst zusammengeschlagen und nackt in den Fluß geworfen, aus dem ihn nur unsere internationale Hilfe rettete. Falls dieses Vorkommnis nicht einmal in den vertraulichen Mitteilungen der Führung der hiesigen Bruderpartei an unsere Führung aufscheinen sollte, wird man fragen müssen, warum solches Material ausgesondert wird und ob die Führung der Bruderpartei nicht ein doppeltes Spiel spielt, das uns zwingen würde, unsere Hilfe auf die gesamte Bruderpartei oder sogar auf das gesamte Brudervolk auszudehnen.

Und wer weiß, ob diese Legende, gezeugt wie so viele andere aus Scham und Speichel ehemaliger Schuster und Krämer, nicht die erste Schwalbe war, die in einem geheimen Aktenordner landete, der dann in einer Augustnacht des übernächsten Jahres abgeschlossen wurde: mit der Signatur von Panzerketten.

XIV

Das Ende von Fässern und Geschichten. – Was wird hier eigentlich gekocht? – Herrreinspaziert nach Böhmen! – Herz-As und Grüne Sieben. – Heilige in Spiritus. – Der Direktor auf dem Baum. – Beschäftigungsloses Gas nimmt jede Arbeit an. – Dem XIII. Parteitag bleiben wir treu! – Die Bewertung des sogenannten Erdbebens. – Wohin hat die Vernunft die Welt gebracht, daß die Erde keinen Schurken mehr verschlingen kann? – Und abermals schlägt es zehn. – Die erhobene Hand des Jiří Tikal junior. – XIV b

Wie süß ist es, ein Faß anzustechen! Wie leicht, eine Geschichte zu beginnen! O Anfänge, euer Name ist Hoffnung! Wenn dann aus dem Hahn versehentlich Rebensaft minderer Güte rinnt und aus den Löchern der Geschichte Sägespäne rieseln, ist die Lösung nicht schwer: den Wein an Bekannte verteilen, die nichts von Wein verstehen, und die Geschichte vergessen.

Stehen wir jedoch vor einem guten Faß, das von zunehmender Leere widerhallt, und sitzen wir an einer guten Geschichte, wenn der unverwebte Faden auf der Garnrolle zusehends abnimmt, dann schnürt uns jeder Schluck die Kehle zu und jedes Wort das Herz ab.

Wie soll man diese Geschichte beenden, über die sich Schriftsteller, Chronist und Zensor in die Haare geraten, eine Geschichte, so wahr, als hätte sie sich niemals zugetragen, so aufregend, weil sie sich tatsächlich zugetragen hat, und so gefährlich, da sie im höchsten Interesse der Macht sich nie hätte zutragen dürfen? Sie hat mit dem unschuldigen Rascheln von Schulaufgabenheften begonnen, und nun tönte bereits verdächtige Rede von Panzerketten!

Was wird hier eigentlich gekocht? War die liebe kleine Klára aus dem Städtchen S. nur jene schon erwähnte Axt, unter deren Deckmantel dem vertrauensseligen Märchenleser zu gesalzenem Preis eine Suppe aus Menschenblut untergeschoben wird, oder ist die blutige Gegenwart darin ein modisches Gewürz, das der leichten Kost auf den Teller des Gourmets verhelfen soll?

Weder dies noch das! Gereicht wird einfach eine Geschichte aus Böhmen, das von Europa so sehr geliebt wird, daß sich wie in den Zirkus ein Volksstamm nach dem anderen zu seinen Toren hereindrängt, um mit uns und statt unser am zähen Brocken unserer Historie zu kauen, schon mindestens tausend Jahre lang. Herrreinspaziert, unser Zelt hat nur eine begrenzte Zahl von Plätzen! Ihr drängt einer den anderen hinaus und bringt, wenn schon nicht Freiheit, so doch wenigstens Abwechslung. Warum grollt ihr dann aber meinen Landsleuten, wenn sie euch oftmals die Stadtschlüssel mitsamt dem ausgehängten Tor anbieten? Für ihre unablässige Erniedrigung wurde ihnen ein einziger Trost zuteil: zuzuschauen, wie ihr euch rauft – um uns, ohne uns und weit weg von uns!

Und was bleibt, wenn wiederum nichts geblieben ist als Augen zum Weinen und das Warten auf eine weitere Chance? Oft nur noch ein Wort, das selbst nichts wiegt, und dann noch ein Einfall, ähnlich den Einfällen unserer Klára, der daraus eine Geschichte webt, an der Grenze zwischen Wirklichkeit, wie wir sind, und Traum, wie wir sein könnten, wenn wir Mut hätten, aber auch, ebenfalls, gleichfalls, wenigstens einmal, wenigstens ein bißchen Glück.

So eine Geschichte ist das, und dagegen hilft nur eines: rasch hinunterschlucken und etwas nachtrinken, damit sich vom Gaumen der typische Beigeschmack eines tschechischen Endes verflüchtigt, das immer bitter ist.

Richard Fuchs hatte einen Panzer für seine Achillesferse entdeckt; schlimmstenfalls konnte er das Herz-As ausspielen: die Liebe. Heiraten wollte er sowieso einmal, warum also nicht die geheimnisvolle Dora? Ein großes Gefühl, das alles aufs Spiel setzt, einschließlich des Parteibuchs, rührt auch die Partei: Schließlich und endlich, Genossen, wir können es nicht gutheißen, aber wir können es auch nicht bestrafen, wenn der Genosse Fuchs sich dem Problem wie ein ehrenhafter Genosse stellt und die Genossin heiraten will! Dadurch wäre der bedrohliche Ankläger in Sachen Moral, Plavec, zu einem lächerlichen brunftigen Hirsch degradiert, der in die Welt hinausröhrt, wie er im Kampf mit einem besseren zu einem Geweih und um seine Hirschkuh gekommen ist.

Erstaunlicherweise war jedoch von allen Haltungen, denen Fuchs in dieser Nacht begegnete, diejenige Plavecens die geduckteste; Fuchs gewann allmählich die Gewißheit, daß der Direktor nichts wußte, und begann zu ahnen, daß den tragisch aussehenden Knoten in seinem Geschick eher eine Farce geknüpft hatte. Er spürte freie Hand und begann zu handeln, zum erstenmal im Leben Lust an der eigenen Macht schmeckend, die er, der weiland zu Boden Geschlagene, sich jetzt auf seiten des Überwinders erwartete. Er wollte eine Schuld begleichen: Wie er einst bereit gewesen war, seinem Volk bessere Schuhe anzuziehen als die vom Betrüger Bata zusammengeschusterten, so beabsichtigte er nun, es in bessere Tage zu kleiden als die von seiner bankrotten Klasse genähten.

Er beabsichtigte allerdings nicht, die Vertreter des Kreisausschusses, die ihn morgen auf den Thron heben sollten, um ihren Anteil an der Mitverantwortung zu prellen, er wollte sie geübt vor ein paar vollendete Tatsachen stellen, die sie auf den richtigen Kurs bringen würden. Er löste den Krisenstab auf, gebot Havlíček, in sein Pfarrhaus zurückzukehren und dort auf Nachricht zu warten, ob ihm die staatliche Genehmigung erhalten bleibe, und vor allem: Er nahm noch vor Mitternacht den Rücktritt des Bedřich Karas von der Funktion des Vorsitzenden des Städtischen Nationalausschusses an, nachdem er ihm dies indirekt nahegelegt hatte; dieser populäre Profi von passender geographischer und sozialer Herkunft schreckte ihn ohnehin wie ein alter Hahn auf einem zu kleinen Hof. Und schließlich spielte ihm der plötzliche Wetterwechsel die

Grüne Sieben zu, mit der er in einem weitaus höheren Spiel als dem hier ursprünglich gewagten auftrumpfen konnte.

Als nämlich die zehnte Stunde nicht die Erde zum Beben gebracht hatte, sondern nur das Rathaus, und der kleine Zeiger fröhlich am Zifferblatt weiterknabberte, dachte niemand an ein dickes Ende, denn das hysterische Gelächter war ja vor allem ein Ausdruck der Erleichterung, die auch die größten Spötter verspürten. Das Sommernachtsfest lief deshalb weiter, um so zügelloser, da jetzt nur noch auf Karasens Rechnung. Mit dem Sinken der Celsiusgrade stiegen die Alkoholpromille; der Rum, jetzt schon unverhohlen aus der Dunkelheit geholt, benebelte verhohlen die Gehirne. Niemand bemerkte, wie zuerst die Glühwürmchen weniger wurden und dann die Sterne. Gegen Mitternacht begann es immer stärker zu regnen. Erst dann setzte der trunkene Umzug ein, diesmal im Dunkeln und treppauf; er wandelte sich bald in erbitterten Zank und Streit um jeden Vortritt am Hauseingang, um jede Fahrstuhlkabine, um jede Stufe. Außer Karasens Namen fiel hie und da unvermeidlicherweise auch schon der Name des Mädchens Klára...

O Heiligkeit, du bist der erste Schritt zur Verdammnis!

Es ist gute tschechische Sitte, die eigenen Heiligen erst dann zu verehren, wenn sie vom Henker einwandfrei verbrannt sind und ihre Asche den Fischen vorgeworfen wurde. Lebende Heilige werden gelitten, solange die Gemeinde nicht darunter leidet. Andernfalls werden sie sofort verdammt und, wenn sie's denn gar nicht anders wollen, den Richtern zum Hinrichten ausgeliefert. Erst wenn die Zeit vorbei ist, da sie auch als Tote ihren Zeitgenossen dumme Fragen stellen, werden sie in den Spiritus der Historie eingelegt und auf nationalen Kirmessen ausgestellt, um durch ihr leuchtendes Beispiel neue Heilige für die Nation anzuwerben.

Mit den ersten Tropfen, die auf die polierten Wäschekommoden trommelten, schlug auch die Todesstunde des gemeinschaftlichen Wohlwollens, dessen Klára sich auch noch nach zehn Uhr deswegen erfreut hatte, weil sie die Macht so erfolgreich genasführt hatte. Nun setzte man ihr sogar das Fehlschlagen der Weissagung auf die Rechnung. Auch die Christen fanden, sie habe sie zudem um das Vergnügen gebracht, den Zusammenbruch des ganzen gottlosen Regimes mitzuerleben; so konnten sie das Joch frommer Verehrung ablegen und wegen des aufgeweichten Glaubens und Mobiliars an dem Mädchen ihr Mütchen kühlen.

O Festlichkeiten, an eurem Ende, verborgen unter den leeren Hülsen der Feuerwerkskörper und dem Mist aus Senf und Konfetti, lauert der Katzenjammer!

Die Bürger der Stadt S., im trüben Morgenlicht trüben Blicks die zertretenen Rasenflächen unter den Fenstern und die beschmutzten Teppiche in den verwüsteten Wohnungen betrachtend, widmeten der Durchsage des Stadtfunks diesmal geziemend zornige Beachtung.

– Hallo, hallo!

ertönte es schon vor der sechsten Morgenstunde, der ersten Schicht zum Geleit.

– Hier spricht der Direktor unserer Anstalt...

Dann ein Stottern, als Plavec, vorübergehend mit der Leitung des Städtischen Nationalausschusses betraut, sich entsann, wo er auf Sendung war.

– Genossinnen und Genossen, heute um zehn Uhr vormittag findet in der Aula der neunjährigen Grundschule von S. eine Versammlung von Vertretern der Bürgerschaft, der Werktätigen und der Jugend der Stadt S. statt, anläßlich derer die führenden Funktionäre von S. eine Erklärung zu den gestrigen bedauernswerten Ereignissen in S. abgeben werden; da das Wetter und andere Bürgeraktivitäten –

er dachte dabei an die frisch aufgeschlitzten Eingeweide des Kulturhauses, wo der ehrgeizige Trejblík in der Sommersaison diese Angeber aus Prag mit einer Stereoanlage zu verblüffen gedachte

– es nicht gestatten, eine Versammlung aller Bürger von S. abzuhalten, wird die Tagung in der Aula zum erstenmal vom Stadtfunk von S. für ganz S. übertragen. Möge diese Versammlung zum Schlußpunkt hinter den dunklen Tagen unseres geliebten S. werden sowie zum Ausdruck der unzerstörbaren Einheit der Bewohner und der Organe von S. mit unserer Partei, deren neuer Stadtsekretär, Genosse Fuchs, heute in S. feierlich willkommen geheißen wird.

Eine echte Sensation verursachte jedoch erst Plavecens letzter Satz:

– An der Sitzung teilnehmen werden auch die Hauptschuldigen am gestrigen –

er bediente sich der Bezeichnung, die er in der Nacht von Fuchs gehört hatte und für genial hielt

– sogenannten Erdbeben in S., um dem berechtigten Ruf der Einwohner der Stadt S. nach Bestrafung freien Lauf zu lassen.

Der begabte Fuchs hatte darin richtigerweise eine unverhoffte Möglichkeit erkannt, zum Stadttor als Tribun gesamtvölkischen Zorns einzuziehen.

Als die gefürchtete Stimme durch den Schutzwall des Schnarchens endlich in sein Bewußtsein drang, schoß Schulwart Coufal aus dem Bett und schaute sich verwirrt blinzelnd in der ebenerdigen Dienstwohnung um, von wo der Chef denn zu ihm spreche; eine Zeitlang suchte er ihn noch auf dem Baum gegenüber, bis er soweit wach war, daß er den Lautsprecher erkannte.

Er zündete mit ein und demselben Zündholz seine Zigarre und das Gas an, zog die Hose über und setzte Kaffee aus dem Repräsentationsfonds auf, nicht ahnend, daß er sich schon in drei Stunden unauslöschlich in die Annalen der Stadt eintragen würde, ein weiterer Fußsoldat, der einen Krieg der Könige entschied. Begreiflich, wie entsetzt er war, als gleich darauf an die Tür der Schulwartwohnung geschlagen wurde und der Direktor, vom Baum sprechend, gleichzeitig auf dem Flur rief, er solle augenblicklich öffnen. Der einfältige Coufal fing an zu glauben, Plavec habe sich vervielfältigt, um ihn zu umzingeln und der Übertretung des Rauchverbots zu überführen. Er fand nur einen Platz, wo er die Zigarre sicher verstecken konnte: Er warf sie in den Kaffee, der zum Sieden ansetzte.

Dann stand der Direktor, der den Hauswart des Nationalausschusses beauftragt hatte, seine Durchsage jede Viertelstunde vom Band abzuspielen, vor dem Schulwart und brüllte, zum Fenster hinausdeutend, wo er zu allen Bürgern von S. sprach, einen davon persönlich an:
– Coufal! Wieso sind Sie noch da? Sind Sie taub? Zu wem spreche ich wohl? Wer soll sich das anhören, wenn nicht Sie, hab ich recht? Hören Sie nicht, daß um zehn eine Versammlung ist? Warum sind Sie nicht längst in der Aula??

Coufal fing an zu begreifen, daß es nicht um die Zigarre ging; sicherheitshalber griff er jedoch nach Dienstmütze und Aulaschlüssel, um den Vorgesetzten sofort aus der Wohnung zu begleiten. Als die Korridore Plavecens schneidende Befehle verschluckten und schmissige Blasmusik ihn in den Lautsprechern ablöste, wallte der brodelnde Sud im Topf auf, und ein Wasserschwall voll Kaffeesatz erstickte die Flamme. Das Gas, nunmehr beschäftigungslos, zischte weiter und kapselte sich inzwischen ein, in Erwartung künftiger Arbeitsgelegenheiten.

Um halb zehn war die Aula gefegt und geschmückt. Aus den Stapeln von Transparenten und Parolen, seit Jahrzehnten unter dem Podium eingelagert, wählte Plavec zwei: EUREN IDEALEN BLEIBEN WIR TREU!, das hier in den achtzehn Jahren seit dem Tod des letzten Präsidenten aus der Bourgeoisie auch bei den Totenfeiern für die beiden ersten aus dem Arbeiterstand gedient hatte, und DEM XIII. KONGRESS UNSERER PARTEI ENTGEGEN!, der vor einem Jahr stattgefunden hatte. Er gebot Coufal, daraus einen aktuellen Slogan zu erstellen: DEM XIII. KONGRESS UNSERER PARTEI BLEIBEN WIR TREU! Doch auch dann gelangte der Schulwart nicht in seine ersehnte Höhle, deren Wärme er unter dem Fußboden der Aula ahnte, weil er erst das Bild des letzten, noch lebenden Präsidenten aus dem Direktorzimmer holen, auf der Bühne aufhängen und mit allen Blumentöpfen garnieren mußte, die er im Lehrerzimmer und in den Klassen fand, wo sein Eintritt nicht das übliche Hallo hervorrief, sondern Bedrückung, die auch ihn drückte, so als sollte er eine Totenfeier für Lebende vorbereiten. Und dann wurde es höchste Zeit für ihn, beide Flügel des Schultores zu öffnen und aufzupassen, daß die Bürgerschaft sich die Schuhe abstrich, denn all diesen Dreck aus Korridoren, Treppenhaus und Aula mußte ja schließlich auch wieder nur er wegputzen.

Die dreihundert Plätze in der Aula hatten Plavec und Fuchs noch in der Nacht folgendermaßen aufgeteilt: die Hälfte für die Schüler der neunten und achten Klassen, die von den Ereignissen am längsten betroffen waren, so daß die Gesellschaft vor allem ihnen eine Erklärung schuldete, im Interesse ihrer moralisch-politischen Entwicklung; ein Viertel für die Vertreter von Betrieben und gesellschaftlichen Organisationen; ein Fünftel für die Pädagogen und Gäste vom Kreis; das restliche Zwanzigstel, fünfzehn Sessel in der ersten Reihe, für Personen, die, wie Fuchs es formuliert hatte, für das sogenannte Erdbeben unmittelbar verantwortlich waren.

Auf der Sitzung heute morgen, die der Kreissekretär für

Ideologie, Drak, geleitet hatte, wütend darüber, daß er es nicht mehr schaffen würde, die Ernte politisch sicherzustellen, die nach jahrelanger Überzeugung der Sekretäre für Ideologie ohne politische Sicherung nicht vor sich gehen konnte, hatte Karas verkündet, die Verantwortung habe er schon durch seinen Rücktritt auf sich genommen, und ansonsten werde er für niemanden den Hanswurst machen; er habe gemacht, was zu machen war, und entschuldigen werde er sich höchstens bei Havlíček, falls Fuchs diesen um die Kanzel bringe. Damit brach er sich vollends das Genick. Plavec war dem Pranger entronnen, Urban konnten sie nicht hinstellen, die Fialková fürchteten sie, denn womöglich packte die auch noch aus. In der ersten Reihe nahmen also nur die Zimas Platz; dafür hatten sie die Oma mitgenommen, da es an deren Weg lag: Sie ging gerade zum Reiterstandbild des heiligen Wenzel, wo der Opa wartete, aufbruchbereit für die Reise über den großen Teich.

Als zehn Minuten vor zehn – Fuchs hatte angeordnet, zum Unterschied vom sogenannten Erdbeben müsse das Meeting pünktlich beginnen, eher noch um ein Haar früher, damit klar werde, daß die neue Führung die Mängel der alten durch Zuverlässigkeit und Pünktlichkeit abzugelten gedenke – die auserkorenen Klassen unter Führung von Pädagogen, aus denen durch seine Höhe und auch Blässe der Klassenlehrer der 8a, Brunát, hervorstach, in Zweierreihen in den Saal einmarschierten und mit unüblicher Lautschwäche die Sitze herunterklappten, erforschte Plavec sein Gedächtnis, woran ihn das erinnerte. Öffentliche Hinrichtungen, dachte er schaudernd, denn auch ihm stand bevor, auf diesem Forum eine Entschuldigung dafür vorzubringen, daß er einen Augenblick lang in der materialistischen Weltanschauung wankend geworden war und für die Aktion E gestimmt hatte; Beruhigung brachte ihm das Bewußtsein, daß ihm im voraus ein sichtbares Pardon erteilt worden war, das er sich durch seine ansonsten felsenfeste Haltung verdient hatte: Als Fuchs ihm die vorübergehende Leitung des Rathauses anbot, einschließlich der Möglichkeit, von der schulischen Schmalspurbahn in den Schnellzug staatlicher Administrative umzusteigen, hatte er begriffen, daß das, was er voriges Jahr in Bulgarien fälschlich als Fuchsens amouröses Interesse an seiner Dora aufgefaßt hatte, in Wirklichkeit politisches Interesse an ihm selbst gewesen war, ein Abklopfen der zukünftigen Vertrauensmänner des zukünftigen Sekretärs. Er war bereit, sich dessen Vertrauen schon heute zu erwerben, und hatte eifrig auf den rechtzeitigen Beginn der Sitzung hingearbeitet.

Schon vier Minuten vor zehn betrat er das Podium, wo unter dem Spruchband ein Tisch mit drei Stühlen und unter dem Porträt des noch lebenden Präsidenten ein Rednerpult stand, alles in Grün eingebettet, aus dem die verrußte Palme aus Látals Kabinett emporragte: Coufal hatte sich erkühnt, nachdem der alte Professor wissen ließ, er werde an der Sitzung aus prinzipiellen Gründen nicht teilnehmen. Warum hat er sich nicht auf eine Krankheit herausgeredet, konnte Plavec nicht begreifen, jetzt könnte er endlich nach mir Direktor werden ... Er bedeutete dem Schulwart, das Mikrophon einzuschalten und die Tür der Aula abzuschließen; solange das Programm nicht in der Bekanntgabe von Karasens Sturz und der Herunterstufung von Klára Zimovás Betragensnote um zwei Punkte gipfelte, wollte er keine Störung riskieren.

Da der Chef nicht ausdrücklich angeordnet hatte, auf welcher Seite der Tür er zu bleiben habe, wählte Coufal selbstverständlich die äußere. Kaum hatte er den Schlüssel herumgedreht, begann seine Lunge nach Nikotin und sein Magen nach Kaffee zu schreien.

– Hallo, hallo,

sagte auf dem Podium Direktor Plavec und klopfte mit dem Bleistift an die Membrane des Mikrophons, worauf aus den Lautsprechern in ganz S. Schläge ertönten, als renne er mit einem Balken Türen ein,

– hier ist die Aula unserer Anstalt!

fuhr er, diesmal durchdacht, fort, da er sich für die unabgenützte Form der Reportage entschieden hatte.

– Genossinnen und Genossen, vermittels der schulischen und städtischen Rundfunkanlage begrüße ich euch als alter Direktor der hiesigen neunjährigen Schule und als neuer amtierender Vorsitzender des Nationalausschusses von S. auf dieser Versammlung, an der ihr alle direkt oder indirekt teilnehmt. Es ist mir eine freudige Ehre, auch den Genossen Sekretär des Kreisausschusses unserer Partei, den Genossen Drak, begrüßen zu dürfen sowie einen Genossen, der uns glücklicherweise nicht so bald verlassen wird, den neuen Sekretär der städtischen Organisation unserer Partei in S., den Genossen Rei ...

Angstschweiß brach ihm aus, aber der Selbsterhaltungstrieb funktionierte ebenso zuverlässig, als wäre er aus dem Fenster gekippt

– ... den Genossen reinsten Wassers, ihr kennt ihn alle –

er zog sich am Sims wieder hoch

– ja! Wer sollte ihn nicht kennen,

mußte er jetzt so konsequent rufen wie ein Fernsehconferencier,

– den Genossen Richard Fuchs!

Er begann zu klatschen und entfesselte so das Klatschen im Saal, dem die anwesenden Funktionäre sofort ein rhythmisches Gepräge gaben. In ganz S. war der Schritt zweier Elefanten zu hören, da das unabgeschirmte Mikrophon das Dröhnen des Podiums verstärkte. Drak und Fuchs beklatschten sich aus Gepflogenheit selbst und setzten sich an den Vorstandstisch.

– Und ich bitte den Genossen …

Vor Aufregung war er sich plötzlich nicht mehr sicher, wie der Mensch wirklich hieß.

– Und ich bitte unseren Genossen, sogleich das Wort zu ergreifen, auf das ganz S. so ungeduldig wartet.

Er wartete, bis Fuchs sich wieder erhob, und klatschte ihn bis ans Pult, dann setzte er sich selbst. Er war noch immer nicht aus dem Schlimmsten heraus, aber die Einleitung hatte er hingekriegt! Wie schade, daß Puppilein das Popolein brannte; wenn sie hier wäre … Er riß sich zusammen und beobachtete jede Regung in der Aula mit den Augen des verbrannten Mäusebussards, um einer etwaigen Bedrohung seines unverhofften Aufstiegs zu steuern.

– Genossinnen und Genossen!

sagte Fuchs so warm, wie er es tatsächlich empfand.

– Teure Mitbürger!

Einen Sekundenbruchteil lang überlegte er, ob er nicht «Brüder und Schwestern» sagen sollte, wie weiland Stalin bei der Bekanntgabe des Kriegsausbruchs, doch gleich entsann er sich, er könnte dadurch unseligerweise den Geist seines Vaters wieder heraufbeschwören, denn was Gott erlaubt ist, ist keinem Fuchs erlaubt.

– Ich habe mir meinen Amtsantritt in eurer schönen Stadt S., die von so vielen revolutionären Traditionen umwoben ist, anders vorgestellt; doch da nun einmal der ideologische Kampf, dem der Klassenfeind bei uns noch lange nicht ade gesagt hat, die werktätigen Massen abermals ins Feld gerufen hat, darf dort in erster Linie ihre Vorhut nicht fehlen, unsere Partei!

Einem Mann nicht unähnlich, der nach einem Schluck

Sauerstoff japsend auf dem letzten Loch pfeift, erreichte Coufal, ganz im Gegenteil nach einem Lungenzug Rauch gierend, die Büste des Volkstumsbarden; er fand nur bestätigt, daß er nach der ernstlichen Warnung nebst anderen Verstecken gestern auch dieses aufgegeben hatte. Aufs Geratewohl eilte er hinunter ins Erdgeschoß und tastete mit der Hand den Metallrahmen der Drahtwand in der Mädchengarderobe ab. Vom Jagdglück begünstigt, fühlte er zwischen den Fingern die Blätterspindel. Er zündete sie an und machte sich auf, seinen Durst zu löschen.

Fuchs redete, und Plavec achtete auf die Wirkung der Ansprache, um ihm später bei deren Auswertung zu helfen. Er verfolgte insbesondere jede Regung der Zimas, aber seine Vorhersage, es seien keine Samthandschuhe nötig, weil sie das dicke Fell und die Natur von Kühen besäßen, bewahrheitete sich. Vater Zima hielt seine Pranken im Schoß wie eine große Tasche, über die heute wider alle Gewohnheit der Riemen einer bunten Krawatte herabhing; die Mutter schaute Fuchs mit dem gleichen ernsthaften Interesse an wie am Freitag Brunát, als dieser Reiskörner gezählt hatte. Klára Zimová lauschte der Rede über ihre Taten, dachte Plavec, wie der Schilderung des Lebens in fernen Ländern; ihre Hände streichelten das auf dem Schoß zusammengefaltete weiße Strickjäckchen so, daß der Direktor dessen Knöpfe einen Augenblick lang für Katzenaugen hielt. Aber worüber, erboste er sich, lacht dauernd diese alte Oma?

Großmutter Zimová hatte einen sehr guten Grund zum Lachen: Direkt unter dem Schwanz des Pferdes mit dem heiligen Wenzel fragte sie den Opa, warum er denn eigentlich dorthin fahren wolle, wo der Pfeffer wächst, da er bestimmt bei ihnen in S. Arbeit finden würde, als Hausknecht, Hufschmied oder vielleicht als Glasmacher, wenn er freilich nicht zwei linke Hände habe... Nein, Jungfer Klárka, sagte er in eben diesem Augenblick, ich habe solche, wie sie einem Manne anstehen, und er führte es gleich vor, indem er sie vor allen Leuten unter diesem böhmischen heiligen Pferd hochhob und ihr, endlich!, ganz von selbst einen Schmatz gab.

Hätte er zwei andere Augenpaare verfolgt, wäre Plavecens Ärger bestimmt der Sorge gewichen, dem Unternehmen drohe Verderben von ganz anderer Seite. Am Rande der dritten Reihe zermarterte Jiří Tikal junior sich das Gehirn, wie er sich zur Verurteilung von Klára Zimová stellen sollte, an der kein Zweifel mehr bestand, desgleichen daran, daß sich niemand finden würde, der in diesem klar verlorenen Prozeß eine Hand für sie rührte. An seiner Seele nagte eine Frage, die tschechische genannt: Durfte seine einsam erhobene Hand, die dem Mädchen obendrein nicht helfen konnte, abermals das Senken des Daumens der Macht verschulden, auf dessen Emporrichten seine Eltern volle fünfzehn Jahre gewartet hatten?

O Feigheit, dein Name ist oft Vernunft.

In der Mitte derselben Reihe litt unter einem anderen Trauma Professor Brunát, dessen Geist und Gedärm im nachlassenden Würgegriff des Rums allmählich zu sich kamen: Als er, von der irgendwie bekannten Klangfarbe der Stimme angezogen, die Augen endlich zum neuen höchsten Repräsentanten seiner Stadt hob, begann er ihn in jähem Argwohn im Geiste zu entkleiden.

– Und so können diejenigen,

donnerte Richard Fuchs, der liebevollen Adoptivmutter endlich zurückzahlend, was der dankbare Adoptivsohn ihr schuldete,

– die auf falsche Propheten hereingefallen sind und die Folgen –

er bediente sich der genialen Bezeichnung, mit der Anissim

Iwanowitsch in der Schule dezent auf alles Unrichtige wie Kybernetik, geheime Wahlen oder moderne Malerei hingewiesen hatte

– des sogenannten Erdbebens am eigenen Leibe miterlebt haben, sich jetzt bestens bei jenen bedanken, denen ein paar Zufälle die Vernunft so umnebelt haben, daß sie fähig waren, wirklich schon alles zu glauben!

Nein! schrie Professor Brunáts Geist auf und befreite sich aus den Klauen sowohl des Rums als auch der Vernunft, deren Namen der Redner eben mißbrauchte, der Vernunft, die ihn dieser Hetäre Mathematik dermaßen hatte ins Garn gehen lassen, daß er den Lauf der Welt nicht mehr wahrnahm und die Sorge für sie diesen Fachleuten überließ, nein, das darf nicht sein! Wohin hat diese Kupplerin Vernunft die Welt gebracht, daß es sich auf ihr nicht mehr begibt, daß die Erde sich öffnet und die Schurken verschlingt? Und was machen eigentlich die Christen, die für dergleichen seit jeher einen Gott hatten?? O Vernunft, manchmal nützt du einen Dreck...!

Vom Kirchturm fiel auf S. der erste Bronzeschlag, wollte über die Stadt rollen, blieb jedoch bald im Schlamm des Parks stecken, den Menschenfüße und Stuhlbeine zerpflügt hatten. Der zweite plumpste schon geradewegs in den Matsch, der dritte und vierte ihm nach. Dann begann die tiefe Glocke die volle Stunde zu schlagen.

– Solche Einfaltspinsel –

trumpfte Fuchs auf, wobei er nach der Methode von Anissim Iwanowitsch Volkshumor bemühte

– würden dieser Schelmin wohl auch glauben, wenn ihr einfallen sollte, daß uns alle hier, mitsamt den Genossen, der Teufel holt!

Plavec lachte willig mit der ganzen Aula, doch zugleich zählte er unwillkürlich die Glockenschläge mit, wie er es in traumlosen Nächten neben der schlafenden Dora tat.

Eins, zwei, drei, vier, fünf, sapperlot! schoß ihm eine komische Idee durch den Kopf, hat jemand dieses Küken gestern gefragt, ob um zehn Uhr abends oder ... sechs, sieben, acht ... Unsinn!, neun ...

Schulwart Coufal, der schon ab der Ecke des Korridors die Nase rümpfte, beschleunigte den Schritt, hatte er sich doch mit Schrecken an den Kaffee erinnert. Der Topf ist verbrannt, dachte er, und drückte die Klinke nieder. Das gelangweilte Gas, das die Wohnung wie einen Luftballon ausgefüllt, sich jedoch vergeblich bemüht hatte, sie zum Emporschweben zu bringen, begrüßte jubelnd die Fackel der Coufalschen Zigarre, die es wieder ans Werk rief.

Die Explosion trug Coufal mitsamt dem Schutzschild der Tür im Grunde unbeschädigt bis auf die Mädchentoilette und tobte sich des weiteren durch das Sprengen der Fenster und der Decke aus. Der Druck brachte auch das Podium in der Aula zum Einsturz. Gläubige Bürger, die lediglich der Radioübertragung lauschten, hatten dank dessen längere Zeit das Gefühl, den Vorstand habe tatsächlich der Teufel geholt. Einige Gläubige im Saal beteuerten hoch und heilig, dicht vor dem Erdbeben, mit dem zehnten Glockenschlag, sei Klára Zimová über der Aula gekreist wie ein weißer Vogel. Die Mehrheit jedoch konnte – trotz der grenzenlosen Achtung und Ehrfurcht, die sie für das Mädchen von da an bis in Ewigkeit hegte – bezeugen, ohne daß dies ihren gewaltigen Eindruck geschmälert hätte, daß die Kraft, die das gesamte Präsidium unter den Trümmern des Podiums begrub, zugleich eine Wolke betagten Staubes und Fetzen modernder Parolen freisetzte, die dann wirklich minutenlang durch die Aula segelten – dem Dritten Reich Heil wünschend und dem Bolschewismus Verderben, später Hingerichtete hochleben lassend und inzwischen Rehabilitierte schmähend – wie noch das Weltall durcheilende Strahlen von Sternen, die schon längst der kosmische Tod ausgelöscht hat.

Eines stand fest: Während der Knall im Deckengewölbe der Aula verhallte, sprang ein Schüler der 8a, Jiří Tikal, offenbar infolge eines Nervenschocks, vom Eckplatz in der dritten Reihe hoch, lief zur Mitte der ersten Reihe, kniete vor Klára Zimová nieder und küßte sie, wenngleich ungeschickt, vor allen Anwesenden auf den Mund, wozu nicht einmal Brož etwas zu bemerken wagte.

Und ebenso steht fest: Von da an fiel Klára Zimová nichts mehr ein.

Ihr fiel nicht ein – und du, geneigter Leser, der du dir eine garantiert echte Suppe aus der Axt bestellt hast und nicht etwa den Aufguß einer langweiligen Nationalhistorie, leg unser Buch wenigstens an dieser Stelle aus der Hand und laß dir die samtige Wiese deines Gemüts nicht vom Unkraut so blöder Geschmacklosigkeiten überwuchern wie etwa, daß auch ein Prinz pinkeln geht und Prinzessinnen Kinder kriegen –, ihr fiel zum Beispiel unter anderem nicht ein,

daß jenen Bedřich Karas, den das schlechte Gewissen der Gemeinde und die gute Nase der Macht dann gleichwohl in der alten Funktion beläßt, die Erfahrung seiner alten und frischen Wunden nach genau zwei Jahren im Frühling, genannt Prager, als Delegierten bis zum außerordentlichen XIV. Kongreß Unserer Partei führen wird, der jedoch zum erstenmal seit Bestehen Unserer Parteien heimlich tagt, da bereits nach der Panzerhilfe des Anissim Iwanytsch und weiterer Brüder, so daß er bald mit einem wiederholten Kongreß überkleistert wird, und dieser verdient sich dann bei den Historikern die Nummer

XIVb

ihr fiel nicht ein,

daß der Ex-Delegierte Karas noch einige Zeit von der neuen Macht verlockt werden wird, kraft seiner Autorität nun ein Erdbeben der Seelen zu verhindern, dann jedoch erklärt, seine eigene bebe vor Scham, und die Nase dieser Macht werde ohnehin wittern, daß Hähne seines Schlages am gefährlichsten sind und ihm den Kamm scheren, so daß der Ex-Vorsitzende und Ex-Kommunist Karas, abgeschoben ins Magazin der Glashütte, um neue Millionen unverkäuflicher Gläser zu bewachen, sich eines Tages besonders sorgfältig die Hände waschen und eine Protestcharta unterzeichnen wird, wonach sich nur noch die Polizei mit ihm unterhält,

daß Hauptmann Urban eines Augustmorgens vor der Eisenbrücke den Major eines Panzerbataillons der Brudertruppen von Kommunist zu Kommunist auffordern wird, nicht in die Stadt S. einzurücken, die völlig unter der Kontrolle der hiesigen Bruderpartei und -regierung stehe, und als dieser schreit, er möge sich aus der Bahn der Panzerketten wegscheren, mit den Worten gehorcht, derentwegen er jahrelang die einheitliche Kommandosprache gelernt hat: Ich Sie gewarnt!, worauf gleich der erste Panzer durch die alte Brücke bricht und tagelang im Fluß S. steht, mit der Kanone in den Grund gebohrt, wie das Denkmal noch eines tschechischen Mißgeschicks, doch der fremde Major weiß seither, daß das Schild mit der Angabe 30 t nicht dreißig Tanks bedeutet, und Urban, einige Zeit später ans andere Ende von Böhmen versetzt, in aller Stille aus dem Polizeidienst in den einträglichen Beruf eines Tankwarts entlassen wird, denn aus triftigen Gründen verdammt die Macht nur ungern ihre wiewohl gefallenen

Schutzengel, um die neuen nicht zu erschrecken,

daß Doktor Tikal, der in diesem Sommer den Familienhorizont bis ans Mittelmeer ausweiten wird, das gegen harte Währung früher nur für die Stützen der Macht rauschte, auf dem Gipfel des untätigen Vesuv aus dem Transistorradio hörend, was für Vulkane in seiner Heimat tätig sind, von kaltem Grauen gepackt wird bei dem Gedanken, er müßte alles noch einmal durchmachen, zum Wagen zurückgekehrt seinen beiden Leuten sagt: Vergeßt, daß diese Mühle einen Rückwärtsgang hat!, und als er in seiner neuen Heimat feststellt, daß Ehebruch hier mit einer fast ebenso hohen Strafe geahndet wird wie Käseverfälschung, sich notgedrungen seinem Fach widmen wird, seiner Frau und seiner neuen Tochter, deren Schweizer Jungfräulichkeit er in weiteren fünfzehn Jahren wie ein eifersüchtiger Drache bewachen wird, zumal vor tschechischen Schürzenjägern,

daß Jiří Tikal junior, der damals in der Aula nicht die wahre Liebe küßte, sondern seinen Traum von ihr, der ihm Klára für immer entmaterialisierte, alsbald beginnen wird, in den Fußstapfen seines Vaters beim zeitweiligen Medizinstudium verschiedene Bruchstücke dieses Traums in Mädchen zu materialisieren, die ihn in sämtlichen Weltsprachen verhätscheln, so daß er nur gelegentlich auf den Flügeln des Marihuanas über dem Häuschen mit dem Spitzdach kreist,

daß Pfarrer Havlíček von der Diözese bald, vorzeitig in den Ruhestand versetzt, in ein Altersheim für Geistliche verfrachtet werden wird, wo er bei Tag für Esther Silbermann und Klára Zimová zur heiligen Klara betet, bei Nacht vom verlorenen Paradies der Mohnbuchteln und Topfenkolatschen träumt und das lange Warten aufs ewige Leben mit sonntäglichen Gläschen des Sliwowitz abstoppt, den ihm allweihnachtlich Karas senior und junior schicken,

daß Martinic wegen seines Aussehens Hotelportier werden

wird, als er wegen seiner Herkunft aufhört, Glashüttendirektor zu sein, und man auf diesen Posten seinen Vorgänger zurückberuft, der in Kürze abermals eine Verlagerung der ausländischen Nachfrage von Glas auf Bräute bewirkt, die dann freilich zu Hause fehlen, und daß Dr. med. Brabec, nach dem Ausschluß aus der Partei kein Dr. bürokr. mehr, auf dieser Rutschbahn in drei Jahren bis in den Keller einer Prager Wohnsiedlung hinunterschlittert, wo er seine wissenschaftliche Arbeit über die Vertrauensexplosion in S. für die Schublade schreiben wird, zugleich das Manometer im Auge behaltend, damit der Heizkessel nicht explodiert,

daß Brunát, durch jenen Erkenntnisblitz aus der sterilen Welt der Zahlen gerissen, nie wieder die süße Verantwortungslosigkeit des Gelehrten empfinden wird, hingegen die Last bewußten Bürgertums, das er aber nicht durch furchtlose Taten zur Schau stellt, sondern als geheime Mission zur Rettung seiner Schüler ausübt, die in einem Bermudadreieck von Lüge, Halbwahrheit und Illusion ertrinken,

daß Plavec, ebenso wie Drak beim Einbrechen in den Misthaufen überholter Parolen nur mit einem Schock davongekommen, gleich darauf zwei viel stärkere erleben wird, als er im Büro des Bürgermeisters wieder Bedřich Karas vorfindet, daheim hingegen seine Frau mitnichten, die inzwischen sich selbst im Lichtstrahl von oben spät, aber für alle Zeiten unerschütterlich an die Seite ihres schwergeprüften Geliebten treten sah,

daß dieser, von Doktor Tikal geschickt zusammengeflickt und vorübergehend froh, daß ihn das sogenannte Erdbeben nur in die vorangegangene Funktion abstürzen und obendrein am Busen der herrlichen Dora weich landen ließ, in zwei Jahren eine glänzende Wiederauferstehung erleben wird, da die Lehrer den strebsamen Schüler nicht vergessen haben, und dann auch eine steile Himmelfahrt, als der Bruderbesen aus der Partei endlich all die verschiedenen Karase hinausfegt, die sich an ihrer zufällig günstigen Herkunft versündigten, und weise auf die Karte der Fuchse setzt, die bereitwillig so fällt, wie es vonnöten ist,

ja sie ahnte nicht einmal,

daß diese Geschichte über sie, die Geschichte vom lieben kleinen Mädchen Klára aus der kleinen lieben Stadt S., begonnen unter den Apfelbäumen des böhmischen Städtchens Sázava am Ufer des gleichnamigen schmalen Flüßchens, weil die beiden sich gleichen wie ein Ei dem anderen, unter den Zitronenbäumen der Insel Capri über dem weiten Golf von Neapel beendet werden wird, nachdem der Versuch der Autoren, wieder in den entfremdeten Heimathafen einzulaufen, gescheitert ist,

und sie ahnte schon gar nicht,

daß eines Tages zum Kommunalbetrieb in S. ein defektes Militärfahrzeug heranrumpeln wird, mit einem Kennzeichen, dessen Buchstaben Ungetümen ähneln, und daß dessen junger Kommandant, der weder die Historie der Stadt noch die Geschicke der Bürger oder deren Sprache kennt, somit auch nicht diese Geschichte, den Mut findet, der gleichzeitig mit Tikal junior auch den anderen Jungen der Stadt S. verlorenging, nämlich schlicht und einfach ein Mädchen, das ganze drei Jahre nur darauf gewartet hat, abermals zu küssen und auch gleich um seine Hand anzuhalten, und als die Eltern mit einem milden Lächeln antworten, desgleichen ihm in diesem Bruderland noch nicht begegnet ist, auch noch den Mut findet, die politische Abteilung seiner Division auf den Kopf zu stellen und mit Hilfe von Verwandten und Freunden in die planmäßige Migrationsquote vorübergehend stationierter Truppen mit der einheimischen Bevölkerung hineinrutscht, so daß schon am 20. Juli 1969 außer der Landung der Amerikaner auf dem Mond auch die Hochzeit der minderjährigen

Klára Zimová aus S. mit dem ungeduldigen Oberleutnant Wolodja Sawitzkij aus Leningrad stattfindet, aus denen schon nach sechs Monaten ein Neunmonatssohn hervorgeht, in dessen Charakter der Einfallsreichtum der Mutter und die Unnachgiebigkeit des Vaters eine glückliche Verbindung eingehen, was den beiden schwer geprüften Völkern eine gewisse leichte Hoffnung zu versprechen scheint . .

Praha – Sázava 1971 Wien – La Butibamba – Anacapri 1980